W0094990

Buchi Emecheta · Sklavenmädchen

PHV

BUCHI EMECHETA

Sklavenmädchen

Roman
Aus dem Englischen
von Susanne Koehler

Peter Hammer Verlag

Titel der Originalausgabe: *The Slave Girl*
erschienen bei Heinemann Educational Publ., Oxford 1995

Die Deutsche Bibliothek – CIP-Einheitsaufnahme

Emecheta, Buchi:
Sklavenmädchen : Roman / Buchi Emecheta. Aus dem
Engl. von Susanne Koehler. – Wuppertal : Hammer, 1997
Einheitssacht.: The slave girl <dt.>
ISBN 3-87294-745-1

Lektorat: Gudrun Honke
Umschlaggestaltung: Wolf Erlbruch
Satz: Greiner & Reichel, Köln
Druck und Bindung: Ebner Ulm

Inhalt

Prolog

Der Eke-Markt war für Ibuza der Mittelpunkt allen wesentlichen Geschehens. Im mittleren Westen Nigerias war er weit und breit einer der größten Märkte und so berühmt, daß Händler aus allen umliegenden Städten herbeireisten, um ihre Ware zu verkaufen und neue einzukaufen. Es ist nicht genau bekannt, warum man gerade diesen Ort für das große Marktgeschehen ausgesucht hatte, wo doch der Begründer von Ibuza, ein junger Prinz namens Umejei, sich nicht dort zuerst niedergelassen hatte, sondern in dem Dorf Omeze. Der Prinz stammte aus Isu, einer Stadt der Igbo im Osten Nigerias, doch man hatte ihn ins Exil verbannt, weil er in einem Ringkampf, der unter Freunden begann, versehentlich seinen Gegner getötet hatte. Für die Leute von Isu galt grundsätzlich ein Menschenleben für ein anderes, es tat nichts zur Sache, ob eines dieser Leben einem armen Händler gehörte und das andere einem verehrten Prinzen wie dem noblen Umejei. Unter der Bedingung, daß er Isu verließe, schenkte man ihm aber das Leben. Gebrochenen Herzens schickte Umejeis Vater, der Obi von Isu, seinen Sohn fort, gab ihm seinen Segen mit und eine Kalebasse voll Zaubermedizin zu seinem Schutz. Er sagte zu seinem Sohn: »Wo diese Kalebasse zu Boden fällt, wird dein Zuhause sein, und dort werden du und dein Haus sich vermehren. Deine Familie, deine Söhne und Töchter werden die neue Stadt bewohnen, und die Stadt wird wachsen und auf immer dir gehören. Ich verzeihe dir, was geschehen ist, es war ein unglücklicher Zwischenfall. Doch in unserem Clan gilt, daß keine Seele größer ist als die andere, alle sind gleich. Das Gesetz unseres

7

Landes erlaubt dir nicht, in Isu zu bleiben und hier zu leben, deshalb mußt du fort. Gehe in Frieden.«

Als Umejei Isu verließ, beschloß seine Mutter, eine der Hauptfrauen des Königs, mit ihm zu ziehen, denn sie sagte sich: »Wer bin ich, daß ich leben könnte, ohne bei dem Trost meines Herzens, meinem einzigen Sohn, zu sein?« Und auch seine Schwestern folgten ihm. Also machte sich an jenem Tag eine kleine Gruppe von Pionieren auf, um sich ihren Weg durch den dichten Tropenwald des damaligen Westnigeria zu suchen. Am Ufer des Niger angekommen, müssen sie wohl übergesetzt haben – über diesen mächtigen Strom, der zu breit und zu gefährlich war, als daß man ihn hätte durchwaten können. Als sie an den Ort kamen, der heute als Omeze bekannt ist, stolperte Umejei und stürzte zu Boden, und das war der Anfang der Stadt Ibuza.

Er hätte sich keine bessere Stelle aussuchen können, um eine neue Stadt zu gründen. Der Fluß Oboshi, ein sehr tiefer, klarer Fluß mit so vielen Fischen, daß Umejei sie in jenen Tagen fast mit der Hand fangen konnte, umspülte das Land von der einen Seite. Auf der anderen Seite floß der Atakpo, der jenen frühen Bauern ebenfalls sehr nützlich war, denn er war ziemlich flach, außerdem stürzte sein Wasser über viele Felsstufen, und er war wunderschön anzusehen. Er floß in einem Bett aus hellem, sauberem Sand, in dem eine Vielzahl tropischer Pflanzen mit breit ausladenden Blättern wuchsen, die aussahen, als hätte eine zarte, unsichtbare Hand sie reingewaschen.

Willst du heutzutage nach Ibuza gehen, dann hältst du, nachdem du den Niger bei Onitsha verlassen hast, auf die geschäftige Marktstadt Asaba zu. Wanderst du dann für kurze Zeit noch einige wenige Meilen geradeaus weiter, führt dich dein von dichtem Wald gesäumter Weg an vielen Gehöften vorbei, und nun tut sich vor dir das Tal des Atakpo in seiner ganzen beeindruckenden Schönheit auf.

Vor Umejei erhob sich ein steil aufsteigender, dicht bewachsener Hügel, der den Eindruck erweckte, als würde es kein

Mensch jemals wagen, ihn zu erklimmen und sich auf der anderen Seite niederzulassen. Doch gerade hier, hinter diesem dichten und natürlichen Schutzwall, errichteten Prinz Umejei und seine Begleiter ihre erste Siedlung. – Heute gibt es eine Straße dorthin, die sich jedoch nach wie vor bemühen muß, ihre Existenz gegen den Andrang der Natur zu behaupten, denn in einer solchen Gegend wächst alles im Überfluß. – Abgesehen davon, daß Ibuza von üppiger Vegetation und reichlich Wasser umgeben war, hatte die Stadt ringsum auch Nachbarn – einige freundlich, andere weniger, obwohl sie nach Hunderten von Jahren nahen Zusammenlebens gelernt hatten, sich gegenseitig zu respektieren. Der Name Ibuza, der »Igbo, die mitten auf der Straße wohnen« bedeutet, war der Stadt ohne Zweifel von ihren Nachbarn, die schon vor Umejei dagewesen waren, gegeben worden. Die Leute von Ibuza zogen einen Kampf dem Essen vor, und in den Waldkämpfen jener Zeit waren sie sehr erfolgreich. Vielleicht kam es deshalb nicht unerwartet, daß sich Ibuza zu einer geschäftigen, von Menschen wimmelnden Stadt entwickelte, während andere der frühen Siedlungen, wie zum Beispiel Ogboli, einfache Dörfer blieben. Ogboli war dann später das zehnte Dorf, das der Stadt Ibuza einverleibt wurde.

Ging man vom Atakpo aus den Hauptweg entlang – der, mit dem heutigen Maßstab gemessen, breit genug für zwei Autos war –, kam man zu einem offenen Platz, auf den alle kleinen Buschpfade mündeten. Beide Seiten dieser Hauptstraße – die vielleicht absichtlich gebaut worden oder aber das unausweichliche Ergebnis der Füße von Tausenden von Menschen war, die in der Stadt lebten, liebten, trauerten und starben – wurden als Teil des Marktes genutzt, dessen Zentrum der weite, offene Platz darstellte und der als Eke-Markt zu einem Höhepunkt aller Märkte geworden war.

Hunderte von Gehöften, in Gruppen zusammengeschlossen, fanden sich aufgereiht entlang der Buschpfade, die vom Markt ausgingen; eine jede dieser Gruppen stand für die Kin-

der und Vorfahren eines Sohnes oder Verwandten des Stadt-
gründers. Es gab neun solcher Gruppen, jede groß genug, um
als selbständiges Dorf zu gelten. Also nannten die Leute Ibuza
die Stadt der neun Teile, und genauso, wie die Teile einer Ap-
felsine von einer festen Schale umschlossen sind, wurden die
verschiedenen Teile von Ibuza durch ihre Beziehung zu ihrem
gemeinsamen Vorfahren Umejei zusammengehalten.

Einer jener Teile der Stadt war das Dorf Umuisagba. Der
Markt und die große Straße lagen inmitten der Gehöfte, die
den Bewohnern von Umuisagba gehörten. Und diese Leute be-
anspruchten für sich stets, das Neueste zu wissen – schließlich
waren sie die Kinder, die hier, direkt im Zentrum der Stadt, ge-
zeugt und geboren worden waren. Sie waren es doch, die die
neueste Mode aus Onitsha, aus Asaba und aus all den anderen
Städten der Umgebung zuerst zu Gesicht bekamen! Jeder, der
einer anderen Person aus Ibuza sagen konnte: »Ich stamme aus
Umuisagba!«, war von Stolz erfüllt. Dieser Stolz der Leute aus
Umuisagba war überall so wohlbekannt, daß einige, eher kon-
servative Familien, zögerten, Mädchen von dort zu heiraten.
»Sie sind meistens sehr angeberisch und reden zuviel. Sie vergessen niemals, daß sie aus dem Stadtzentrum kommen, und sie
sorgen dafür, daß man es selbst auch nicht vergißt. Lassen sie
etwas fallen, oder stoßen sie mit dem Fuß an eine Wurzel und
tun sich weh, rufen sie nie die Götter vom Haus ihres Mannes
um Hilfe an – lieber bitten sie die Göttin des Marktes, ihnen zu
helfen. Will man es also vermeiden, daß eine Frau Schande über
das eigene Haus bringt, weil sie unablässig ›Eke, hilf mir, Eke,
rette mich!‹ sagt, dann ist es angebracht, sich von den Mädchen
von Umuisagba fernzuhalten.« Das letztere war in der Tat ein
sehr schwerwiegender Vorwurf. Geriet nämlich eine gute Ehefrau in Schwierigkeiten, egal welcher Art, so stand ihr offen,
anstatt Gott direkt um Hilfe zu bitten, entweder den Namen
ihres Mannes anrufen oder den Gott der Familie ihres Mannes,
ganz gewiß aber nicht die Götter in den Häusern ihres eigenen
Vaters, denn die müssen für sie an dem Tag, an dem ihr Braut-

preis bezahlt ist, zu existieren aufhören. Von jenem Tag an muß sie mit Leib und Seele in unbedingter Loyalität ihrem Mann, seinen Göttern und seiner Familie angehören. Die Töchter von Umuisagba jedoch ließen sich nie dazu herab, sich an diese Tradition zu halten.

In den frühen Jahren des zwanzigsten Jahrhunderts nun, in denen diese Geschichte spielt, lebte in Ibuza der Mann Okwuekwu mit seiner Frau Umeadi und ihren beiden Söhnen.

1

Die Tochter

Ein früher Hahn krähte. Es hörte sich seltsam und wie in weiter Ferne an. Die anderen Vögel taten es ihm nach, begannen ihren harmonischen Gesang, und mit den Geräuschen der Tiere im erwachenden afrikanischen Tropenwald erwachte auch das Leben im ganzen Dorf.

»Söhne, meine Söhne, es ist Zeit, aufs Feld zu gehen. Okolie, Enuha, wacht auf! Es ist Morgen!«

Die jungen Männer erhoben sich widerwillig von ihren Schlafmatten und grüßten ihren Vater. Enuha war der ältere Sohn; mit seinen neunzehn Jahren war er sehr groß und aufrecht gewachsen und bereits ein vielversprechender Landwirt. Er machte nie viele Worte, es schien, als hielte sein Kopf die ganze Energie, sich der Sprache zu bedienen, zurück. Dafür dachte er aber sehr viel nach, und das erweckte den Anschein, als verfüge er über zusätzliche Kräfte. Die Leute neigten deshalb auch dazu, sich zu fragen: »Woher sollen wir wissen, ob er nicht noch andere innere Kräfte in sich verborgen hält?«

Okolie jedoch war alles, was sein älterer Bruder nicht war. Es stimmt, auch er war hoch gewachsen, denn beide Eltern waren sehr groß. Aber Okolie war immer laut, nicht sehr fleißig, und es war ihm zuwider, auf den Feldern zu arbeiten. Musik war sein ein und alles, und er konnte tagelang unablässig auf seiner Hornflöte spielen. Für seine sechzehn Jahre war er im Dorf äußerst beliebt.

»Ehe wir aufbrechen, Okolie, wirst du mir meine Pfeife stopfen. Deine Mutter kann das heute morgen nicht tun«, sagte Okwuekwu leise zu seinem jüngeren Sohn, von dem er wußte, daß er auf seine Mutter wartete, daß sie wie immer von ihrem Schlafplatz im inneren Raum herauskäme, um ihrem Mann die Pfeife zu stopfen.

»Aber Vater…«

»Nichts aber. Es ist ja eigentlich deine Aufgabe. Deine Mutter hat auch das noch auf sich genommen. Also, steh auf, junger Mann, und stopfe deinem Vater die Pfeife.«

Okolie überhörte nicht den harten Ton in seines Vaters Stimme, der unterdrückten Ärger bedeutete und, wenn außer Kontrolle geraten, zu einem schrecklichen Wutausbruch führen konnte. Er machte sich eilends daran, zu tun, was ihm aufgetragen worden war.

Es war Enuha, der fragte: »Aber was ist mit Mutter heute los? Sonst ist sie doch wach, ehe die Hähne krähen.«

»Sie ist müde, Sohn, und ihre Zeit ist sehr nahe«, antwortete Okwuekwu nachdenklich, dabei betete er in seinem Herzen zu Oboshi, der Flußgöttin der Stadt Ibuza, daß sie seiner Frau dieses Mal beistehen würde. Er hätte zu gern ein kleines Mädchen gehabt, doch was half es, wenn alle Mädchen, die seine Frau ihm gebar, stets nach ein paar Stunden starben?

Was sollte er bloß tun? Sie hatten schon so viele Kinder bei der Geburt verloren, daß er sich der Zahl nicht mehr genau erinnern konnte. Doch er wußte noch gut, daß ihr erstes Kind ein Mädchen gewesen war. Es hatte nur wenige Stunden gelebt. Danach war ein Junge gekommen, er war am Leben geblieben und stark geworden, und er hatte ihn Enuha genannt, was bedeutet »Mein Schicksal verbittert mich nicht mehr«. Als nächstes hatten sie Zwillinge bekommen, zwei kleine Mädchen, und beide waren gestorben. Noch ein Baby oder auch zwei waren gestorben, ehe dann Okolie kam – »Geboren am Markttag Olie«. Das war für sie ein sehr wichtiger Tag, denn da ging seine Frau Umeadi immer nach Asaba, um das zu verkaufen, was sie auf ihren Feldern geerntet hatten. Nach Okolie war seine Frau noch so oft schwanger gewesen, daß er aufgehört hatte, sich weiter darum zu kümmern. Doch als sie beide älter wurden, ließ ihn der Gedanke nicht mehr los, daß es vielleicht besser wäre, sich mit diesen beiden Söhnen zufriedenzugeben. Obwohl es ihm zustand, so viele Frauen zu heiraten, wie er wollte – und er kannte viele Ehemänner, die die Vorteile der Polygamie durchaus zu schätzen wußten –, war er ein Mann, zu dem das einfach nicht paßte. Es hatte lange genug gebraucht, bis er sich an Umeadi gewöhnt hatte. Natürlich würde eine neue, junge Frau ein Paar Hände mehr bei der Feldarbeit bedeuten, doch außer dem eigenen Land, das er bebaute, hatte er noch andere Arbeit. Er bekleidete nämlich die Stellung des Gerichtsdieners – des *Kortu-ma*.

Er hatte Glück gehabt, diese Anstellung zu bekommen. Ein englischer Distriktbeauftragter war in die aufsässige Stadt Ibuza entsandt worden, wo sich im Jahr 1900 der Rat der Ältesten der weißen Verwaltung widersetzt hatte. 1909 wurden noch weitere Verwaltungsbeamte dorthin geschickt, doch nicht nur die Ältesten, sondern auch die berüchtigten Malariamoskitos und viele andere solcher tropischen Insektensoldaten jagten sie wieder fort. Nun war einer der überlebenden Beamten so krank, daß er kaum mehr gehen konnte, und alle seine Führer hatten schon gleich, als der Bestimmungsort Ibuza genannt wurde, das Weite gesucht – hatte man doch den Leuten dort nicht umsonst den Namen gegeben: »Die Igbo, die lieber kämpfen als essen«. Irgend jemand, Okwuekwu wußte nicht wer, hatte dem kranken Engländer seinen Namen genannt und ihn als einen Mann aus Ibuza empfohlen, der sehr groß sei, dessen Fersen beim Gehen kaum den Boden berührten, den man jedoch aus weiter Ferne schon kommen hören konnte. Dieser Mann habe die Kraft von sieben Männern, hieß es, und könne den Engländer in seiner *Amoku* – seiner Hängematte – sicher durch Ibuza nach Ogwashi-Ukwu tragen, wo das Hauptquartier des Distriktbeauftragten war. Der kranke Engländer bat seinen Informanten, ihm diesen Mann herzuholen.

Okwuekwu hegte nicht viel Sympathie für diese blaßhäutigen Menschen, für ihn sahen sie ohne Unterschied alle gleich aus. Zu einer Zeit, als es ruhmreich war, Engländer zu sein, als sich die Herrschaft des Sohnes der großen Königin Victoria ihrem Ende zuneigte, als das Rosa des britischen Empire fast die Hälfte der Weltkarte bedeckte, als die Kolonialzeit ihren Höhepunkt erreicht hatte und Nigeria von den Engländern übernommen worden war – zu jener Zeit wußten die Leute von Ibuza noch nicht einmal, daß sie nicht mehr von den Portugiesen regiert wurden. Es war den Leuten von Ibuza nicht klar, daß ihr ganzes Land, bis zum letzten Dorf, von den Briten übernommen und aufgeteilt worden war. Sie hatten keine Ahnung vom Zeitgeschehen, sie wußten nicht, daß es andere Möglichkeiten außer Krieg gab, den Menschen ihr Geburtsrecht zu rauben. Die Afrikaner jener Tage waren sehr vertrauensselig.

Menschlichkeit jedoch überwog – trotz der Proteste seiner Landsleute trug Okwuekwu den geschwächten englischen Verwaltungsbeamten in seiner Hängematte nach Ogwashi-Ukwu. Als die anderen ihn herausforderten und fragten, warum er denn bereit sei, einen weißen Mann zu tragen, der nur in ihrer Stadt bleiben wolle, um sie alle zu bekämpfen, antwortete Okwuekwu: »Gilt nicht der als niederträchtiger Mensch, der gegen jemanden kämpft, der vor dem Tor des Todes steht?« Diese Vorhersage Ukwuekwus sollte sich jedoch als falsch erweisen, denn obwohl die weißen Männer sehr zerbrechlich aussahen, waren sie schlau und konnten außerordentliche Kraft zeigen. Jener weiße Mann blieb am Leben, erzählte seine Geschichte, und als ein neuer Distriktbeauftragter ernannt wurde, ließ er Okwuekwu holen und gab ihm den lukrativen Posten eines Gerichtsdieners, eines *Kortu-ma*, in Erinnerung an seine Verdienste in der Vergangenheit.

Über ein Jahr war nun vergangen, seit er den sterbenden Engländer gerettet hatte. In seiner Eigenschaft als Gerichtsdiener folgte Okwuekwu den durch einen Sklaven aus Akwa übersetzten Gerichtsverhandlungen. Okwuekwu selbst konnte weder Englisch noch Portugiesisch verstehen oder sprechen, geschweige denn, zwischen beiden Sprachen unterscheiden, doch er wußte genau, wann der europäische Distriktbeauftragte Ruhe und Ordnung wünschte, um sich einen Fall genau anzuhören. Denn im »Eingeborenengericht« von Ibuza wurden die Dinge oft genug in einem so hitzigen Redestreit ausgetragen, daß man sein eigenes Wort nicht mehr verstehen konnte. Und in solchen Augenblicken wurde Okwuekwu gebraucht. Er faltete die Hände auf dem Rücken, trat drohend einige Schritte vor, als beabsichtige er, auf den Unruhestifter loszugehen, und rief dann mit lauter Stimme: »Oda!« Der neue Distriktbeauftragte hatte viele Male versucht, ihm einen ganzen Satz beizubringen: »Bitte Ordnung im Saal!« oder: »Ruhe im Saal!« – doch es war unmöglich, Okwuekwu dazu zu bewegen, diese Sätze zu lernen; statt dessen bediente er sich nach wie vor seiner eigenen Version. Was sollte es, eine Menge bedeutungsloser Laute zu lernen, wenn ein Wort genügte? Durch den Übersetzer hatte er dem neuen Beauftragten diese Frage gestellt, und der Übersetzer hatte letzterem gesagt, daß Okwuekwu erklärt habe, er werde »Oda!« sagen und kein Wort mehr. Der Engländer mußte heimlich lachen, denn er erinnerte sich daran, daß man ihn vor den Igbo auf der Westseite des Niger gewarnt hatte. »Halte es, wie du willst, Chef!« hatte er damals Okwuekwu geantwortet.

Okwuekwu hatte gelächelt und dem neuen Distriktbeauftragten und seinem Übersetzer – der im Volksmund der *Tapilita* hieß – Kolanuß angeboten, die sie zusammen gebrochen und gegessen hatten. Der Job war sein, und der Name Okwuekwu Oda war ihm geblieben.

Kam man also nach Umuisagba – einem der neun Dörfer, aus denen sich die Stadt Ibuza zusammensetzt – und fragte nach einem Mann namens Okwuekwu, dann wollten die Leute wissen: »Um welchen Okwuekwu handelt es sich? Wir haben viele Okwuekwus in unserem Clan von Umuisagba.« Gab man ihnen zur Antwort: »Ich suche Okwuekwu Oda!«, dann wußten sie, wen man sprechen wollte, und wiesen den Weg zu einem großen Haus, das Teil einer Gruppe kleinerer, um einen Hof gruppierter Häuser war. Die Vorderfront dieses größeren Hauses grenzte direkt an den Eke-Markt und stand in einer Reihe mit den Marktständen der Schwammverkäufer von Ewulu.

In Okwuekwus Haus lagen jetzt Angst und Sorge in der Luft.

»Vater«, meinte der ältere Sohn besorgt, »sollte nicht einer von uns heute zu Hause bleiben, falls Mutter Hilfe braucht?«

Okwuekwu erhielt keine Gelegenheit zu antworten. Umeadi hatte sie reden hören und trat aus dem inneren Schlafraum heraus, wo sie eine unruhige und beschwerliche Nacht verbracht hatte, jedoch nicht beschwerlich genug, daß ein Zuhausebleiben ihrer Männer, nur um sich um sie zu kümmern, gerechtfertigt gewesen wäre. Wozu auch, fragte sie sich. Sie konnten ihr nicht helfen, das Kind zur Welt zu bringen, ein Kind, das möglicherweise nicht länger als nur einige wenige Minuten am Leben bleiben würde. Weshalb also sollten sie einen ganzen Arbeitstag verlieren?

»Der Reichtum deines Vaters ist der größte«, sagte sie und grüßte ihren Mann mit diesem Ehrennamen. Jedermann, jede Familie in Ibuza hatte einen besonderen Ehrennamen und einen besonderen Gruß; selbst die Sklaven und jene, die von Sklaven abstammten, übernahmen nach einer gewissen Zeit den Gruß und Ehrennamen ihrer Herren.

»Sie, die auf einem Berg von Geld sitzt«, erwiderte Okwuekwu und zog an seiner frisch gestopften Pfeife, »wir überlegten gerade, wie es dir …«

»Ich weiß, ich habe euch gehört. Warum solltest du nicht aufs Feld und dann ins Gericht gehen, nur weil ich ein Baby bekomme? Gibt es denn in unserem Clan keine Frauen mehr? Bin ich denn zu feige geworden, um ein Kind zu gebären? Geht aufs Feld und beeilt euch, die Sonne geht schon auf!«

Die jungen Männer grüßten ihre Mutter, holten die Körbe und Buschmesser und eilten nach draußen.

Okwuekwu blieb noch einen Moment zögernd in der Tür stehen. »Wenn du mehr Hilfe brauchst, als die alten Frauen aus dem Dorf dir geben können, dann weißt du ja, wo du hingehen mußt, nicht wahr?«

»Ja, das weiß ich. Aber es kann sein, daß das Kind heute noch gar nicht kommt, Okwuekwu.«

Wenn sie das jedoch glaubte, so irrte sie sich; oder möglicherweise wußte sie es auch besser und wollte nur ihre Familie nicht unnötig beunruhigen.

Schon als die Sonne ihren Platz auf der einen Seite des Himmels eingenommen hatte und in einem Winkel schien, nach dem man urteilen konnte, daß es nicht mehr Morgen und doch noch zu früh bis Mittag war, wußte Umeadi, es war Zeit, die bereits geschnittenen Bananenblätter auszubreiten und ihr Kind zur Welt zu bringen. Zum Glück konnte sie Ukabegwus Frau holen, um ihr beizustehen, denn diese war zu Hause geblieben, weil es ihre Monatszeit und sie deshalb *nso* war. Sie war die einzige Hilfe, die zur Verfügung stand, deshalb mußte Umeadi im offenen Hof ihr Kind zur Welt bringen, denn eine »unreine« Frau durfte niemals das Haus eines Mannes betreten, der den *Alo*-Titel trug. Okwuekwu besaß diesen Titel.

Als die Preßwehen kamen, kniete sich Umeadi auf die feuchten Bananenblätter vor dem Haus ihres Mannes, während Ukabegwus Frau, mit dem scharfen Messer zum Durchschneiden der Nabelschnur zwischen den Zähnen, ihre Hände ausstreckte, um das Baby in Empfang zu nehmen. Und so bahnte sich ein kleines schreiendes Mädchen seinen Weg in diese Welt.

Ukabegwus Frau legte das Kind sanft nieder und durchschnitt die Nabelschnur. »Meine liebe Umeadi, was hast du da wieder getan? Du hast eine Tochter, und du weißt doch, daß Töchter nie bei dir bleiben. Es tut mir so leid.«

Umeadi legte sich auf die Blätter zurück und schloß die Augen. Sie hörte das Kind kräftig schreien und dachte, daß es bald genug aufhören und der Tod ihm die Augen schließen würde. Solange jemand um sie herum war, um zu helfen, konnte sie selbst ruhig in der wärmenden Sonne liegenbleiben, sich ausruhen und ihre Kräfte sammeln, ehe sie beschloß, wie es weitergehen würde. Aber während Ukabegwus Frau ein wenig gekochte Yamswurzeln brachte, sich zu ihr setzte und sie zusammen aßen, starb das Kind nicht.

»Umeadi, du solltest vielleicht doch aufstehen«, sagte Ukabegwus Frau. »Dein *Ogbanje*, diese kleine Besucherin, sieht so aus, als wolle sie bleiben. Sie schreit vor Hunger. Warum legst du sie nicht an die Brust?«

Umeadi folgte dem Rat der Freundin, und als es sich zeigte, daß das Kind in der Tat am Leben bleiben könnte, erinnerte sie sich all der Opfer, die sie ihrem *Chi* gebracht hatte, ihrem persönlichen Gott, den jeder Mensch von Ibuza in Zeiten der Not anrief. Doch in den vielen vergangenen Jahren hatte Umeadi alle ihre Töchter verloren, und sie hatte sich schließlich mit dem Gedanken ausgesöhnt, daß diese Tatsache ihr möglicherweise vom Schicksal zugedacht war. Und nun trank das neue Baby mit soviel Energie, daß sie davon überzeugt war, in diesem Kind müsse Leben sein.

Sie reichte Ukabegwus Frau das Kind und lief, so schnell es ihre Kräfte erlaubten, zum Haus ihres *Dibia*, des Heilers, der zu ihr sagte: »Dein Kind wird dieses Mal bei dir bleiben, wenn du ihm Sicherheitsamulette umbindest. Diese müssen aus Kaurimuscheln hergestellt werden, aus Büchsendeckeln, die die Portugiesen – die *Potoki* – hierher mitgebracht haben, und aus richtigen Metallglöckchen. Weißt du, das kleine Mädchen hat mit ihren Freunden im Land der Toten ein Abkommen getroffen, daß sie immer wieder von neuem wiederkommen und dich täuschen wird. Doch dieses Mal scheint sie von deiner Gastfreundschaft beeindruckt zu sein, und sie möchte, solange es geht, bei dir bleiben. Es ist unsere Pflicht, dafür zu sorgen, daß sie solange wie irgend möglich hierbleiben kann, bis sie alt genug ist, um ihren Freunden den Rücken zu kehren. Dann werden sie keinen Einfluß mehr auf sie nehmen können.«

Obwohl Umeadis Herz vor Aufregung und Furcht laut und schnell pochte, gelang es ihr doch zu fragen: »Wie alt muß sie sein, ehe sie die Amulette ablegen kann?«

Der *Dibia*, dessen Kopf mit den tiefen Augenhöhlen in einem schmalen Gesicht und den wenigen, vom Tabak geschwärzten Zähnen einem Totenschädel glich, murmelte lange Zeit vor sich hin, dann war er augenscheinlich zu einem befriedigenden Schluß gekommen.

»Viel hängt von dem Kind selbst ab. Doch im Alter zwischen vier und sieben Jahren sollte sie in der Lage sein zu sagen: ›Geht fort von mir. Ich bin hier glücklich. Ich möchte nicht mehr in eure Welt gehören.‹ Die Amulette sollen ihr eine Hilfe sein, um diese bösen Freunde abzuschrecken. Wenn sie sich bewegt, werden die Glöckchen klingeln, die Blechdeckel scheppern und die Kauris rasseln, dann werden ihre Freunde aus der anderen Welt die Flucht ergreifen, denn dergleichen haben sie noch nie erlebt. Wenn du willst, daß diese flüchtige Besucherin aus einer anderen Welt hierbleibt und zu einem festen Bestandteil deines Hauses wird, daß sie deine Tochter sein wird, dann wirst du dafür sorgen, daß dein Mann jemanden findet, der für ihn nach Idu reist, um dort von dem Kupfermetall zu holen, das die *Potoki* dem König von Idu im Tausch für die Sklaven geben, die sie kaufen. Als Bezahlung bekomme ich einen weißen Hahn und einen Sack voll Kaurimuscheln. Wenn dein Mann mit den Amuletten zurückkommt, werde ich sie selbst deinem *Ogbanje* umbinden.«

So schnell sie konnte, rannte Umeadi zurück. Trotz der vielen Schwangerschaften war sie noch immer jung; ihre Haut, so braun wie eine geröstete Kakaobohne – nicht ebenholzschwarz, wie die von Okwuekwu – war glatt und schimmernd. Sie war kein bißchen dick, sondern schmal und langbeinig, fast ein wenig hager. Von ihrem Vater hatte sie lange, sehnige Beine geerbt, die denen einer Ziege glichen, und einen schlanken Hals, der sich beim Laufen bog, wie der einer erschreckten Giraffe. Ihr verstorbener Vater hatte seinerzeit den Beruf eines Läufers ausgeübt; wann immer es Krieg gab, hatte man ihn als Nachrichtenüberbringer losgeschickt, als Kundschafter, um auszuspionieren, wo genau das Land des Feindes lag, oder aber er hatte als Empfangsperson und Führer für wichtige Persönlichkeiten gedient.

Auch Umeadi war eine großartige Läuferin, und jetzt lief sie und kümmerte sich nicht darum, daß sie von der eben überstandenen Geburt noch viel Blut verlor. Wie die meisten Frauen in Ibuza machte sie nicht viel Aufhebens um eine Niederkunft und benötigte nichts von dem modernen Drum und Dran, das heutzutage die Geburt eines Kindes begleitet. Eine schwangere Frau aus Ibuza sorgte nur dafür, daß sie stets ein Küchenmesser bei sich trug für den Fall, daß sie von der Geburt ihres Babys unterwegs zum Markt oder zu den Feldern oder auf dem Heimweg überrascht wurde. Wenn sie Glück hatte, war jemand bei ihr, um die Nabelschnur zu durchtrennen, wenn nicht, tat sie es selbst, ruhte sich eine Weile aus, band sich dann das Baby auf den Rücken und machte sich auf den Heimweg. Viele Menschen trugen deshalb Namen wie Uzo Onitsha – »Geboren auf dem Weg zum Markt in Onitsha« – oder Nwa Oboshi – »Geboren auf dem Weg zum Fluß Oboshi«.

Als Umeadi wieder zu Hause anlangte, schickte sie einen Läufer mit der guten Nachricht zu ihrem Mann. Nachdem er seinen Söhnen die Arbeit auf dem Feld angewiesen hatte, war Okwuekwu gerade im Gerichtssaal angelangt, als ihm der Läufer die Nachricht von der Geburt seiner Tochter ausrichtete und daß sie vielleicht überleben würde. Normalerweise galten kleine Mädchen als nicht sehr hoch geschätzte Wesen, doch Okwuekwu hatte so viele von ihnen verloren, daß dieses nun die Qualität eines äußerst kostbaren Gutes annahm.

»Nun hat diese regelmäßige Besucherin also endlich doch beschlossen, bei uns zu bleiben, nachdem sie uns seit so langer Zeit immer wieder besucht hat. Ogbanje Ojebeta – so wird sie heißen, obwohl es kein sehr dekorativer Namen ist. Wenn sie nur am Leben bleibt...« So redete Okwuekwu mit sich selbst, als er mit Riesenschritten vom Gerichtsgebäude zu seinem Anwesen am Eke-Markt eilte.

Seine Freude wurde ein bißchen getrübt, als seine Frau ihm alles berichtete, was der Heiler gesagt hatte. Die meisten der Verwandten, die jetzt zu Besuch kamen, stimmten mit dem *Dibia* überein, daß der einzige Ort, an dem die notwendigen Amulette zu bekommen wären, Idu sei. Zuerst war Okwuekwu ratlos. Machte er sich selbst auf die Reise, würden möglicherweise sein Anwesen, die Felder, seine Stelle am Gericht und auch die Familie darunter leiden müssen, denn wer wußte schon, welches Schicksal ihn unterwegs ereilen konnte. Und doch war ihm die Reise zu wichtig, die Verantwortung zu groß, als daß er sie jemand anderem hätte anvertrauen mögen. Idu, Idu – in den alten Geschichten, die man sich in Ibuza erzählte, hatte er von dem Ort gehört.

Idu war der mythologische Name für das alte Königreich Benin. In den meisten der traditionellen Geschichten, die den Jungen wie auch den Alten in Ibuza in den vom goldenen Mondlicht durchfluteten Nächten – eine der großzügigen Gaben, mit denen die Natur die Menschen jener Gegend gesegnet hatte – erzählt wurden, lag dieses Reich am Ende der Welt. Um nach Idu zu gelangen, müsse man durch sieben Länder reisen und im Boot über sieben Meere rudern oder sie durchschwimmen, hieß es. Es war ein langer, langer Weg nach Idu. Es läge dort, wo der blaue Himmel die Erde berührte und beides zu einem Ganzen verschmolz. Die Menschen von Idu seien die letzten Menschen, die man sähe, ehe man an das Ende der Welt gelangte.

Der König von Idu war ein ganz großer König, den Menschen von Ibuza als der Oba Idu bekannt. Als viel, viel später Geschichte geschrieben wurde, identifizierten die Geschichtsschreiber die Herrscher von Benin als die Akenzuwa. Doch zu der Zeit, als Ogbanje Ojebeta geboren wurde, unterschied man kaum zwischen Mythos und Wirklichkeit. Der Reiseweg war weit und die Straße gefährlich. Wurde man auf diesen Buschpfaden geschnappt, endete man entweder als Menschenopfer, dargebracht einem der unzähligen Götter des Königs, oder wurde, hatte man Glück, an die blaßhäutigen *Potoki* verkauft. So nannte man damals alle weißen Menschen; erst viel später wurde den Bewohnern des Hinterlandes klar, daß die Portugiesen seit langem den Engländern, die eine heuchlerische Form des Christentums mit sich gebracht hatten, gewichen waren.

Doch das einzige, dessen sich Okwuekwu Oda zu jener Zeit ganz sicher war, war das Wissen darum, daß keine Reise zu gefährlich war, um das Leben seines kleinen Mädchens zu retten. Er dachte oft über den großen Oba Idu nach, von dem es hieß, seine Hauptfrau wäre eine große Zauberin und Priesterin. Üblicherweise wurden Zauberinnen in Idu ausgestoßen, um fern von den Menschen zu leben, wo sie sich selbst und ihrem Kampf ums Überleben überlassen blieben, bis sie schließlich, wie es Zauberinnen zustand, elendiglich starben. Doch der große König behielt seine Hauptfrau bei sich, daß sie ihn beschütze und ihm verriete, wer seine Feinde seien. Außerdem hatte er an die vierhundert junge, um sein Wohl besorgte Frauen. Es hieß, die für seine Frauen gebauten Höfe und Anwesen seien so groß wie die ganze Stadt Ibuza und die Anwesen der Krieger des Königs und ihrer Familien dehnten sich über eine Fläche aus, so groß wie Ibuza und Ogwashi zusammengenommen. Jene königlichen Frauen waren an ihren Frisuren und ihren schweren Fußspangen zu erkennen. Ihr Haar war in stehende Zöpfchen geflochten, sie glichen aufeinandergehäuften Zweigen, deren spitze Enden zum Himmel wiesen – ein Haarstil, der ihre etwas breiten Gesichter schmal erscheinen und die Form ihrer ausnahmslos schönen Augen und vollen Lippen für jeden sichtbar voll zur Geltung kommen ließ. Der König würde nicht im Traum daran denken, sich ein häßliches Mädchen zur Frau zu nehmen. Um den Hals trugen diese Frauen viele Reihen farbiger Perlen und an den Füßen glänzende Messingspangen. Der König hielt sich auch eine Gruppe junger Männer, die als Träger der königlichen Insignien im Palast tätig waren. Diese jungen Männer hatten glattrasierte Köpfe, waren in schöne Hüfttücher gekleidet und trugen ebenfalls Perlenketten; ihre Fußspangen jedoch waren im allgemeinen aus Elfenbein geschnitzt, denn in jenen Tagen gab es in Idu noch eine Fülle von Elefanten, die später alle gejagt und getötet wurden.

So berühmt war dieser König, daß Völker aus allen Regionen der Erde kamen, um mit ihm Handel zu treiben. Die *Potoki* kamen, um Sklaven zu kaufen, die Gambari aus dem Norden, um ihre Gefangenen zu verkaufen. Die Igbo reisten herbei, um ihr Elfenbein und bisweilen auch jene Mitglieder ihrer Gesellschaft zu verkaufen, die unaussprechliche Sünden begangen hatten.

Es war ein beängstigendes Reich, das Königreich von Idu. Und Okwuekwu Oda war entschlossen, die Reise dorthin zu wagen.

Niemand erfuhr, wie Okwuekwu die Reise überstanden hatte. Doch die Amulette für sein Kind brachte er mit. Von dem Ruhm und der Herrlichkeit von Idu sprach er nicht viel – vielleicht sah er damals nur noch die traurigen Überreste vergangener Pracht, denn nach dem berüchtigten Massaker von Benin im Jahre 1897, als der König ins Exil verbannt wurde, war die Lage im ganzen Königreich auf lange Zeit hinaus äußerst verworren und ungewiß.

Der *Dibia* zeigte sich mit Okwuekwus Beharrlichkeit in dieser Sache sehr zufrieden. Mit beschwörendem Singen besprach er die aus Kupfermünzen angefertigten Amulette, und zusammen mit einigen Kaurimuscheln wurden sie wie Perlen an einer Schnur aufgereiht und dem Baby Ogbanje Ojebeta um jedes seiner winzigen Ärmchen gebunden. Wenn es also weinte und mit den Armen zappelte, würden die metallenen Glöckchen klingeln und die Kauris rasseln, und seine Freunde aus der anderen Welt würden die Flucht ergreifen, denn noch nie hatten sie dergleichen gesehen oder gehört, nicht einmal im Land der Toten, in dem sie, wie man sagte, lebten.

Und so blieb Ojebeta im Land der Lebenden bei ihrer Mutter Umeadi, ihrem Vater Okwuekwu Oda und ihren beiden

Brüdern. Zusammen lebten sie in ihrem Anwesen am Eke-Markt. Sie wurde geliebt und behütet, sie bekam besondere Zeichen in die Haut geritzt, und sie wuchs und gedieh. Jedes Jahr mußte sie den *Dibia* in Ezukwu aufzusuchen, der in dem Maße, wie aus dem Säugling ein kleines Mädchen wurde, die Amulette neu anpaßte.

2

Felenza

In ein eindringliches Gespräch mit einer Gruppe anderer Frauen vertieft, stand Umeadi auf dem Markt. Ihr kleines Mädchen Ogbanje Ojebeta saß im Eingang zum Haus ihres Vaters und beobachtete die Gruppe aufmerksam. Die meisten der Frauen waren ihr bekannt. Sie sahen alle äußerst besorgt aus, und der übliche Lärm auf dem Markt war heute eher gedämpft. Es war offensichtlich, daß die Dinge alles andere als gut standen.

Ojebeta schaute eine Weile zu und hatte keine Lust, zum Spielen zu ihren Freunden zu gehen. Statt dessen rief sie: »Mutter, Mutter, komm zu mir. Ich möchte trinken!«

Ihre Mutter schaute zu ihr hin, beschloß aber, ihren Ruf zu überhören, und redete weiter mit ihren Freundinnen. Komisch, daß keine von ihnen lachte, dachte das kleine Mädchen.

Die Sonne strahlte noch immer, doch sie war bereits auf halbem Weg zu ihrer Nachtruhe. Normalerweise herrschte reges Leben auf dem Eke-Markt; Menschen in bunter Kleidung feilschten um ihre Waren, redeten, lachten und schwatzten miteinander. Doch an diesem Abend waren nicht sehr viele Leute da, und die wenigen, die gekommen waren, standen mit über der Brust gekreuzten Armen in Gruppen beisammen, als wäre ihnen kalt. Der Stand der Schwammverkäufer aus Ewulu war fast leer. Die paar, die ihre Ware gebracht hatten, machten sich gerade wieder auf den Heimweg.

Ojebeta war verwirrt und begriff nicht, was los war. Enttäuscht und zornig rief sie wieder nach ihrer Mutter, diesmal lauter als zuvor: »Mutter, ich möchte trinken!«

Umeadi hörte sie, wurde der Aufregung in ihrer Stimme gewahr und hörte zu reden auf. Dann sagte sie noch etwas zu ihren Freundinnen, die sich zu lachen bemühten, doch es war ein unglückliches, gespenstisches Lachen. Nicht das übliche, fröhliche Lachen, das sonst eine fast hysterische Freude in Ojebeta auslöste. Sie konnte es nicht mehr länger aushalten, also rannte sie zu ihrer Mutter, und das Klingeln der Glöckchen an ihren Armen hing noch lange in der Luft.

Ohne viel Aufhebens nahm ihre Mutter sie auf den Arm und reichte ihr eine flache Brust. Sie schob Ojebeta die Brustwarze wie einen Stöpsel in den Mund, wobei sie flüsterte: »Ich hoffe, mein *Chi* erhält mich für dich.« Es war eine Bitte an ihren persönlichen Gott, sie vor bevorstehendem, drohendem Unheil zu bewahren; der für alle zuständige Gott Olisa würde sich darum kümmern, wenn der ganzen Gemeinschaft Unglück widerführe.

Ojebeta hörte, was ihre Mutter flüsterte, doch sie genoß die Wärme und Nähe ihrer Mutter zu sehr, um deren Worte zu verstehen. Diese Nähe erinnerte sie an die Zeit, als ihre Mutter sie noch auf dem Rücken zum Fluß trug und manchmal auf den Markt, obwohl das jetzt aufgehört hatte. Die Leute hatten sich über sie lustig gemacht – sie sei jetzt zu groß, um noch auf dem Rücken getragen zu werden, und es sei höchste Zeit, ihrer Mutter zu erlauben, ein neues Baby zu bekommen. Ojebeta mochte die übereifrigen Schwätzerinnen nicht, die ihr solche Dinge sagten, wie sollte sie denn wissen, woher kleine Brüder und Schwestern kamen? Aber es fiel ihr sehr schwer, daß sie nicht mehr bei ihrer Mutter trinken sollte. Ihre Mutter hatte eigentlich nichts dagegen, und ihr Vater, Okwuekwu Oda, ermutigte sie sogar dazu. Er sagte sich: »Selbst wenn ein anderes Kind unterwegs wäre, warum sollte ich nicht zulassen, daß die einzige Tochter, die bei mir bleiben wollte, an der Brust ihrer Mutter trinkt, solange sie es wünscht? Soll sie trinken! Vielleicht hilft es ihr zu verstehen, wie sehr wir sie lieben und sie bei uns haben wollen. Habe ich nicht eine gefährliche Reise nach Idu unternommen, in das Land, wo Menschen noch immer als Sklaven verkauft oder als Menschenopfer getötet werden, nur um sie am Leben zu erhalten? Soll sie an der Brust ihrer Mutter trinken, solange sie will!«

Und Ojebeta wurde nicht dafür gerügt, obwohl sie jetzt fast sechs Jahre alt war. Ihre Mutter zeigte ihr auf diese Weise ihre Zuneigung, denn mit zunehmenden Jahren schien ihre Liebe weicher zu werden.

Am anderen Ende der Straße, dort, wo es nach Umuodafe ging, näherte sich eine Familie, die auf dem Weg zum Markt war, um das zweite Begräbnis eines toten Familienangehörigen zu begehen. Der verstorbene Mann war nicht sehr alt gewesen, und seine zum Teil noch kleinen Kinder waren jetzt zum Markt gekommen. Zweite Begräbnisse waren üblicherweise ganz große Angelegenheiten mit Musik und Tanz – die Trauernden luden aus ihrer eigenen Altersgruppe so viele Tänzer ein, wie sie es sich leisten konnten; je lauter ein zweites Begräbnis auf dem Eke-Markt war, desto höher stieg das Ansehen der Familie. Doch dieses glich einem Kindergrüppchen, das Beerdigung spielte. Die Älteren konnten dem toten jungen Vater nicht vergeben, daß er so früh und plötzlich von ihnen gegangen und seine arme Frau mit der Aufgabe allein gelassen hatte, sich seiner Kinder anzunehmen – Kinder, die zu jung waren, um ihre Altersgruppen zu bitten, sie auf den Markt zu begleiten. Altersgruppen setzten sich aus jenen zusammen, die innerhalb eines Zeitraums von drei Jahren geboren wurden, und glichen Vereinigungen, die sich gegenseitig Hilfe zukommen ließen und von Jugend auf bei Gelegenheiten wie dieser Zusammenkünfte und Tänze organisierten. Doch das war nicht die einzige Ursache, warum diese Feier jetzt so still verlief. Der eigentliche Grund bestand darin, daß es für jeden Mann, jede Frau und jedes Kind in Ibuza Anlaß gab, sich in aller Eile Gedanken über sich selbst, seine Zukunft und sein mögliches Schicksal zu machen.

Noch immer war es nur ein Gerücht. Doch das konnte sich

schnell bestätigen, sobald der Stadtbote, den man nach Isele Azagba gesandt hatte, zurückkehrte: daß es nämlich einen unheimlichen Tod gab, der sich in jener Gegend ausbreitete. Die Leute von Ibuza wußten nicht, um was für einen Tod es sich handelte und ob er sich durch eine ansteckende Krankheit ausbreitete oder auf andere Weise. Alles, was die Leute wußten, war, daß er um sich griff. War nicht der Stand der Leute aus Isele Azagba heute leer gewesen? Sie verpaßten normalerweise nie einen Eke-Markttag und kamen mit ihren riesigen, mit roten Pfefferschoten vollgepackten Körben, die sie hier verkauften; auf dem Heimweg kauften sie Salz und rotes Palmöl aus Ibuza ein – doch heute war ihr Stand leer geblieben.

Als das Gerücht zuerst an die Ohren der Einwohner von Ibuza gedrungen war, hatte man allen Lärm, alle fröhliche Musik, alles laute Herumrufen eingestellt, bis erwiesen wäre, ob das Gerücht etwas Wahres an sich hätte. Daß die zweite Bestattung für jenen toten Mann ausgerechnet heute hatte stattfinden müssen, war um so trauriger. Die Familie hatte den festgesetzten Tag nicht mehr ändern können, denn kamen die Kinder nicht auf den Markt, um die Zeremonie für ihren Vater zu feiern, dann konnte ihre Mutter die vorgeschriebene Trauerzeit nicht beenden. Es war sehr dringend, daß die siebenmonatige Trauerzeit ein Ende fand, damit die Mutter wieder die Möglichkeit hätte, Wasser zu holen, um ihre Kinder zu versorgen, sich für einen neuen Ehemann zu entscheiden und ganz einfach wieder zu leben. Wer wollte wissen, ob nicht alles viel schlimmer würde, wenn sich das Gerücht einmal bestätigte? Deshalb war es wichtig, die Feier möglichst still und schnell hinter sich zu bringen.

Umeadi ging mit ihrer kleinen Gruppe traurig aussehender Frauen hinaus auf den Eke-Markt, um die trauernden Kinder zu begrüßen, und während sie für sie beteten, weinten die Frauen leise.

»Möge der Geist eures toten Vaters euch behüten«, sagten sie, streichelten die Köpfe der Kinder und schenkten jedem ein paar Kaurimuscheln. Die Verwandten der Kinder bedankten sich bei ihnen, dann zogen sie weiter zum anderen Ende des Marktes. Dabei sangen sie nicht wie sonst üblich die Ehrennamen des Verstorbenen, sondern sie sagten sie nur auf.

»Es liegt schon eine gewisse Wahrheit darin, wenn wir glauben, daß wir so sterben, wie wir gelebt haben«, bemerkte Ozubu, die dicke Frau von Nwadei, und schaute der trauernden Gruppe nach.

Ihre Zuhörerinnen nickten stumm.

»Nwosisi war ein stiller Mann«, fügte Umeadi hinzu. »Er ging nie mitten auf der Straße, sondern immer an der Seite, damit er mit niemandem sprechen mußte. Er war so schüchtern – selbst im Tod. Habt ihr je eine so stille zweite Bestattung erlebt? Habt ihr je erlebt, daß jemand einen Augenblick wie diesen für seine zweite Bestattung wählt?«

Die anderen Frauen schüttelten die Köpfe. Der Glaube war allgemein verbreitet, daß Nwosisi einen anderen Zeitpunkt für seinen Tod hätte auswählen können, hätte er es nur gewollt. Er hatte sich dafür entschieden, in aller Stille zu sterben und seinen Tod so unauffällig wie irgend möglich auf dem großen Eke-Markt zu verkünden.

Ozubu beendete die Diskussion, indem sie sagte: »Wißt ihr, daß er sich an dem Tag, an dem er starb, zur Wand gedreht hatte, als schliefe er? Seine Leute dachten, er ruhe sich noch aus. Er wollte nicht einmal, daß seine Eltern, die im Raum nebenan weilten, merkten, daß er starb. Ihm war sehr wohl bewußt, was er tat – einfach so wegzugehen und seine alten Eltern am Leben und seine Kinder unversorgt zurückzulassen. Olisa bewahre uns vor solchen Männern!«

Alle bekräftigten ihre Worte mit »Ise!«

Trotz des bedrohlichen Gerüchts wußten die Frauen, daß sie nach wie vor ihre Familien zu versorgen hatten. Sie mußten nach wie vor Waren hier auf dem Markt einkaufen, die sie am übernächsten Tag auf dem Ogbeogonogo-Markt in Asaba weiterverkaufen würden. Umeadi verließ als erste die Gruppe.

»Ich muß zu den Ständen der Igbomänner, die Palmkerne verkaufen. Ich habe nicht mehr genug, um mein Öl für den Markt in Asaba zu pressen«, sagte sie und setzte Ojebeta ab. Dabei ermahnte sie sie sanft: »Weißt du, du mußt jetzt lernen, auf deinen eigenen Füßen zu stehen und zu gehen.«

Die anderen Frauen konnten sich ein Lächeln nicht verkneifen, und Ozubu sagte scherzend: »Nein, sie wird es nie lernen! Hast du nicht gehört, was sie ihrer kleinen Freundin Nkadi sagte? Wenn sie einmal heiratet, will sie dich mitnehmen!«

Alle lachten, und Ojebeta schlug die Hände vor das Gesicht, als sie ihrer Mutter voraus zu den Ständen der Palmkernverkäufer rannte, wobei ihre Amulette mit den Perlenschnüren, die sie um die Hüfte trug, um die Wette klingelten. Die Frauen, die ihr nachschauten, wußten, daß Ojebeta mit ihren vielen Amuletten und teuren Tätowierungen ein geliebtes Kind war.

»*Gong! Gong! Gong!* Das Gerücht, das seit einiger Zeit hier umlief, ist wahr! *Gong!* Ein Tod ist über das salzige Wasser gekommen. Er hat viele Menschen in Isele Azagba getötet, er schleicht sich jetzt nach Ogwashi und ist auf dem Weg zu uns. Sie nennen ihn *Felenza*. Es ist ein Tod des weißen Mannes. Er schießt ihn in die Luft, dann atmen wir ihn ein und sterben. *Gong! Gong!*«

Die Einwohner von Ibuza, die gerade ihre Abendmahlzeit einnehmen wollten – einige Frauen waren noch dabei, ihre Yamswurzeln in den hölzernen Mörsern zu stampfen –, horchten hilflos auf die unwillkommene Nachricht, die der Gongmann auf seinem Rundgang durch die Stadt verkündete. Der städtische Läufer mußte wohl zurückgekehrt sein. Wahrscheinlich hatte er die Nachricht von diesem jammervollen Unheil dem *Diokpa* – dem ältesten der Männer – überbracht, dann hatte bestimmt der Rat der Ältesten getagt, und sie hatten beschlossen, daß die ganze Stadt vorgewarnt werden müsse. Es gab niemanden, dem es nicht kalt über den Rücken lief. Nicht daß eine Epidemie etwas Neues für die Menschen von Ibuza gewesen wäre, aber zumindest hatten sie immer gewußt, welche Maßnahmen zu ergreifen waren, um eine Massenkatastrophe abzuwenden. Sie hatten eine Krankheit wie die Pocken erlebt, die so gefürchtet war, daß sie ihr den Namen *Nna ayin* – Unser Vater – gegeben hatten, denn zu jener Zeit bedeuteten Pocken den sicheren Tod. Sie wußten, daß jedes Opfer isoliert werden mußte, wollte man verhindern, daß sich die Krankheit in allen Dörfern breitmachte. Erkrankte also jemand, wurde er weit hinaus in den Busch gebracht, um dort allein zu sterben. Alle seine weltlichen Besitztümer wurden verbrannt, und niemand durfte um ihn trauern. So gefürchtet waren die Pocken.

Aber bei der *Felenza* handelte es sich um etwas Neues, das die *Potoki* in die Luft geschossen hatten, obwohl niemand begreifen konnte, warum.

»Wir haben ihnen kein Unrecht angetan«, sagten die Leute. »Sie kamen nach Benin und Bonny, kauften gesunde Sklaven von unseren Leuten und bezahlten einen guten Preis. Und das ist nun ihr Dank dafür!«

Ein Gerücht besagte, daß in Benin einige Europäer getötet worden waren – Okwuekwu war einer von denen, die dieses Gerücht mitbrachten, als er mit den Kupferamuletten für seine Tochter aus Idu zurückkehrte –, doch die Weißen hatten sich zu jener Zeit schwer gerächt, indem sie viele von den Leuten dort umgebracht und den rechtmäßigen König von Idu ins Exil verbannt hatten. Warum also schickte man ihnen jetzt diesen Tod? Die Menschen von Ibuza grübelten darüber nach, spekulierten und hofften, daß er nicht zu ihnen kommen würde, denn wohin sollten sie fliehen?

Doch es dauerte nicht lange, und er war in Ogwashi, und innerhalb weniger Tage brachen die Menschen tot auf ihren Feldern zusammen. Der Tod kam so plötzlich, und der Schock war so groß, daß die Verwandten nicht mehr weinen konnten.

Ojebetas Vater, der starke Mann Okwuekwu Oda, war einer der ersten, den das Unglück ereilte. Sie erinnerte sich an jenen Morgen, als er zu ihrem Schlafplatz neben dem Feuer kam. Es

war die Jahreszeit des Harmattan, und in den Häusern wurde
es gegen Morgen recht kühl.

»Du hast die *Adu*, die ich dir gestern vom Feld mitgebracht
habe, noch nicht gegessen«, sagte er. »Hier ist sie, röste sie dir
zum Frühstück.«

Sie hatte sich aufgerappelt und ihn mit seinen Ehrennamen
gegrüßt: »*Aku nna yi ka* – Deines Vaters Reichtum ist der
größte.« Er hatte den Gruß erwidert und sich danach erkundigt, wie es ihr ginge und ob sie gut geschlafen habe. Sie hatte
genickt. Als sie zuschaute, wie ihre Mutter seine Pfeife stopfte
und anzündete, hörte sie die Mutter sagen: »Bleibe doch heute
zu Hause, wenn dein Kopf so schmerzt.«

Aber ihr Vater hatte scharf erwidert: »Nur Feiglinge fürchten den Tod. Er kann dich überall ereilen, ob du auf deiner
Schlafmatte liegst oder auf den Feldern arbeitest. Ich möchte
nicht wie ein klappriger alter Mann im Liegen sterben. Ich gehe
jetzt auf das Feld. Und überhaupt, wer sagt denn, daß Kopfschmerzen *Felenza* bedeuten?«

Verärgert zog er an seiner Pfeife, stapfte hinaus, und der
Rauch hing wie ein kleiner Nebelstreif hinter ihm in der Luft.

Das war das letzte Mal, daß Ojebeta ihren Vater auf seinen
zwei Füßen stehend sah. Noch immer hörte sie seine Schritte,
als er voller Entrüstung davongegangen war. Am Abend kam
er zurück, getragen von ein paar Leuten. Er war gestorben. *Felenza* hatte ihn auf seinen Feldern getötet.

Danach erschien es Ojebetas jungem Gemüt, als sterbe die
ganze Welt, einer nach dem anderen. Ihres Vaters Haus wurde
abgerissen, und für ihre Mutter wurde in aller Eile ein Trauerhaus errichtet. Ihre Brüder waren inzwischen zu erwachsenen,
selbständigen Männern herangewachsen, die ihre eigenen
Junggesellenhäuser bewohnten. Als die *Felenza* ihren Höhepunkt erreicht hatte, beschloß ihr ältester Bruder, von zu
Hause fortzugehen und sich bei den Europäern auf die Suche
nach Arbeit zu machen. Er zog es vor, fortzugehen und an
einem unbekannten Ort dem Schicksal, wie immer es aussehen

mochte, ins Auge zu sehen, anstatt in Ibuza darauf zu warten, daß die *Felenza* ihn überfiele.

Nur ihr Bruder Okolie blieb da. Er war ein gut aussehender Mann wie ihr Vater und gehörte bereits zu der Gruppe, die den *Uloko*-Tanz aufführte, den für seine Altersgruppe wichtigen Tanz. Bis jetzt hatte die Epidemie seine Altersgruppe nicht so sehr überfallen wie die der älteren Menschen, und sie erhofften sich, daß die meisten von ihnen überleben würden.

Diese Hoffnung wurde von der Tatsache untermauert, daß die Krise nach ungefähr einem Monat überwunden schien. Erst zu diesem Zeitpunkt gingen in Ibuza Erklärungen für die Ursache der Erkrankung um. Bis dahin hatten die meisten Menschen, die im Inneren Nigerias lebten, nichts davon gewußt, daß das ganze Land jetzt einem Volk gehörte, das sich »die Briten« nannte. Und indirekt, durch die örtlichen Chiefs und Ältesten, übten sie ihre Regierungsgewalt aus. Nun, im Jahr 1916, besagten Gerüchte, daß die neuen Kolonialherren mit ihren Nachbarn, den »Germanis«, im Krieg lägen und daß die letzteren die Briten mit giftigem Gas bekämpften, das sie in die Luft bliesen. Atmete man es ein, starb man. Viele in Ibuza fragten sich, was sie mit den Germanis zu tun hätten und die Germanis mit ihnen. Niemand konnte ihnen ihre Fragen beantworten, nicht einmal die *Diokpa*. Sie trösteten sich mit unzähligen Ziegen- und Hühneropfern in der Hoffnung, daß ihr Gott Olisa sich besänftigen ließe und sie beschütze.

Umeadi trauerte um ihren Mann, und wann immer sich Okolie von der Einübung des Tanzes freimachen konnte, kam er und holte für seine verwitwete Mutter Wasser, denn während der Trauerzeit war es ihr verboten, an den Fluß zu gehen, zu baden oder irgendein Haus zu betreten, in dem der Herr des Hauses einen Titel besaß. Im Grunde genommen erwartete man von einer Frau, die trauerte, nicht, daß sie den Tod ihres Mannes auf lange Zeit hinaus überleben würde; auf wundersame Weise jedoch überlebten viele Witwen; vielleicht, weil die meisten Ehefrauen viel jünger als ihre Männer waren und jene angeborene Widerstandskraft ihr eigen nannten, die nur die Jugend und die Entschlossenheit zum Leben hervorbringen. Und wie viele andere Frauen hätte Umeadi vielleicht überlebt, wäre ihre Widerstandskraft nicht durch dasselbe Gas gebrochen worden, das ihren Mann getötet hatte.

Obwohl Ojebeta ihre Mutter nie über Kopfschmerzen klagen hörte, wie es ihr Vater getan hatte, war sie sich der Gegenwart des Todes sehr bewußt geworden – jenes Wesens, das einem ohne große Vorwarnung die liebsten Menschen einfach wegnehmen konnte. Ihr Vater war fort, obwohl die Verwandten ihr immer wieder versicherten, daß er sie im Schlaf noch immer beschütze. Ojebeta hätte es vorgezogen, er wäre wie früher da gewesen, doch damit konnte sie jetzt nicht mehr rechnen. Um so mehr hing sie an ihrer Mutter, nuckelte an Umeadis milchleeren Brüsten und, wenn sie nicht in der Nähe war, an ihren Fingern. So viele Frauen schienen wie ihre Mutter zu trauern und trugen deshalb rauchgeschwärzte Lumpen, daß man hätte meinen können, die *Felenza* töte nur Männer.

An einem nebligen und feuchten Morgen blies der Wind einen feinen Regen aus den riesigen, majestätisch mitten auf dem Markt stehenden Irokobäumen. Der Wind war stark genug, um all die herumliegenden dürren Blätter aufzuwirbeln und an Umeadis baufälligem Trauerhaus zu rütteln. Er blies sogar in die letzte Glut auf der Feuerstelle. Ojebeta kroch auf der Suche nach Wärme, Sicherheit und Schutz zu ihrer Mutter hin. Ihre Beine und ihr ganzer Körper waren mit Lehm von dem nicht fest genug gestampften und verstrichenen Fußboden beschmutzt, doch das störte Ojebeta nicht. Wo ihre Mutter lag, war Sicherheit, und Ojebeta rief sie mit der leisen, sanften Stimme, die sie sich seit ihres Vaters Tod angewöhnt hatte. Etwas von ihrem eigenen Wesen – sie wußte nicht was – schien mit ihm begraben worden zu sein. Sie war stiller und nachdenklicher geworden, so sehr, daß ihre Mutter sie jetzt oft fragte, woran sie gerade denke. Aufgeschreckt sagte sie dann schnell: »An nichts, Mutter.«

Wieder rief sie leise, und als sie keine Antwort erhielt, nahm sie an, daß die Mutter noch schliefe. Kein Wunder, daß ihre Mutter jetzt immer lange schlief, denn sie konnte ja nirgendwo hingehen, keine Palmkerne, um daraus Öl zu pressen, keine Maniokwurzeln vom Feld holen. Wie eine Gefangene war sie in ihr Haus verbannt, bis die Trauermonate vorüber waren. Vielleicht würde danach alles wieder fast wie vor der Ankunft des schrecklichen Gases sein, das ihr den geliebten Vater geraubt hatte. Ojebeta schmiegte sich näher an die schlaffe Brust ihrer Mutter. Der Wind blies und blies, aber sie hatte keine Angst mehr. Ihre Mutter war hier bei ihr, kein Unheil würde ihr jetzt widerfahren. Sie schlief ein.

Erschrocken wachte sie auf, als eine Stimme rief und wehklagte, als sei die Hölle los. Dann hoben ein Paar starke Arme sie von dem Lehmboden hoch, wo sie neben ihrer Mutter lag. Die Arme gehörten ihrem Bruder Okolie, und wie Ozubu, die Freundin ihrer Mutter, weinte auch er.

Ojebeta rieb sich den Schlaf aus den Augen und sah, daß Ozubu von ihren Feldern eine mit gestampftem Maniok gefüllte Kalebasse gebracht hatte. Es sollte ein Geschenk für Umeadi sein, doch nun stand die Kalebasse irgendwo auf dem Fußboden, und sie und Okolie weinten und schüttelten den Kopf. Der Lärm, den sie verursachten, hatte Nachbarn und Verwandte herbeigerufen. Die Schwester ihres Vaters, die mit der Mutter nicht so gut stand, führte Ojebeta nun von ihrem Bruder weg und erinnerte gleichzeitig alle daran, daß sie nicht soviel Lärm machen sollten, wo doch das Unglück noch mitten unter ihnen weilte. Sie selbst war in diesem Bemühen jedoch nicht sehr erfolgreich, denn auch sie weinte laut.

Inzwischen hatte Ojebeta begriffen, was ihr widerfahren war. Auch ihre Mutter Umeadi lebte nun nicht mehr und war ihr von derselben *Felenza* weggenommen worden.

Als der Mond aufging und der Wind sich gelegt hatte, als jene, die essen konnten, gegessen hatten und die Stimmen der Nachtinsekten laut wurden, schaute Ojebeta zu, wie das Haus ihrer Mutter niedergebrannt wurde. Sie sah, wie Uteh, die Schwester ihres Vaters, einige der Haushaltsgegenstände ihrer Mutter reinigte, und obwohl sie eigentlich an nichts mehr Interesse zeigte, fragte Ojebeta: »Warum mußt du sie waschen, große Mutter?«

»Damit sie mit deiner Mutter begraben werden können. Sie wird sie brauchen, um im Land der Toten für deinen Vater zu kochen. Schau her, ich habe sogar eine große Kalebasse mit Seife gefüllt, damit sie immer genug zu ihrer Verfügung hat.«

»Warum hat sie mich allein gelassen, ohne jemanden, der für mich sorgt?«

Weinend nahm Uteh das Kind in die Arme und drückte es an sich, ihre langen schwarzen Beine krümmten sich in stillem Schmerz.

»Du gehörst ins Land der Lebenden, Ogbanje Ojebeta«, sagte sie.

3

Eine kurze Reise

Es war noch dunkel, als sie auf der roten Erde des gewundenen Fußwegs ihre Reise nach Onitsha antraten. Die letzten Sterne der Nacht hatten sich vom Himmel zurückgezogen und verbargen sich nun hinter dem dichten Blätterdach der Bäume und den niedrig hängenden Wolken. Der graue Morgennebel lag so schwer über dem Horizont, daß es unmöglich war, weiter als einige Schritte zu sehen.

Es herrschte tiefe Stille. Die Nachttiere hatten ihre Verstecke aufgesucht, und die Tiere des Tages zögerten noch, sich ins Offene zu wagen, um ihren morgendlichen Geschäften nachzugehen. Ojebeta und ihr Bruder wurden sich der schläfrigen Bewegungen der Tiere hinter den dichten Wänden des grünen Waldes wohl bewußt, als der gedämpfte Tritt ihrer Füße ein paar Geschöpfe vorübergehend wach und aufmerksam werden ließ. Außer diesen geringen Anzeichen von sich regendem Leben herrschte überall vollkommene Stille. Als sie so dem Weg durch den Wald folgten, war ihnen, als drängen sie in den Bauch der Erde selbst ein, als würden sie nach und nach, doch unaufhaltsam von einer dunklen, geheimnisvollen und grünen Welt verschlungen, deren Mauern sie umringten, sie gefangennahmen, sie einschlossen. Über ihnen hing das Gewirr der ineinander verflochtenen Zweige der riesigen Tropenbäume; Pflanzen mit großen Blättern, Schlingpflanzen und mächtige Baumstämme säumten beide Seiten des Weges – eine undurchdringliche, unentwirrbare dunkelgrüne Wildnis.

Der Fußweg, dem sie folgten, glich einer dünnen, roten, auf beiden Seiten von dieser grünen Gegenwart eingeschlossenen

Schlange, so daß sie nicht einmal ihren Kopf sehen konnten, denn das Ende des Wegs schien von dem Zusammenlaufen der beiden grünen Wände versperrt zu sein.

Nachdem sie alle Gehöfte passiert hatten, wurde aus ihrem roten Fußweg sehr schnell ein einfacher Buschpfad. Schweigend wanderten die beiden immer weiter. Die Stille der Umgebung übte ihre Wirkung auf Ojebeta aus. Verschwunden war das Vögelchen, das immer piepste, das umherschwirrte wie eine Fledermaus, verschwunden das Spaßmachen mit den Erwachsenen. Sie fühlte die Gegenwart einer geheimnisvollen Macht. Sie fühlte sich von diesem stillen, verborgenen Wesen beobachtet. Hätte sie es jemals gelernt, so wäre sie vielleicht niedergekniet und hätte zu der unsichtbaren Macht gebetet, die die Pflanzen so üppig wachsen, die Tiere sich so still verhalten und die Sterne sich zurückziehen hieß. Aber sie war nicht christlich erzogen worden und ihr Bruder Okolie auch nicht. Jetzt spürte sie, wie auch er die Stille brauchte, und sie wußte, daß es ihnen beiden gleich erging. Sie bemühte sich sehr – und mit Erfolg –, das Klimpern der kleinen Glöckchen und der leeren Tabaksdosen, die um ihre Arme gebunden waren, zu dämpfen.

Sie schienen eine Ewigkeit gewandert, als sie schließlich an den Fluß kamen. Hier zumindest waren sie in der Gegenwart von etwas, das sich bewegte. Klares, glitzerndes Wasser rann und plätscherte über winzige Felsen und wusch die kleinen grünen Wasserpflanzen entlang des Ufers. Die Tatsache, daß sie auf eine Art Lichtung hinausgetreten waren, die ihnen den direkten Blick auf den Himmel erlaubte, den Blick durch eine Lücke des grünen Baldachins, erhöhte das Gefühl der Offenheit.

»Wir müssen uns waschen«, sagte Okolie und rannte, ohne darauf zu achten, ob seine Schwester ihm folgte, den Abhang zum Fluß hinunter. Selbst seinen eigenen Ohren klang seine Stimme fremd und wie nie benutzt.

Die Bewegung des Wassers ließ den Fluß sprühen und glitzern wie das unechte Silber, das ihre Mutter an großen Markttagen in Onitsha zu kaufen pflegte. Ojebeta erinnerte sich daran, wie ihr erzählt wurde, daß Menschen, die von weit her über das Meer gekommen waren, dieses glänzende, aus Bonny und Benin stammende Metall dorthin gebracht hatten.

Sie schaute das in frischem Grün leuchtende Gebüsch an, das Wasser, das über herausragende Felsen und kleine Steine plätscherte, und den silberweißen Sand, dort, wo sich keine Steine befanden und man baden konnte. Es sah alles so unberührt und sauber aus, viel sauberer, als sie es sich bei dem üblicherweise sehr besuchten Fluß Atakpo überhaupt hätte vorstellen können. Sie war so überrascht von dieser Unberührtheit, daß sich alles in ihr dagegen sträubte, sie zu zerstören und zum Waschen ins Wasser zu waten. Ermutigt durch die Stimme ihres Bruders, stellte sie die Frage, die ihr unvermittelt in den Sinn gekommen war: »Warum ist das Wasser so rein und klar?« Ihre Stimme klang ziemlich laut; ein Frosch protestierte dagegen, indem er wütend zu quaken anfing, so heftig, daß noch andere erwachten und in den Chor einstimmten, bis der ganze Fluß von dem quakenden Wehgeschrei der Frösche erfüllt schien.

Okolie schaute sie strafend an, als wolle er sagen: »Hörst du, was du angerichtet hast?« Trotzdem beantwortete er geduldig ihre Frage. »Weil heute noch niemand hierher an den Fluß gekommen ist. Wir sind die ersten, die seine Ruhe stören.«

Eine ganze Weile dachte sie über diese Antwort nach und wie zutreffend sie doch war. Hatten ihr ihre Mutter, ihre Freundinnen und selbst alle berufenen Geschichtenerzähler von Ibuza aber nicht erzählt, daß in der Nacht, wenn sie selbst schlief und alle anderen Menschen auch, das Volk der Toten – *Ndi-Nmo* – dort herrschte? In der Nacht kamen sie zum Fluß, um sich selbst und ihre Kleidung zu waschen, genauso, wie es die lebendigen Menschen am Tag taten. Und sobald der erste Hahn krähte, verschwanden sie und kehrten in ihre natürliche Umgebung zurück, ins Land der Toten. Wenn das wirklich

41

stimmte, dann hätten sie doch den Fluß ein wenig aufgewühlt hinterlassen?

»Was ist mit den Menschen aus dem Land der Toten?« wollte sie jetzt wissen. »Sie haben sich doch sicher die ganze Nacht lang, solange wir schliefen, am Fluß aufgehalten? Ich weiß, daß meine Mutter und alle anderen, die von der *Felenza* getötet wurden, keinen einzigen Tag ohne Bad sein können. Ganz bestimmt ist Mutter hier gewesen, um ihr tägliches Bad zu nehmen, obwohl sie gestorben ist. Ich habe doch bei der Beerdigung gesehen, daß man ihr alle ihre Kochtöpfe und die Kalebassen für die Körperpflege mit in ihre Bestattungsmatte gegeben hat. Meine große Mutter Uteh hat ihr sogar eine große Kalebasse voll Seife mitgegeben, damit Mutter immer genug haben würde.«

Ihr Bruder blieb unvermittelt stehen, schaute Ojebeta nachdenklich an und sagte beruhigend: »Die Menschen aus dem Land der Toten sind nicht so schmutzig wie wir und machen nicht soviel Lärm. Sie waten nicht hier herum, stören den Frieden und wirbeln den Schlamm auf wie wir. Sie schweben im Wasser, so wie Vögel in der Luft schweben.« Dann, mit Autorität in der Stimme, die ihr zu verstehen gab, daß er zu diesem Thema lieber nicht weiter befragt werden wollte, fuhr er fort: »Geh jetzt baden, und beeil dich. Ich bin am Badeplatz der Männer.«

Damit watete er spritzend und nicht gerade leise durch den flach dahinfließenden Fluß und rührte den sonst ungestört auf dem Grund ruhenden Schlamm auf, so daß eine eindeutig schlammigwolkige Spur seinen Weg kennzeichnete. Er verschwand tiefer in der grünen Abgeschlossenheit der Bäume, von denen mehrere sich über den Fluß neigten und mit ihren Zweigen die Bäume auf der anderen Seite berührten, als reichten sie ihnen unablässig die Hand.

Ojebeta stand da und überlegte, was wohl wäre, wenn sie zum Badeplatz der Männer ginge. Sie hätte doch zu gern eine Ahnung davon gehabt, was die Männer an so einem geheimen Ort versteckten. Warum mußten sie zum Baden so tief in den dunklen Bauch des Waldes eindringen, wo sich doch die Frauen und Kinder mit dem offenen Badeplatz hier begnügten, an dem der Sand sauber und das Wasser klar und flach war? Sie hatte nicht unbedingt den Wunsch, so früh am Morgen, wenn fast die ganze übrige Welt noch schlief, zu baden. Und was war überhaupt das Ziel ihrer Reise, das dieses frühe Aufstehen von ihren Schlafmatten gerechtfertigt hätte? Ihr Bruder hatte ihr nur gesagt, daß sie eine Verwandte, die in Onitsha lebte, besuchen wollten.

Sie hatte ein- oder zweimal gehört, wie ihre Mutter diese Verwandte im Gespräch erwähnt hatte, doch es war zu vage gewesen, als daß die kleine Ojebeta hätte verstehen können, welcher Seite der Familie diese Person tatsächlich verwandt war. Sie wußte nur, daß die Verwandte die Ungehörigkeit besessen hatte, nicht nur aus der Stadt Ibuza hinauszuheiraten, sondern auch aus ihrem eigenen Volk. Es hieß, sie habe einen Mann geheiratet, der von jenseits des salzigen Wassers gekommen war. Schlimm genug, wenn eine Frau aus Ibuza jemanden aus Ogwashi oder Asaba heiratete, ging eine jedoch so weit und heiratete jemanden, der nicht einmal die Sprache der Igbo sprach, dann galt diese Person als verloren oder in die Sklaverei verkauft.

Nun also waren sie auf dem Weg zu dieser als verloren zu betrachtenden Verwandten – doch warum wohl? Als Ojebeta widerwillig in den Fluß hinauswatete, dachte sie daran, wie das Unglück sie verfolgte und sie innerhalb so kurzer Zeit ihre Mutter und ihren Vater hatte verlieren lassen. Ohne es zu wollen, füllten sich ihre Augen mit Tränen des Selbstmitleids und der Enttäuschung. Sie liefen ihr über die Wangen und tropften in das morgenkühle Wasser. Auf so vieles hätte sie gern eine Antwort erhalten, doch sie spürte, daß ihr Bruder, mit dem sie nun am meisten zusammen war, zu sehr mit seinen eigenen, privaten Problemen beschäftigt war, als daß er ihr zugehört hätte. Also hatte sie begonnen, sich mit ihrer Mutter zu unterhalten, ganz besonders jetzt, wo sie so verwirrt war. Hatte man ihr nicht gesagt, daß die Toten alles sehen könnten?

»Warum, Mutter, soll ich eigentlich diese Frau besuchen, diese Ma Palagada oder wie immer sie heißt? Sie hat uns nie besucht, auch nicht, als Vater noch lebte. Warum soll ich sie jetzt besuchen und vielleicht sogar bei ihr bleiben? Ich möchte nicht weggehen von zu Hause, von dort, wo du beerdigt bist und mein Vater auch. Mutter, Vater, antwortet mir, bitte!«

Sie hielt den Atem an und lauschte gespannt, doch außer dem halbherzigen, frühen Gesang der Vögel, dem langsam wieder einsetzenden Quaken der Frösche und dem Summen der Wasserinsekten vernahm sie keine Antwort. Statt dessen erschien der Kopf ihres Bruders unter den überhängenden Zweigen, wie der Kopf einer Schildkröte, die aus ihrem Panzer kriecht. Ärgerlich schrie er sie an: »Wann fängst du endlich an, dich zu waschen? Wir gehen nach Onitsha heute, nicht hinaus auf die Felder!«

Hastig warf sie ihr kleines Wickeltuch an das Ufer, schöpfte etwas Wasser über ihren Körper und begann, sich mit den Händen abzureiben. Aber Okolies Geduld war nun erschöpft, schnell kam er auf sie zu, knotete sein Hüfttuch fest, wie jemand, der einen Kampf austragen will, bückte sich und holte eine Handvoll Sand vom Grund des Flusses.

»Bück dich«, sagte er ziemlich ungeduldig.

Sie bemerkte die Irritation in seiner Stimme und gehorchte sofort. Er ließ ihr den feinen Sand auf den Rücken rinnen und verrieb ihn sanft, so daß sein angenehmes Kratzen das Jucken des Hitzeausschlags auf ihrer dunklen Haut linderte. Dann schöpfte er das kühle Wasser über ihren Rücken, daß sie sich erfrischt fühlte und kichern mußte. Sie setzte sich tief ins Wasser und wünschte sich, er würde mit ihr spielen. Aber er tat es nicht. Er wusch ihr nur noch das für ihre Reise extra geschnittene Haar und sagte: »Ojebeta, wir müssen uns beeilen. Hast du gehört? Wir müssen uns beeilen!« Er schaute sich einen Augenblick um, dann rief er: »Siehst du, die Sonne scheint schon durch die Blätter. Es wird ein sehr heißer Tag werden!«

Sie schaute in die Richtung, in die er zeigte, und sah ein

neues Licht, dessen scheinbar plötzliches Erscheinen sie überraschte. Wenige Minuten zuvor war noch alles diesig und grau
gewesen, und nun war da ein goldener Sonnenschein, der durch
die kleinen Öffnungen zwischen den Bäumen strahlte. Und
nun bemerkte sie auch, daß nicht nur ihr Freund, der quakende
Frosch, wach war, sondern daß überall ringsumher das Leben
neu erwachte. Einige der Tiere im Busch erprobten ihren Mor-
gengesang, ein Vogel oder auch zwei stimmten ein Lied an, das
aus versteckten Nestern aufgenommen wurde, bis alles zusammen zu einem Crescendo wohlklingender Tropenwaldmusik
anschwoll, gleich einer herabstürzenden Flut musikalischer
Zurufe.

Er hatte recht, ihr Bruder. Wenn sie nach Onitsha wollten,
mußten sie sich auf den Weg machen. Sie war selbst noch nie
dort gewesen, doch nach dem, was sie oft von ihrer Mutter gehört hatte, konnte der Weg nicht allzu weit sein. Als ihre Mutter regelmäßig nach Onitsha ging, mußte sie einige Zeit dort
verbringen, um ihre Kochbananen und das Palmöl zu verkaufen, das sie stets am Abend zuvor aus Palmkernen frisch gepreßt hatte. Doch Ojebeta und ihr Bruder mußten sicher nicht
lange dort bleiben, denn sie hatten ja nichts zu verkaufen.

Nach ihrem Bad hob Okolie ihr kleines *Npe* auf, ihr Wikkeltuch, das sie am Ufer gelassen hatte. Er schüttelte es aus und
band es ihr um. Als sie ihn anlächelte, um ihm zu danken, und
zuschaute, wie er sein *Otuogwu* wie einen Umhang umband,
so wie er es gewohnt war, schaute er sie an, doch er erwiderte
ihr Lächeln nicht. Sie spürte, daß etwas nicht in Ordnung war
mit ihm, aber sie fragte ihn nicht danach. Selbst wenn er ihr von
seinen finanziellen Nöten erzählt hätte, hätte sie es doch nicht
verstanden. Schweigend nahmen sie ihre Wanderung wieder
auf.

Die Sonne war nun ganz aufgegangen und stand strahlend
am Himmel. Die silbrigen Tautropfen, die wie Metallstückchen
auf den Blättern geglitzert hatten, trockneten langsam. Bald
wurde der Buschpfad breiter, und statt der Wände aus grünem

Wald umgab sie nun ein Meer von hohem Gras, nur von einigen wenigen Maniokfeldern unterbrochen. Die helle Sonne blendete Ojebeta so sehr, daß sie zurückblieb und ihr Bruder sich gezwungen sah, seinen weit ausholenden Schritt zu verlangsamen, damit sie ihn wieder einholen konnte.

»Komm, kleine Schwester, auf meine Schulter, ich trage dich«, sagte er besorgt.

Trotzig schüttelte sie den Kopf, womit sie sagen wollte, daß sie sehr wohl in der Lage sei, den ganzen Weg zu gehen, doch Okolie wußte, daß ihr Widerspruch nur eine kümmerliche Show war, um sein Angebot annehmen zu können. Er wußte auch, daß ihre Füße jetzt schmerzten, obwohl es ihr Stolz nicht zuließ, das zuzugeben. Er lächelte traurig. Der bohrende Gedanke an das, was er vorhatte ihr anzutun, quälte ihn wieder, wie sehr er auch versuchte, ihn zu unterdrücken. Er tat ja nur das einzig Richtige, das einzig Mögliche, sagte er sich immer wieder. Es blieb ihm keine andere Alternative. Er bat ihre toten Eltern, ihm zu vergeben. Doch was sollte denn ein junger unverheirateter Mann wie er mit einer kleinen, erst siebenjährigen Schwester anfangen? Mit einem verwöhnten Kind, das in einem Alter, wo alle anderen Kinder längst entwöhnt waren, noch immer an der Brust der Mutter saugte? Unter diesen Gedanken, mit denen er sich selbst zu rechtfertigen suchte, mischte sich auch die Überzeugung, daß er alles Geld, das er irgendwie in die Hand bekommen konnte, dringend benötigte, um sich auf eines der wichtigsten Ereignisse in seiner Altersgruppe, den bevorstehenden Initiationstanz, vorzubereiten. Etwas anderes konnte er sich einfach nicht leisten.

Sein Blick ruhte wieder auf Ojebeta, und als wolle er seine zukünftigen Sünden wieder gutmachen, wies er alle kritischen Gedanken über sie von sich und begann, ihre Ehrennamen aufzuzählen: »Komm, schöne Besucherin! Wessen Haut gleicht der Haut der schönen Frauen des Königs von Idu? Wer ist in allen sieben Ländern der Welt das Mädchen mit den saubersten Zähnen? Wer ist der Liebling unserer Mutter und das Herz unseres Vaters? Wer ist meine einzige Schwester, die zuerst nur als Besucherin kam, doch jetzt beschlossen hat, bei uns zu bleiben? Komm! Komm und reite auf den Schultern deines großen Bruders, wie die Königin der Götter auf ihrem Pferd, das halb Mensch, halb Tier ist. Komm!«

Er verneigte sich tief vor ihr, wie ein Mann voll großer Ehrerbietung. Sein *Otuogwu* breitete sich aus, als wären es die Flügel eines schwarzen Schutzengels. Die Morgensonne, die hinter ihm aufgegangen war, verlieh der knienden, die Schwester bittenden Gestalt einen Anflug himmlischer Güte. »Komm«, forderte er sie noch einmal auf.

Sie brachte es nicht fertig, sich noch länger zu widersetzen, und stürzte sich in den Schutz seiner ausgebreiteten Arme. Er wickelte sie in sein *Otuogwu*, und als er sie auf die Schultern hob, erschien ein trauriges Lächeln auf seinen schmalen roten Lippen.

Diesen kurzen Augenblick lang lachten sie – das glückliche Lachen, spontan und voller Hoffnung, das sie einst gekannt hatten, das aber so selten geworden war. Es dauerte nur einen Augenblick, während ihr Bruder sie von einer Schulter zur anderen schwang und ihr schließlich sein Tuch zu einem gepolsterten Sitz zurechtlegte, auf dem sie bequem sitzen konnte. Er ging dann sehr schnell los, galoppierte wie ein mächtiges Pferd und vergaß dabei ein wenig das pummelige kleine Mädchen, das er davontrug, um es zu verkaufen.

Die Sonne stand nun direkt über ihnen, und Okolie schwitzte, als er die letzten Meilen bis zu den Booten zurücklegte, die sie über den Fluß nach Onitsha bringen würden. Seine Schwester war es müde geworden, sich mit ihm von dort, wo sie saß, zu unterhalten, und war eingeschlafen, erschöpft von der langen Reise und auch, weil sie den ganzen Morgen noch nichts gegessen hatte. Und Okolie ging noch immer sehr schnell; seine Schritte fielen dumpf und gleichmäßig wie einstmals die seines Vaters. Als sie nach Ogbogonogo in Asaba kamen, verspürte auch er langsam Hunger, doch obwohl die frühen Essensverkäufer dort bereits mit heiserer Stimme ihre Ware anboten, beschloß er, sich nicht aufzuhalten. Er mußte eines der Boote der Ijaw erreichen, die bereitstanden, um früh am Morgen die Frauen auf ihrem Weg zum großen Markt in Onitsha überzusetzen.

Als er Cable Point erreichte, war er ganz damit beschäftigt, in seinen Gedanken Spekulationen darüber anzustellen, wieviel Geld er von seiner sehr entfernten Verwandten für Ogbanje Ojebeta verlangen sollte. Noch nie hatte er einen Menschen verkauft, und er versuchte sich einzureden, daß das, was er vorhatte, nicht eigentlich ein Verkaufen war. Nein, er gab seine Schwester in die Obhut dieser reichen Frau und bekam dafür etwas Geld, damit sie, war sie einmal erwachsen, einem passenden Ehemann gegeben werden und dafür der Brautpreis ausgehandelt werden konnte. Okolie übersah nicht die Tatsache, daß er nicht der ältere von seines Vaters beiden Söhnen war, doch er redete sich ein: »Wo ist denn Enuha jetzt? Er ging weg, als die *Felenza* ihren Höhepunkt erreicht hatte, und ich war allein, als ich unseren Vater holen mußte, als er starb; ich war allein, als ich die Blöße unserer Mutter zudecken mußte, als sie tot dort auf dem Lehmboden lag. Deshalb steht es mir zu, das Geld zu nehmen, das ich so dringend für meinen Initiationstanz brauche. Was macht es schon aus, daß ich meine Schwester dafür eintauschen muß? Dort wird gut für sie gesorgt werden, besser, als ich es mir in Ibuza leisten könnte. Laß sie gehen. Es ist für sie die einzige Möglichkeit, zu überleben und erwachsen zu werden.«

Dann fiel ihm etwas anderes ein. Angenommen, seine Schwester würde als Sklavin an die *Potoki* verkauft. Die würden sie mitnehmen über das Meer, und er sähe sie niemals wieder. Er versuchte, sein Gewissen zum Schweigen zu bringen, und erinnerte sich daran, daß die neu angekommenen weißen Männer, die jetzt in ihre kleinen Städte und Dörfer vordrangen, sich sehr bemühten, dieser Art von Handel ein Ende zu setzen.

48

Menschen verschwanden nicht mehr so einfach wie früher. Okolie erinnerte sich noch gut daran, wie in seiner Kindheit viele junge Frauen gekidnappt wurden, wenn sie nachts auf die Toilette gingen. Er erinnerte sich auch noch, wie sein Großvater, lange Reihen aneinandergeketteter Gefangener mit sich führend, nach Überfällen auf benachbarte Dörfer heimgekehrt war. Einige der Gefangenen – jene, die Glück hatten – behielt man als Haussklaven, aber die meisten wurden entweder nach Bonny gebracht oder an Leute verkauft, die nach Idu gingen. Damals hatte der Menschenhandel seinen Höhepunkt erreicht. Heute war das nicht mehr so. Niemand würde auch nur daran denken, seine kleine Schwester so zu behandeln, denn sie war etwas ganz Besonderes. Wenn die Vorstellung in ihm auftauchen wollte, daß die kleinen Mädchen, die sein Großvater aus anderen Dörfern geraubt hatte, etwas ganz Besonderes für ihre eigenen Familien gewesen waren, dann unterdrückte er solche Gedanken sofort. Inzwischen hatte sein schlechtes Gewissen derart die Oberhand gewonnen, daß er immer schneller lief, sich beeilte, um die ganze Sache hinter sich zu bringen und dann alles vergessen zu können. Das Leben, sagte er vor sich hin, ist eine Chance. Ogbanje Ojebeta wurde nun eine Chance geboten, um aus ihrem Leben das Beste zu machen.

»Was sollen deine ganze Hast und die Selbstgespräche, die du so früh am Morgen führst? Ich habe dich schon von weitem kommen sehen und traute meinen Augen kaum, als ich sah, daß du es warst. Und wo trägst du deine Schwester hin? Geht es ihr nicht gut?«

In seiner Hast und Selbstbetrachtung hatte Okolie seinen Verwandten Eze nicht kommen sehen. In Wirklichkeit war Okolie so früh von Ibuza aufgebrochen, um den Marktfrauen, von denen er wußte, daß sie Fragen stellen würden, nicht zu begegnen. Vielleicht hätten sie ihm auch angeboten, Ojebeta zu sich zu nehmen, aber Geld – was er am meisten wollte –, das hätten sie ihm für Ojebeta nicht gegeben. Und wenn er sich schon vor den Marktfrauen von Ibuza fürchtete, so war die

Begegnung mit seinem Verwandten noch weitaus unangenehmer.

Wie viele ihres Geschlechts, so hielten die Söhne Okwuekwus, wie es auch ihr Vater zu seinen Lebzeiten getan hatte, nicht viel von diesem Mann, der die Dreistigkeit besessen hatte, ein Mädchen aus ihrer Familie zu heiraten. Schließlich war Uteh eine Schönheit und nicht nur das – sie war eine Tochter, geboren in einem Anwesen gleich neben dem Eke-Markt. Trotzdem hatte sie sich herabgelassen, diesen braunhäutigen Mann zu heiraten, dessen Augen unablässig tränten, wie die von nassen Küken. Nach jedem Bad sah sein Körper aus, als habe er ihn mit Asche bestäubt. Sein Aussehen und seine Äußerungen zeugten davon, daß er nie gesund war. Uteh hatte dagegen die schuhcremeschwarze Hautfarbe der Familie und einen kleinen, intelligenten Kopf mit einer sehr hohen Stirn. Wenn sie ging, berührten ihre Fersen nie den Boden, sie trat nur mit den Ballen auf. Sie stand stets aufrecht und schaute den Leuten über die Köpfe, denn sie war hoch gewachsen, sehr schlank, und ihre Haut glänzte so sehr, daß man ihr den Namen »Gleitende schwarze Schlange« gegeben hatte. Daß sie es jedoch gewagt hatte, diesen Narren zu heiraten, entfremdete sie von ihren Verwandten, die sagten, sie habe den blödesten Menschen von ganz Ibuza geheiratet.

Natürlich fragte sich niemand, was man eigentlich von Uteh hätte erwarten sollen, denn ihr Vater hatte den Brautpreis akzeptiert, ehe sie überhaupt ihre Wahl treffen konnte. Und welche gehorsame Tochter, egal ob aus angesehener oder nicht so angesehener Familie, würde die Erlaubnis erhalten, einen Mann ihrer eigenen Wahl zu heiraten? Sie gehorchte nur den Anweisungen ihres Vaters. Okwuekwu war damals noch zu jung gewesen, um in solchen Angelegenheiten der Erwachsenen mitreden zu dürfen. Und zu der Zeit, als der Brautpreis von den Angehörigen ihres zukünftigen Ehemanns bezahlt wurde, war auch Eze noch ein sehr junger Mann, und niemand wußte, daß er als Erwachsener kurze Beine, eine aschene Haut und tränende Augen haben würde. Er war freundlich zu Uteh, und das war alles, was sie wollte. Es schmerzte sie jedoch noch immer, daß sie in wichtigen Familienangelegenheiten, in denen die erstgeborene Tochter des Hauses gehört werden sollte, stets übergangen wurde.

Tatsächlich hatte sie daran gedacht, Ojebeta als die Tochter, die sie selbst nie gehabt hatte, zu sich zu nehmen. In ihren jüngeren Tagen hatte sie einen einzigen Sohn geboren, doch seitdem war sie nie mehr schwanger geworden. Die Leute redeten viel und sagten, weil sie so schmal sei, könne sie keine Kinder austragen. Ihr Ehemann Eze war jedoch so zufrieden mit ihr, daß er niemals auch nur daran dachte, eine andere Frau zu nehmen. Das war einer der Gründe, weswegen ihn die Leute für dumm hielten – daß er nämlich seine Frau so anbetete und nicht den geringsten Wunsch hegte, seine Familie zu vergrößern. Welcher Mann, der einigermaßen bei Verstand war, würde schon seine ganze Zukunft einem einzigen Sohn anvertrauen, und dazu noch einem Sohn, der von seiner Mutter verhätschelt und verwöhnt worden war? Solch ein Mann konnte nichts anderes als dumm sein. Und da seine Frau Uteh häufiger, als es für jede Frau als gut erachtet wurde, den Heiler aufsuchte, wer wußte da schon, ob sie ihm nicht etwas ins Essen mischte, damit er für keine andere Frau Augen hätte? Hatte man zu irgendeiner Zeit einen Mann mit so unablässig tränenden Augen gekannt? Solcherlei Spekulationen waren unter den Leuten im Umlauf.

Eze, der wohl wußte, was die Leute von ihm hielten, neigte, um etwas Respekt zu fordern, zeitweilig dazu, ein wenig den Spaßvogel zu spielen, doch er tat es auf so abwegige Weise, daß für ihn nichts anderes dabei herauskam, als sich noch lächerlicher zu machen. Nach einiger Zeit jedoch kümmerte er sich nicht weiter darum und war es zufrieden, einfach er selbst zu sein, was wiederum bedeutete, daß er so taktlos, wie es ihm gefiel, die Wahrheit sagte, unbekümmert darum, ob die anderen lachten und ihn »Nigerflußauge« nannten.

Und nun stand er hier, mitten auf dem Weg, und wollte wissen, wohin Okolie mit seiner schlafenden Schwester ging.

»Wir haben etwas sehr Wichtiges in Onitsha zu besorgen«, stammelte Okolie, »und wir sind in großer Eile, sonst verpassen wir die frühen Boote.«

Eze hatte wohl Wasser in den Augen, aber in seinem Gehirn war keineswegs Wasser. Er dachte nach. Dann legte er sein aschfarbenes Gesicht in so viele Falten, wie sie nur die Zeit hervorbringen konnte. Obwohl er kein junger Mann mehr war, so war er doch keineswegs alt genug für seine vielen Runzeln und Falten – er hatte eines seiner komischen Gesichter aufgesetzt. Dann sprach er mit einer Stimme – auch die eine Farce –, die sich anhörte wie die eines erwürgten Kaninchens: »Und deine kleine Schwester hat auch mit dieser wichtigen Besorgung zu tun? Ich meine, hat sie etwas zu sagen bei dieser dringenden Zusammenkunft, die du als Rechtfertigung dafür anführst, daß ihr Ibuza zu nachtschlafender Zeit verlassen habt?«

Mit seinem aufgesetzten faltigen Gesicht und gespreizten O-Beinen stand er mitten im Weg und schaute zu Okolie auf, so daß dieser nicht ohne Handgreiflichkeiten an ihm vorbei konnte. Okolie mochte wohl einige Fuß größer sein als er, doch für Eze war er ein aufgebrachter Junge, der offensichtlich wegen der geheimen Mission, die er so früh am Morgen unternahm, mit sich selbst nicht im reinen war.

Okolie erkannte die Lage. In den Augen seines Volkes wäre ein offenes Eingeständnis seines Vorhabens Grund genug, ihn auf ewig zu verdammen. Die Leute würden aufhören, ihn »Okolie, Sohn des Okwuekwu Oda« zu nennen, den besten Hornflötenspieler der *Uloko*-Altersgruppe. Statt dessen würden sie »Okolie, der seine Schwester um Geld verkaufte« sagen. Aber er *brauchte* doch dieses Geld, redete er sich ein. Die einzige Alternative wäre gewesen, das Geld zu stehlen, doch das könnte alles, auch den Tod, nach sich ziehen. Wurde man nämlich beim Stehlen ertappt, hatte der Besitzer des gestohlenen Guts das Recht, den Dieb mit irgend etwas, das gerade zur

Hand war, und sei es ein Buschmesser, zu erschlagen. Auch hatte er kein Verlangen danach, schwere Feldarbeit zu leisten, wie es die meisten Mitglieder seiner Altersgruppe taten, um sich das Geld zur Vorbereitung ihrer Initiation zu verdienen; das nahm nicht nur sehr viel Zeit in Anspruch, sondern die Arbeit war auch viel zu anstrengend. Hatte nicht schon sein verstorbener Vater ihn immer einen Tunichtgut mit kräftigen Beinen und starken Armen genannt, die zu gebrauchen er sich jedoch weigerte und die er nur benutzte, um auf Beerdigungsfeierlichkeiten und bei der Verabschiedung von Bräuten die Hornflöte zu blasen. »Wozu hast du deine starken Arme, Okolie?« pflegte er ihn zu fragen. Oft hatte er seinem Sohn gedroht: »Du wirst keinen Bissen von den Yamsknollen essen, für die ich im Schweiße meines Angesichts gearbeitet habe!« Doch nachdem er derlei Dinge geäußert hatte, war er stets zum Gerichtsgebäude geeilt, um dort sein »Ordnung« zu rufen. Hinter seinem Rücken war es Okolie immer gelungen, seine Mutter davon zu überzeugen, daß er die besten Absichten habe, sich zu bessern. Seine Mutter wurde dann nachgiebig und bot ihm heiße gestampfte Yams mit kräftig gewürzter Fischsoße an. Danach verbarg Okolie seine Hornflöte unter seinem Tuch und ging aus, auf der Suche nach irgendwelchen Feierlichkeiten in Ibuza. Nun, da seine beiden Eltern tot waren, hatte er allein die Verantwortung für eine große Landwirtschaft, von der er nicht wußte, wie sie zu betreiben war. Ein paar von den kleineren Kindern nannten ihn bereits »*Okolie Ujo Ugbo* – Okolie, der die Feldarbeit schwänzt«, denn während des Tages, wenn andere junge Männer auf ihren Feldern arbeiteten, sah man ihn faul herumspazieren. Bisweilen suchte er Trost bei seiner Hornflöte, doch wer schon fand Freude am Spiel auf der Hornflöte, wenn es kein Publikum gab, das zuhörte, und keine Tänzer, die zur Melodie tanzten?

Er würde schon auf seine Felder zurückkehren, doch zuerst benötigte er jetzt das Geld, das seine Schwester ihm einbrächte, um ihm über den Beginn der neuen Pflanzzeit auf den Feldern zu helfen, um eine neue Hornflöte zu kaufen und außerdem ein paar bunte Kopftücher, die er sich für den Tanz um die Hüfte binden mußte. Für die Füße brauchte er einige Schnüre mit Kaurimuscheln und kleine Glöckchen. Hinzu kam noch, daß große, farbige Straußenfedern für die Vervollständigung seines *Uloko*-Kostüms ganz unabdingbar waren. Jetzt ging es in seinem Kopf hin und her: Gab es etwa Leute, die zweimal erwachsen wurden? Nein, es geschah nur einmal im Leben, und ein jeder war verpflichtet, dieses Ereignis so denkwürdig zu gestalten, wie er es sich nur leisten konnte. Sein Blick richtete sich wieder auf den o-beinigen Mann, der ihm im Weg stand, und sein Geduldsfaden riß: »Geh mir aus dem Weg, du alte Schildkröte, und laß mich vorbei!«

»Nein, Okolie, nicht ehe du mich Ogbanje Ojebeta zu ihrer großen Mutter, zu meiner Frau Uteh, bringen läßt. So wie du sie festhältst, könnte man fast meinen, du hättest gar im Sinn, sie zu verkaufen. Aber keinem blutsverwandten Bruder würde es jemals einfallen, so etwas zu tun!«

Ezes Art und Weise, extra langsam zu sprechen, gab Okolie Zeit, sich von dem Schrecken zu erholen, den er darüber empfand, daß jemand bereits im voraus seine Absicht erraten hatte. Er bluffte und begann so herzhaft zu lachen, daß Ojebeta aufwachte.

»Nein, lieber Schwager, du weißt doch, daß deine Frau nicht die einzige große Mutter meiner Schwester ist. Erinnerst du dich an unsere Verwandte Olopo, die einen Mann der Kru geheiratet hat? Sie ist inzwischen sehr reich geworden. Man hört, sie habe im Stadtteil Otu in Onitsha viele Häuser gebaut. Sie hat von all dem Unglück und den Todesfällen gehört, die über uns gekommen sind, und sie schickte mir am letzten Markttag einen Boten, um mich wissen zu lassen, ich solle Ojebeta nach Onitsha bringen, da sie das Kind gern sehen und ihr dies und jenes kaufen wolle, um sie über den Verlust ihrer Mutter hinwegzutrösten. Deshalb besuchen wir sie. Ich muß mich jetzt sehr beeilen, damit ich die Boote der Ijaw noch erreichen kann, und wir sind zur Abendmahlzeit wieder in Ibuza. Dann kann Ojebeta zu deiner Frau gehen und bei ihr bleiben, aber zuerst möchte ich, daß sie ein wenig über den Verlust unserer Mutter hinwegkommt. Erinnerst du dich, sie waren einander ja so nahe; als Mutter starb, fanden wir Ojebeta, wie sie auf ihr lag und ihre Brust umklammerte. Sie vermißt ihre Mutter so sehr, nicht wahr, Ojebeta?« fragte er seine kleine Schwester und legte ihr die Hand unter das Kinn, daß sie zu ihm hochschaute.

Ojebeta antwortete nicht. Sie war von seiner Schulter geklettert und stand neben ihm, noch immer benommen vom Schlaf, erschöpft von dem langen Weg und weil sie den ganzen Morgen noch überhaupt nichts gegessen hatte. Nicht mehr lange, und es war Mittag.

Okolie hatte damit gerechnet, daß sie vor Mittag in Onitsha anlangten. Womit er nicht gerechnet hatte, war die Begegnung mit dem o-beinigen Eze und seinen bohrenden Fragen. Seinerseits hätte Okolie zu gern gewußt, was Eze so früh am Morgen in Asaba zu tun hatte, aber er fragte nicht danach, denn Ezes Erklärungen waren möglicherweise gewunden und irreführend, wie alles, was er sagte, und außerdem gewiß äußerst zeitraubend.

Eze dachte wieder nach, und was immer seine Gedanken waren, so schienen sie sehr traurig zu sein. Er schaute Ojebeta an und sagte einfach zu ihr: »Jene, die zum Überleben geboren sind, werden immer überleben. Deiner großen Mutter bist du stets willkommen, und die Tür meines Hauses steht dir immer offen. Die kleinen Yamsstücke, die du ißt, reißen kein Loch in meinen Haushalt. Wenn du einen Ort brauchst, an dem du bleiben kannst, dann komm zu uns.«

Dann tauchte seine Hand in die Jagdtasche aus Jute, die er über der Schulter trug, holte ein Stück getrockneten Fisch heraus und reichte ihn Ojebeta.

»Nimm dies und stille deinen Hunger.«

Darauf ging er, ohne ein weiteres Wort an Okolie zu richten, schnellen Schrittes davon.

Okolie hatte allen Mut verloren. Sollte er seinen Plan weiterverfolgen oder nicht? Aber wer belastete sich schon gern mit einer kleinen siebenjährigen Schwester? Und er wollte nicht, daß sie zu Uteh ging, denn er konnte Eze nicht leiden. Nein, sie sollte zu Ma Palagada gehen, und er ließe sich von ihr Geld für seine Schwester geben. Ogbanje Ojebetas Schicksal war beschlossene Sache. Sie mußte verkauft werden.

Er nahm sie an der Hand und lief mit ihr, so schnell er konnte, die wenigen verbliebenen Meter zum Flußufer, wo sie das Boot bestiegen, das sie zum Markt von Onitsha brachte.

4

Der Markt von Onitsha

Der Markt von Onitsha, Otu genannt, einer der großen Treffpunkte Westafrikas, lag direkt am Ufer des Flusses Niger und diente nicht nur den Menschen von Onitsha, sondern auch denen aus den umliegenden Städten und Dörfern der Igbo. Für sie war dieser Ort der Mittelpunkt ihrer Welt. Ein Markttag war die Gelegenheit, sich in Schale zu werfen und sich mit Freunden zu treffen, ebenso sehr wie einzukaufen und Ware zu verkaufen. Auf den Markt kamen Leute, um ihre Tänze vorzuführen, und sei es eine Altersgruppe oder eine Familie, die das Ende der Trauerzeit für einen verstorbenen Verwandten bekanntgeben wollte. Und sehr viel Aberglaube hing mit dem Markt zusammen. War zum Beispiel ein Mensch dem Wahnsinn verfallen, so gab es Hoffnung auf Heilung, solange die Krankheit nicht auf dem Markt gezeigt wurde. Die großen Märkte stellten Orte dar, an denen sich die sichtbar Lebenden begegneten, aber unter ihnen allen bewegten sich die Toten und Unsichtbaren.

Deshalb glich Otu Onitsha einem Nervenzentrum, das seine Botschaften in alle umliegenden Gegenden aussandte. Das neueste *Abada*-Tuch gab es nur in Onitsha zu kaufen. Die neueste Mode war ganz sicherlich bei jemandem zu sehen, der sie auf dem Markt in Onitsha trug. Der allerneueste Klatsch war in Onitsha zu erfahren.

Okolie und seinem Schützling Ojebeta tat es nicht leid, das flache Boot zu verlassen, das sie von Asaba über den Fluß gebracht hatte. Zuerst hatte Ojebeta das begeisterte Rudern der Bootsmänner gefallen, so sehr, daß sie sogar gewagt hatte, ihre

Hand in das schnellfließende Wasser zu tauchen. Doch nach einer Weile, als ihr ein wenig schwindlig wurde und eine Marktfrau, die einen Topf rotes Palmöl zum Verkauf trug, sie warnte aufzupassen, daß man sie nicht in den Fluß werfe, bekam Ojebeta Angst. Und ihre Angst wurde keineswegs durch die seltsamen, lauten Lieder der Bootsmänner gemindert, die sie im Takt mit ihren eleganten Ruderschlägen sangen. Hörten sie mit Singen auf, dann redeten sie so wortreich und zungenfertig, daß es schien, als ob die sanften Wellen des blauen Wassers von ihren Stimmen angezogen wurden und an das braune Holz des Bootes schlugen. Als sie sich dem anderen Ufer näherten, verdrängte der Lärm, der von Otu Onitsha zu hören war, alle anderen Gedanken.

Der Eke-Markt war der größte Markt, den Ojebeta je gesehen hatte, aber dieser hier glich in ihren Augen einer ganzen Stadt. Es war eine richtige, sich scheinbar meilenweit ausdehnende Marktlandschaft. Wie dröhnende Insektenschwärme schwirrten die Menschen umher. Die meisten waren modisch gekleidet, doch einige, wie die Bootsmänner und jene, die frischen Fisch verkauften, trugen nur sehr spärliche, wie Flügel um ihre Hüften gewickelte Tücher. Außer den Igbohändlern sah man auch Stände der Yoruba, an denen es verschiedene Arten Medizin aus Wurzeln und Pflanzen zu kaufen gab und das schwarz eingefärbte Tuch, *Iyaji* genannt. Tatsächlich war es eher dunkelblau, aber bei den Igbo, die alles liebten, was bunt, hell und mit Blumenmustern bedruckt war, galt alles dunkle und einfarbige als schwarz. Sogar die Leute aus dem Norden hatten Stände – die Haussa und die hochgewachsenen, sich mit Anmut und Eleganz bewegenden Männer des Fulbe-Hirtenvolkes mit ihren ledernen Rucksäcken, Ledersandalen, langen, weißen Gewändern und dunkelbraunen Turbanen. Einige ihrer Familien hatten sich auf Dauer in den Häusern am Rande des Otu-Marktes niedergelassen und verkauften köstliche Haussa-Spezialitäten, wie in Fleischscheiben mit Honigkruste eingewickelte Mais- und Bohnenbällchen und das als *Efi Awusa* bekannte Gericht aus Rindfleisch. Ihre Frauen hatten große Löcher in den Ohrläppchen, in die sie leuchtende Korallenperlen steckten, gekauft von dem Geld, das sie mit ihrem Handel in den Städten und Dörfern der Igbo verdienten.

Die Leute drängelten und schoben sich gegenseitig, lauthals ihre Ware anbietende Verkäufer steigerten noch den allgemeinen Lärm, und im übrigen schien jeder eine Menge mitzuteilen zu haben. Obwohl Ojebeta Angst hatte und sich an Okolie klammerte, fand sie dies alles doch höchst interessant. So viele Menschen und so viele verschiedene Dialekte ihrer Sprache! Sie packte ihren Bruder jedoch fester an der Hand, als sie bemerkte, daß die Leute sie anstarrten. Sie fühlte sich gedemütigt, als sie eine Gruppe Frauen sah, jede mit einem Tablett voll gestampfter Maniokknollen auf dem Kopf, die die Köpfe zusammensteckten, lachten und mit dem Finger in ihre Richtung zeigten; in dem Versuch, nicht allzu unhöflich zu sein, drehte sich eine von ihnen weg, um ihr Lachen zu verbergen.

Ojebeta warf einen prüfenden Blick auf ihren Bruder, dann schaute sie an sich selbst hinunter und fragte: »Warum starren die mich so an und lachen dabei?«

Okolie hatte Schwierigkeiten, mit seinem bohrenden Schuldgefühl fertig zu werden, und als er sie so durch die lärmende Menge lotste – an den Ständen der Fisch- und Yamsverkäufer vorbei, in Richtung auf einen etwas offeneren Platz auf dem Markt –, hatte er ihre Frage zuerst gar nicht gehört. Schließlich, nachdem sie ihn gestupst und lauter gesprochen hatte, hörte er sie. Wohl wissend, daß es wertvolle Minuten dauern würde, ihr alles zu erklären, klopfte er ihr beruhigend auf die Schulter, als wolle er sagen, sie solle sich weiter keine Gedanken über diese dummen Leute machen, die nichts Besseres zu tun hatten, als hier herumzustehen und zu lachen wie Leute, die nicht richtig im Kopf waren.

Er wußte genau, warum sie lachten. Nicht nur wegen Ojebetas Sicherheitsamuletten, der Glöckchen und Kaurimuscheln, die bei der leisesten Bewegung klingelten und klapperten. Der eigentliche Grund lag in dem außerordentlich interessant anzuschauenden Gesicht seiner Schwester. Ihr ganzes Gesicht war nämlich mit kunstvollen Tätowierungen im Spinatblattmuster bedeckt; feine Zweige breiteten sich von ihrer Nase aus über die Stirn bis zu den Ohren. Auf jeder Wange waren die Umrisse eines großen Spinatblattes, reif zur Ernte, zu sehen. Nicht, daß die Igbo als Zeichen der Zugehörigkeit zu ihrem Clan nicht verschiedenste solcher Tätowierungen im Gesicht getragen hätten, sie lachten vielmehr darüber, daß so viele dieser Zeichen auf das Gesicht eines einzigen kleinen Mädchens eintätowiert worden waren. Aber als Ojebetas Mutter Umeadi damals klar wurde, daß ihre Tochter am Leben bliebe, hatte sie gute Gründe dafür gehabt, die Dienste des teuersten Gesichtstätowierers von ganz Ibuza in Anspruch zu nehmen. Denn mit Spinatblattmuster solchen Umfangs auf dem Gesicht ihrer einzigen Tochter würde kein Kidnapper auch nur davon träumen, sie als Sklavin zu verkaufen. Außerdem würden ihre Landsleute sie stets erkennen können, falls sie einmal verlorenginge, denn obwohl das Muster auf ihrem Gesicht den Igbo hier im Osten, die regelmäßig auf den Otu Onitsha kamen, verrückt erscheinen mochte, so galt es den Igbo des Westens, die sich *Aniocha* nannten, als charakteristisch und symbolträchtig.

Der Gedanke, Ojebetas Amulette abzuschneiden, war Okolie schon durch den Kopf gegangen. Unter ihren eigenen Leuten hatten sie nichts Seltsames an sich, doch mitten auf einem der größten Märkte Westafrikas waren sie durchaus nicht am Platze. Sie dienten wirklich nur familiären Belangen. Im allgemeinen hielt man es für angebracht, einem Kind solche Amulette abzunehmen, sobald es zusammenhängend sprechen konnte. Dann konnte das Kind, sollten seine Verfolger aus der anderen Welt es auffordern, mit ihnen zu kommen, rufen: »Geht weg! Ich will euch nicht! Ich bin hier glücklich!« und jeder Erwachsene es verstehen, einen Besen oder Ähnliches nehmen und mit den Worten *Asha, Asha* in alle Ecken des

Hauses schlagen, bis das Kind aufhörte, um Hilfe zu rufen. Den meisten Kindern wurden die Amulette in einem Alter von vier oder fünf Jahren abgenommen, dann sah man sie als ihrer Kindheit entwachsen und als Mitmenschen einer lebendigen Welt an.

Doch Ogbanje Ojebeta war ihrer Mutter noch viel kostbarer. Sie wollte sich doppelt absichern und hatte ihrer Tochter erlaubt, die Amulette als Sicherheit für ihr Überleben bis jetzt zu tragen. Es schien fast, als ob ihre Mutter unbewußt beabsichtigt hatte, Ojebeta so lange als möglich im Babyalter zu lassen, da keine kleinen Geschwister mehr folgten. Und nun fürchtete Okolie zu sehr mögliche Konsequenzen, wenn er selbst das Risiko eingegangen wäre, die Glöckchen und Kaurimuscheln abzuschneiden.

»Angenommen, es widerfährt ihr etwas«, sagte er sich. »Die Leute würden sagen, ich hätte sie umgebracht. Nein, sie soll sie tragen, bis ich sie im Hause eines Herrn untergebracht habe.«

Außerdem, wer wußte schon, welche Tricks ihre toten Eltern aushecken würden, nun, da sie beide auf der anderen Seite waren? Vielleicht verlangte es sie danach, ihre einzige Tochter bei sich zu haben, und sie erschreckten sie möglicherweise im Schlaf zu Tode. Wer konnte schon die Gedanken der Toten vorhersagen, auch wenn sie unsere Lieben waren? Er glaubte daran, daß die Lebenden zu den Lebenden gehörten. Ojebeta sollte die Gelegenheit erhalten, ihr eigenes Leben zu leben und in Frieden zu sterben, wenn ihre Zeit gekommen war. Sie durfte nicht von ihren Eltern, die nun zu den Toten gehörten, hinübergezogen werden, ehe sie überhaupt eine Möglichkeit hatte, zu erfahren, wie das Leben aussah. Ihre letzte Anstrengung, sich an der Menschenmenge bei den Ständen, die Frischfleisch verkauften, vorbeizudrängen, brachte Okolie und Ojebeta zu einigen Verkaufsständen, die sehr sauber und elegant aussahen und bei denen es nicht so laut zuging. Die Frauen an diesen Ständen schienen von ganz anderer Art zu sein; wie für einen besonderen Anlaß waren sie sehr gut angezogen. An vielen Verkaufsständen saßen junge Mädchen auf niedrigen Hokkern, die Köpfe über Näharbeiten gebeugt. Ojebeta schaute sich begeistert die bunten Verkaufsstände der Stoffhändler an. Ziemlich unerwartet blieben sie vor einem dieser Stände stehen, und Ojebeta glaubte, daß sie nun das Ziel ihrer Reise erreicht hatten.

Es war ein seltsames Reiseziel für ein siebenjähriges Kind. In ihren kühnsten Träumen hätte sie sich nicht vorstellen können, an einen solchen Ort zu kommen. Dafür waren sie viele Stunden lang durch mehrere Wälder meilenweit gewandert, hatten Flüsse durchwatet und waren in einem Boot über den großen Fluß gebracht worden. Und nun standen sie vor diesem fröhlichbunten Verkaufsstand, in dem Tausende von Stoffen unterschiedlicher Muster in vielen Reihen an hölzernen Regalen hingen. Es gab so viele verschiedene Farben und Entwürfe, daß sie alle in einem großen Muster zu verschmelzen schienen. Auf einigen waren Blattmuster, auf anderen Vögel oder Fische, wieder andere zeigten den Mörser, in dem die Yamswurzeln gestampft wurden – für jeden überhaupt vorstellbaren Gegenstand gab es unweigerlich einen *Abada*-Stoff, auf dem er abgebildet war.

Auf einer niederen, langen Bank saßen vier Mädchen im Alter zwischen neun und vierzehn Jahren. Alle trugen sie dieselben Kleidungsstücke aus einem mit einem Muster aus Kaurimuscheln bedruckten Stoff – der Stoff selbst war weiß und die Muscheln tiefblau mit gelben Rändern. Ojebeta bemerkte diese Einzelheiten erst, als sie näher hinschaute, denn zuerst war ihr der Stoff einfach nur blau erschienen. Vor einem dieser Mädchen blieben sie stehen.

»Wo ist eure Mutter?« fragte Okolie mit leiser und brüchiger Stimme.

Zwei der Mädchen schauten auf, und eines der jüngeren stieß das größte und offensichtlich älteste Mädchen heimlich an. Diese schaute von ihrer Arbeit auf, und beim Anblick des seltsam aussehenden Paars vor ihrem Verkaufsstand legte sie die Hand auf den Mund, um sich das aufsteigende Lachen zu verbeißen. Ihre Kleidung und die Zeichen der Clanzugehörigkeit in ihren Gesichtern, besonders im Gesicht des kleinen Mädchens, sagten ihr, daß sie nicht aus dem umliegenden Buschland kamen, sondern aus der Gegend von Aniocha. Aber ganz gewiß waren sie ein merkwürdiges Paar – der große, gesunde Mann in der Blüte seiner Jugend, der an einen Verkaufsstand in Otu kam und einfach, ohne jeglichen Gruß, fragte: »Wo ist eure Mutter?«

»Schau mal«, flüsterte das kleinste der Mädchen, laut genug für Okolies und Ojebetas Ohren, »sie hat Glöckchen wie Markttänzer!«

Das große Mädchen, das sich inzwischen wieder gefaßt hatte, hieß die Kleine still zu sein und zu arbeiten, sonst würde sie sie, wenn sie nach Hause kämen, zu Pa Palagada bringen. Bei der Erwähnung dieses Namens erstarrten und verstummten die Mädchen auf derart unnatürliche Weise, daß man den Eindruck gewinnen konnte, die Macht dieser Person oder Erscheinung, »Pa Palagada« genannt, wer immer sie auch sein mochte, sei immens. Plötzlich war der Frieden wiederhergestellt, selbst das Mädchen, das kicherte und überall und nirgendwo hinzeigte, neigte den Kopf und hob die Augen nicht mehr von ihrer Näharbeit.

Das große Mädchen schien der Meinung zu sein, Okolie wolle für Ojebeta ein Stück *Abada*-Stoff kaufen, denn sie nahm den hölzernen Meterstab in die Hand und wartete darauf, daß er ihr sagte, welchen von den unzähligen Stoffen, die ihnen die Europäer der *United Africa Company* lieferten, er zu kaufen wünschte.

Okolie beobachtete sie interessiert. Sie war ein attraktives, erwachsenes Mädchen von ungefähr vierzehn Jahren mit vollen Brüsten. Sie sah gut ernährt aus und so frisch und mollig, daß ihn ihre Haut an glatte, zum Platzen reife Mangofrüchte erinnerte, aus denen dickflüssiger, zuckersüßer Saft tropfte. Er fragte sich, warum Mädchen aus Ibuza nicht so aussahen; sie waren im allgemeinen groß und schlank gewachsen, mit langen Beinen und schmalen Gesichtern. Nun, so schloß er, dieses Mädchen saß wahrscheinlich den ganzen Tag über hier, und ihre Arbeit bestand höchstens darin, am Abend für die Familie Feuerholz zu holen oder die Yamswurzeln für die abendliche Mahlzeit zu stampfen. Ein Mädchen ihres Alters aus Ibuza müßte ihrer Mutter helfen, Maniok zu pflanzen, ihrem Vater die reifen Maiskolben entkernen, und auf ihrem Rückweg von den Feldern würde sie Zweige mit Palmkernen tragen müssen, reif genug, um aus ihnen das Öl zu pressen, das, abgesehen von der für die Familie zum Kochen und für die Öllampen benötigten Menge, auf dem Otu-Markt verkauft wurde. Doch die Mädchen hier in Otu mußten nicht soviel unterwegs sein. Obwohl einige von ihnen bestimmt Sklavinnen waren – Ma Palagada hatte sicherlich für jede einen hübschen Kopfpreis bezahlt, genauso, wie er von ihr erwartete, daß sie ihm etwas für seine Schwester Ojebeta zahlen würde –, und doch wurden sie augenscheinlich genauso behandelt wie die Kinder irgendeiner Familie.

Dies alles stärkte seine Überzeugung, daß er das richtige für Ojebeta tat. Er war sicher, daß Ma Palagada sie wie eines der Mädchen hier, die in ihrer Obhut waren, behandeln würde. Er stellte sich seine kleine Schwester in einem Kleidungsstück vor, wie die Mädchen es trugen – in Ibuza konnte sie sich nur an großen und wichtigen Tagen so schön anziehen, wogegen die Mädchen hier schon für den Markt so gut gekleidet waren. Auch die Art, wie sie das Igbo sprachen, gefiel ihm; mit einem Anflug fremder Eleganz anstatt dem grellen, harten und scharfen Akzent seiner eigenen Leute, die, weil sie im Inneren des Landes wohnten, nicht mit so vielen Fremden zusammenlebten und zu tun hatten wie die Igbo von Otu Onitsha. Viele Igbohändler kamen von überallher, einfach um auf dem Markt von Onitsha Geld zu verdienen, damit sie sich Ländereien kaufen, schöne moderne viktorianische Häuser bauen und sehr modern, sauber und wie die Ausländer leben konnten.

Wie einen Singsang leierte das große Mädchen unbeirrt herunter, daß sie soeben von der Küste eine ganz neue Lieferung von *Abada*-Stoffen erhalten hätten.

»Sehen Sie diesen hier: Wir nennen ihn *Ejekom be loya* – ›Ich habe einen Termin mit dem Rechtsanwalt‹«, sang sie und zeigte mit dem langen hölzernen Maß auf einen Stoff mit einfachem weißem Hintergrund und einer in gelb, hellblau und rosa gehaltenen Bordüre. »Kein anderer Stand auf dem Otu-Markt führt diesen Stoff. Unsere Ma Palagada hat für die vier nächsten Markttage die alleinigen Rechte auf diesen Stoff von den Weißen der *United Africa Company* gekauft. Wenn Sie diesen Stoff also jetzt für sich selbst kaufen und einen Meter oder zwei für Ihre kleine Mädchenfrau, dann sind Sie nach der neuesten Mode gekleidet. Die Leute werden Ihnen nachschauen und Sie beide bewundern, denn niemand hat je einen so weichen und wunderschönen Stoff wie diesen gesehen. Er ist dem weißen *Otuogwu* nicht unähnlich, den Ihre Leute so gern tragen. Fühlen Sie einmal, wie weich er ist. Ein ganz einzigartiger Stoff.« Damit hielt sie inne, um Atem zu holen und um sich zu vergewissern, daß sie das richtige gesagt hatte.

Okolie konnte sich eines Lächelns nicht erwehren. Schon öffneten sich ungewollt seine Lippen, und er mußte sich zusammenreißen, um nicht in brüllendes Gelächter auszubrechen. Er wischte sich die Lachtränen aus den Augen und sagte: »Schön, aber nun hörst du mir mal zu. Hab ich gesagt, daß ich Stoff kaufen will? Ich habe nach deiner Mutter gefragt, doch du hast mir keine Antwort gegeben. Dieser Stoff ist schön, das Muster gut entworfen, aber ich bin nicht hierhergekommen, um Stoff zu kaufen. Ich bin gekommen, um mit deiner Mutter zu sprechen. Wo ist sie?«

Okolies Stimme strahlte soviel Autorität und Ungeduld aus, daß die drei sitzenden Mädchen zu ihm aufschauten, und das große Mädchen, das so sehr versucht hatte, einen guten Eindruck zu machen, starrte ihn nur noch mit offenem Mund an. Niemand kam auf den Markt und fragte einfach so nach Ma

Palagada, ganz besonders nicht Männer wie dieser hier, obwohl sein Ton sehr achtungsgebietend war.

»Sie ist nicht hier am Stand«, sagte sie kurz angebunden. »Wollen Sie eine Nachricht für sie hinterlassen? Ich werde sie ihr geben, sobald sie zurückkommt.« Sie wandte sich um, als wolle sie ihre Näharbeit wieder aufnehmen und diesen unverschämten Bauern vergessen, der mit seiner Dreistigkeit von Gott weiß wo daherkam.

Doch Okolie wies sie in ihre Schranken und betrat kurzerhand den überdachten Verkaufsstand. Die anderen Mädchen hielten den Atem an, bereit loszuschreien, falls es sich herausstellen sollte, daß sie am hellichtem Tag von einem Marktdieb überfallen wurden. Sie hatten Geschichten von anderen Marktständen gehört, wo es immer eine Menge Diebe gab, die zum Stand kamen und von der Verkäuferin lauthals verlangten, bedient zu werden, während ihre Komplizen in den Stand eindrangen und sich mit der Ware davonmachten. So etwas geschah jedoch hauptsächlich bei den Trockenfischverkäufern, nicht hier, wo Stoffe angeboten wurden. Es passierte auch, daß mit gefälschtem Papiergeld bezahlt wurde oder sogar mit Münzen, die ganz geschickte Leute selbst geprägt hatten. Aber nicht vielen Dieben wäre es eingefallen, mit einem kleinen Mädchen an der Hand, das Kauriamulette trug und Spinatblätter im Gesicht hatte, hierherzukommen. Doch obwohl die Mädchen alarmiert und zugleich verwirrt waren, verloren sie keineswegs die Haltung.

»Verlassen Sie sofort den Stand«, sagte das Mädchen drohend und packte den hölzernen Meterstab, »oder ich rufe die Marktpolizei!«

Okolie ignorierte sie und setzte sich auf den äußersten Rand der Bank. »Ich habe eine besondere Nachricht für eure Mutter«, verkündete er. »Ich bin den ganzen weiten Weg von Ibuza hierhergekommen, um ihr diese Nachricht zu überbringen. Ich bin ein Verwandter von ihr. Deshalb bin ich gekommen, nicht, um Stoffe zu stehlen. Meiner Verwandten Stoffe stehlen? Ha!

So etwas würde ich nie tun! Und das hier ist meine Schwester, nicht meine Frau.«

Diese letztere Erklärung verstärkte nur noch in den Mädchen den Drang zum Lachen, denn sie waren ohnehin nicht allzu eifrig bei ihrer Näherei. Zum einen hatten sie große Mühe, auch nur die entfernteste Ähnlichkeit zwischen Ma Palagada und diesem Bauer zu entdecken, zum anderen fanden sie es noch weit lustiger, daß das große Mädchen angenommen hatte, die kleine Schwester dieses Mannes sei seine Frau.

»Werfen Sie mir mein Verhalten nicht vor«, verteidigte sich das große Mädchen. »Die Owerri heiraten ihre Frauen in diesem Alter und kommen dann auf den Markt, um sie auszustatten.«

Okolie nickte. »Nicht nur die Owerri. Viele von unseren Leuten halten es auch so.« Zu sich selbst sagte er: *Ist das nicht fast dasselbe wie die Pläne, die ich mit meiner kleinen Schwester habe; so jung sie ist, verheirate ich sie sozusagen mit dieser Verwandten? Warum also die Owerri oder sonst jemanden dafür verurteilen?*

Als Geste der Zuneigung und um sein schlechtes Gewissen zu beruhigen, zog er Ogbanje Ojebeta auf seinen Schoß; und so saßen sie zusammen auf der Bank und beobachteten das geschäftige Treiben und Gedränge auf dem Markt. Er fragte sich, warum und wozu Gott wohl so viele Menschen erschaffen hatte und warum einige so reich waren wie diese Ma Palagada und ihr Mann und andere so arm wie die Leute in Ibuza, seiner Heimat – so viele Bauern, die alle ums Überleben kämpften. Dann kam ihm der Gedanke, daß es vielleicht der Überlegung wert wäre, nach seinem *Uloko*-Tanz selbst Markthändler zu werden. Schließlich würde er heute noch von Ma Palagada Geld bekommen. Seine Träume wurden nicht enttäuscht, als er die zahlreichen Kunden beobachtete, von denen ein jeder viele Meter Stoff kaufte. Der eine oder andere kaufte sogar die Taschentücher, die die Mädchen aus Stoffabfällen nähten. Das große Mädchen besserte einigen Kunden zerrissene Kleidungsstücke aus, und die Kunden bezahlten alle mit Geld, mit viel Geld. Ja, er würde für seine Schwester sehr viel Geld bekommen.

Er zog das müde kleine Mädchen Ojebeta näher an sich, und sie legte ihren Kopf an seine breite Schulter, vertraute ihm, wie jede Schwester ihrem Bruder, dem einzigen greifbaren Verwandten, vertrauen würde.

5

Ein notwendiges Übel

Mittag war längst überschritten, doch es war noch immer sehr heiß. Die Sonne schob sich von der Mitte des Himmels auf die andere Seite. Okolie war froh, daß Eze, als sie ihm in Asaba begegneten, zumindest Ojebeta etwas zu essen gegeben hatte. Sie gähnte und streckte sich wie eine müde Katze, und er versicherte ihr unablässig, daß ihre Verwandten bald kämen. Vom Durst geplagt, bat Okolie die Mädchen um etwas Wasser. Eine von ihnen holte eine große grüne Flasche, die im Schatten unter einer der Bänke aufbewahrt wurde, und goß ihm etwas davon in eine weiße Schale mit blauem Rand. Er bewunderte die glatte Oberfläche der Schale und strich mit seinen rauhen Bauernfingern darüber. Dann stürzte er das kühle Naß hinunter und bat um mehr. Die Mädchen begannen wieder zu kichern. Diese Mädchen lachten aber auch über alles, dachte er. Die zweite Schale jedoch konnte er nicht ganz leertrinken und gab deshalb den Rest seiner Schwester.

Ojebeta fiel auf, daß das Wasser hier anders schmeckte, als habe man etwas beigefügt. Sie wollte gerade ihren Bruder danach fragen, als sie eine Gruppe lachender und sich unterhaltender Frauen näherkommen hörten. Ganz leise, aber scharf und so drängend, daß Ojebeta dachte, etwas ganz Schreckliches würde gleich geschehen, rief eines der Mädchen: »Chiago, Nwayinuzo … pst … pst … sie kommen, sie kommen.«

Sofort beugten sich alle Köpfe über die Arbeit. Das große Mädchen Chiago stand wie ein Soldat auf Wache, das hölzerne Metermaß in der Hand, fast direkt hinter Okolie und seiner Schwester. Die Besitzerinnen der fröhlichen Stimmen waren noch immer hinter einem Verkaufsstand verborgen, der bis auf die Mitte des Durchgangsweges hinausragte. Viele andere Leute gingen in beiden Richtungen am Stand vorbei, und Ojebeta war ganz still und voller Erwartung. In Okolies Magen begann es zu rumoren; Furcht und Besorgnis hatten ihn gepackt.

Sie hörten, wie die Frauen sich voneinander verabschiedeten und sich eine gute Heimkehr wünschten, und dann kam eine sehr bedeutend aussehende Dame um die Ecke – eine Dame von hoher und aufrechter Gestalt und sehr stolzer Haltung. Sie hatte einen großen, sehr sinnlichen Mund, und auf ihren Lippen lag noch immer das Lachen. Sie war auch die am schönsten gekleidete Person, die Ojebeta jemals gesehen hatte. Sie trug ein braunes *Abada*-Tuch mit einem Fischmuster, dazu eine gelbe Seidenbluse und den passenden Kopfschmuck aus Seide. Sie ging leichten Schritts, sprach hier mit jemandem und grüßte dort Leute in ihrem Verkaufsstand. Sie schien mit allen bekannt zu sein, und alle erwiderten ihren warmherzigen Gruß.

»Da ist sie«, sagte Chiago unnötig leise, während ihr Gesicht unbeweglich blieb und sie den Blick nicht hob, um die Frau anzuschauen, deren Eigentum sie war.

Endlich betrat Ma Palagada ihren Stand und begrüßte sie übertrieben herzlich: »Oh, oh, habt ihr lange auf mich gewartet? Warum habt ihr die Mädchen nicht angewiesen, mich zu holen? Ich war bei einer Besprechung mit den Leuten von der *United Africa Company*. Willkommen! Herzlich willkommen! Haben sie euch etwas zu essen angeboten? Ist das die kleine Schwester, von der du gesprochen hast? Willkommen! Oh, meine Güte! Sie ist ja noch ein Baby. Schrecklich, daß sie alle ihre Lieben verloren hat! Trotzdem, Gott weiß, was das beste ist. Willkommen!«

Ein Samtkissen auf einer Bank wurde für die Dame aufgeschüttelt, damit sie sich setzen konnte. Okolie beobachtete alles genau und antwortete sehr einsilbig, deutete an, nein, gegessen hätten sie nichts, die Mädchen hätten nicht gewußt, wer er sei.

Darüber lachte Ma Palagada. Es klang nicht sehr laut, sondern voll und weich. Es war das Lachen der Satten, das Lachen von jemandem, der seit langem vergessen hatte, wie es ist, hungrig zu sein. »Darum werden wir uns gleich kümmern. Diese gedankenlosen Mädchen hätten euch etwas anbieten müssen.«

Sie schaute wieder Ojebeta an, schätzte sie von Kopf bis Fuß ab, dann rief sie das Kind zu sich her.

Ojebeta wollte nicht zu ihr gehen und klammerte sich an ihren Bruder. Nicht, weil sie ihre Verwandte nicht mochte, sondern weil dies alles jetzt zu plötzlich über das arme Kind hereingebrochen war. Was wollte diese Frau von ihr? Sie mochte wohl eine Verwandte sein, doch Ojebeta war ihr noch nie zuvor begegnet, außerdem sah sie überhaupt nicht wie die Verwandten aus, die sie kannte. Alle diese vielen Stoffe an ihrem Verkaufsstand und dazu die vielen Meter, die sie selbst trug, und wie sie die Ibosprache sprach – Ojebeta war einfach überwältigt. Nein, sie wollte nicht zu ihr hingehen.

Und nun dämmerte ihr zum ersten Mal, was ihr möglicherweise bevorstand, denn etwas wie unterdrückter Zorn entschlüpfte ihrem Bruder, seine Stimme klang befehlend und geschäftsmäßig, fast, als wisse er nicht, wer sie sei. Er war für sie zu einem Fremden geworden. Ojebeta war so erschrocken, daß sie zu weinen begann und laut rief: »Mutter, Mutter, bitte komm zu mir, ich weiß nicht mehr, was ich tun soll!«

Das rührte Ma Palagada, und sie sagte Okolie, er solle doch freundlicher mit seiner kleinen Schwester umgehen. »Komm«, drängte sie Ojebeta, »ich möchte dir nur guten Tag sagen. Du hast noch kein einziges Wort mit mir gesprochen. Komm her, ich bin doch deine Verwandte, weißt du. Du mußt keine Angst vor uns haben, wir sind keine schlechten Leute. Komm her.«

Halb trug, halb zog Okolie seine Schwester zu der Dame hin, die ihr mit lächelndem Gesicht in die Augen schaute, ihre Arme befühlte und dann fragte: »Bist du hungrig?«

Ojebeta war ein Kind, das mit soviel Liebe und soviel Vertrauen erzogen worden war, daß es ihr niemals in den Sinn gekommen wäre, einem lächelnden Gesicht zu mißtrauen. Ihre Tränen waren eine Reaktion auf die neue Stimme gewesen, mit der ihr Bruder, den sie ihr Leben lang gekannt hatte, zu ihr gesprochen hatte. Nun hatte die Stimme aufgehört zu reden. Heftig nickte sie mit dem Kopf, auf und ab, wie eine verrückt gewordene Eidechse. Ja, natürlich hatte sie Hunger.

Sie hörte die anderen Mädchen wieder kichern. Was hatte sie jetzt wieder falsch gemacht, überlegte Ojebeta verwirrt und haßte das kleinste der Mädchen, das am meisten kicherte. Am liebsten hätte sie einen Streit mit jenem Mädchen angefangen, denn sie war nicht viel größer als sie selbst, doch sie beachtete sie nicht und nickte weiter mit dem Kopf.

»Du sollst jetzt etwas zu essen bekommen«, sagte Ma Palagada. »Chiago, lauf zu den Ständen, wo es Essen gibt, und kauf für Ogbanje – so heißt du doch? –, kauf ihr bei den Leuten von Accra ein Stück *Agidi*. Hast du schon mal ihr *Agidi* probiert? Es schmeckt sehr gut.«

Wieder nickte Ojebeta, hatte sie doch tatsächlich schon öfters *Agidi-Akala* gegessen, wie ihre verstorbene Mutter es genannt hatte. An den Tagen, an denen ihre Mutter auf den Markt nach Onitsha gegangen war, hatte sie immer ein großes Stück davon gekauft, und Ojebeta, alle ihre Freundinnen und ihr Vater hatten geduldig gewartet, bis die Mutter von Otu nach Hause zurückkehrte, nur um ihr kleines Stück *Agidi* aus Accra zu bekommen. In jenen Tagen war es eine echte Delikatesse gewesen, und nun sollte sie es wieder bekommen! Das Wasser lief ihr im Mund zusammen, wie einem Hündchen. Ma Palagada gab dem großen Mädchen Chiago etwas Geld. Sie rannte hinaus, bog um die Ecke und verschwand auf dem Markt. Dann warteten alle auf ihre Rückkehr. Es kamen noch mehr Kunden, und um Zeit zu gewinnen, unterhielt sich Okolie mit Ma Palagada über nichtssagende Dinge. Ojebeta saß allein da, ohne ihren Bruder und weit weg von den anderen Mädchen, und dachte an ihre Mutter, ihren Vater und an das *Agidi-Akala*, das sie jetzt bekommen würde.

Chiago war bald mit dem dampfenden Gebäck aus Maismehl zurück. Es war das erste Mal, daß Ojebeta das Gebäck in
heißem Zustand sah, denn das *Agidi*, das ihre Mutter gekauft
hatte, war längst nicht mehr warm gewesen, wenn sie vom
Markt nach Hause zurückgekehrt war. Sie schaute zu, wie Chiago die Blätter wegnahm, in die das Stück eingewickelt war,
und sie in eine andere weiße Schüssel legte.

»Möchtest du Pfeffer drauf?« fragte Chiago.

Ma Palagada, die scheinbar nichts von alledem wahrgenom-
men hatte, schaltete sich jetzt ein: »Laß sie essen, wie sie es will.
Gib ihr Pfeffer und Salz, dann kann sie es selbst würzen.«

Und so reichte Chiago Ojebeta das weißeste und beste
Agidi, das sie in ihrem ganzen Leben je gesehen hatte. Zuerst
wußte Ojebeta überhaupt nicht, wie sie sich verhalten sollte.
Sollte sie alles allein aufessen oder es mit den anderen teilen,
ganz besonders mit ihrem Bruder?

Okolie sah ihr Dilemma und sagte, obwohl auch ihm das
Wasser im Mund zusammenlief: »Iß, es ist alles für dich!«

Ojebeta traute ihren Ohren kaum, und die anderen Mädchen schauten ganz und gar nicht danach aus, als ob sie dies
auch nur im geringsten interessiere. Zu Hause hätten sich fünf
Leute dieses Stück geteilt, denn *Agidi* galt als etwas ganz Besonderes, es war nicht schwer genug, um als tägliche Nahrung
zu dienen. Deshalb tat sie nun das, was ihr als das einzig richtige erschien: Sie brach eine große Handvoll ab und reichte sie
ihrem Bruder. Dieser schaute hierhin und dorthin, schämte
sich und sagte schließlich mit wenig Überzeugung: »Nein,
kleine Schwester, das ist für dich. Deine Verwandte hat es dir
gekauft.«

Seltsam, dachte Ojebeta. Aber wenn Okolie sich weigerte zu
essen, was war dann mit dieser soeben neu erworbenen Verwandten, die so freundlich gewesen war und ihr eine solche
Menge heißes *Agidi* mit frischem Pfeffer und Salz gekauft
hatte? Mit der Unschuld eines Kindes, das man nie gelehrt
hatte, sich vor Erwachsenen zu fürchten, ging sie zu ihr und

sagte: »Hier, nimm was davon, es schmeckt gut!« Ma Palagada lächelte, nannte sie ein liebes kleines Mädchen, aber sie hätte schon zu Mittag gegessen, ehe sie zu der Besprechung gegangen war. So durfte Ojebeta also alles allein aufessen. Sie eilte zu ihrem Platz auf der Bank zurück, und mit auf die Seite geneigtem Kopf begann sie, sich dem Glück des heutigen Tages zu widmen – einem ganzen Stück *Agidi-Akala* für sie allein.

Ma Palagada und Okolie redeten und redeten, aber so leise, daß Ojebeta sich nicht bemühte herauszufinden, um was es ging. Es wäre zu anstrengend gewesen, und außerdem war es im Augenblick ja schließlich auch egal. Sie war so mit ihrem *Agidi* beschäftigt, daß sie kaum hinhörte, als ihr Bruder sagte: »Ich gehe ein wenig gestampfte Yams essen, dort bei den Essensverkäufern. Ich bin bald wieder da.«

Ojebeta schaute auf und nickte.

»Ich zeige dir den Weg«, sagte Ma Palagada ganz beiläufig zu Okolie. »Chiago, paß du auf den Stand auf. Ich bin gleich zurück.«

»Ja, Ma«, antwortete Chiago.

Ojebeta schaufelte eifrig das *Agidi* in sich hinein und produzierte sich ein wenig damit vor dem jüngsten der Mädchen, das von den anderen Amanna genannt wurde. Doch Amanna schien sie überhaupt kein bißchen zu beneiden, sondern lachte jedesmal, wenn Ojebeta einen Bissen in den Mund schob. Der Drang, mit diesem frechen Mädchen einen Streit anzufangen, wurde immer stärker, doch noch einmal, während sie die Schüssel mit den Fingern blankputzte und gleichzeitig deutlich hörbare Schmatzlaute von sich gab, gelang es Ojebeta, sie nicht zu beachten. Es war ein köstliches Mahl gewesen, und Ojebeta war nun ganz gesättigt; obwohl das letzte Stück nicht mehr heiß und nicht mehr ganz so wohlschmeckend wie am Anfang gewesen war, hatte sie alles aufgegessen.

Nun, zufrieden mit aller Welt, schaute sie sich um. Die Mädchen kicherten noch immer, doch Ojebeta hatte beschlossen, ihr dummes Gehabe zu ignorieren. Wie ein Vögelchen saß sie auf der hölzernen Bank am Eingang des Standes, so daß sie als erste ihren Bruder und Ma Palagada erspähen würde, wenn sie zurückkämen. Sie beobachtete die Leute, die am Stand aus- und eingingen, und war fasziniert von der schnellen Methode, die das Mädchen Chiago anwandte, um zerrissene Kleidung zu flicken, denn Ojebeta hatte noch nie in ihrem Leben eine Nähmaschine gesehen. Sie wünschte, sie könnte auch einmal dieses schwarze Ungetüm mit dem gelben Muster ausprobieren. Wenn Chiago daran drehte, war es, als sänge das Ungetüm, und nachdem es über jedem Stück Stoff gesungen hatte, kamen diese so schnell und so schön zusammengenäht heraus. Und sie bemerkte, daß es so nicht mehr nötig war, Nadeln zu benutzen, wie ihre Mutter es getan hatte, um Tränen in ihren Stoff zu nähen.

Nachdem Ojebeta eine Weile zugeschaut hatte, wuchs das Verlangen in ihr, ihren Bruder wiederzusehen und sich auf den Weg nach Hause zu machen. Sie sah, daß manche Leute bereits ihre Ware zusammenpackten und fortgingen. Doch Ma Palagadas Mädchen saßen da mit ihren Näharbeiten, sangen immer mal wieder Bruchstücke von Liedern, aber schauten aus, als ob sie willens wären, noch den ganzen Tag lang auszuharren. Ojebeta hatte genug von der Warterei. Das angenehme Gefühl, vom heißen *Agidi* in ihr geweckt, war schnell verflogen, und an seine Stelle trat nun eine Art mit Trotz vermischter Langeweile. Nicht willens, diese unfreundlichen Fremden um Erlaubnis zu bitten, stand sie von ihrem Platz auf, entschlossen, hinauszugehen und ihren Bruder zu suchen. Hatte er nicht Utehs Mann versprochen, daß sie vor dem Abendessen zu Hause wären? Nun, es war nicht mehr lange, bis die Sonne unterginge, und sie wußte, daß sie einen sehr langen Weg vor sich hatten. Plötzlich merkte sie, wie müde ihre Füße waren, doch ihr Drang, nach Hause zu gehen war weit größer als die Versuchung, der Müdigkeit nachzugeben. Als sie einige Schritte aus dem Stand hinaustrat, schauten die Mädchen auf, und mit einem Schlag endete ihr unablässiges Geschnatter. Chiago war die erste, die

die Sprache wiederfand: »Wo willst du hin, kleines Mädchen aus Ibuza?«

»Ich will meinen Bruder suchen«, kam die unfreundliche Antwort. Diesmal lachten die anderen Mädchen sie nicht aus. Nur Amanna kicherte ein klein wenig, wurde aber sehr schnell von Chiagos strengem Blick zum Schweigen gebracht. Chiago aber dachte bei sich: Armes elternloses Kind. Wahrscheinlich haben sie ihr nichts gesagt. Wahrscheinlich weiß sie gar nicht, daß sie ihren Bruder wohl nie mehr sehen wird. Armes kleines Mädchen.

Nicht ohne Mitgefühl sagte sie laut: »Komm zurück, kleines Mädchen aus Ibuza. Dein großer Bruder ist bald wieder hier. Komm, sonst verirrst du dich auf dem Markt, und die Kinderfänger von der Küste nehmen dich in ihren Booten mit. Komm zurück!«

Ojebeta blieb stehen, schaute sie einen Augenblick lang an und überlegte, warum wohl die Kinderfänger ausgerechnet sie mitnehmen sollten. Es stimmte, sie hatte davon reden hören, daß selbst in Ibuza Leute einfach verschwunden waren, aber daß ausgerechnet ihr ein solches Schicksal widerfahren sollte, konnte sie nicht glauben. Schließlich wollte sie nur ihren Bruder holen, dort drüben, gleich um die Ecke. Sie würde schneller als jeder Kinderfänger rennen, und wenn sie ihren großen Bruder gefunden hätte, wer würde es dann wagen, sie zu fangen?

»Kommt mein ›kleiner Vater‹ bald wieder?« fragte sie und suchte sich weiter zu vergewissern.

»Natürlich tut er das. Haben wir dir das nicht die ganze Zeit schon gesagt?« erwiderte Chiago; ihre Augen blickten dabei zur Seite.

Ojebeta wußte nicht, was dann über sie kam, außer, daß es etwas damit zu tun hatte, daß sie von aufrichtigen Menschen erzogen worden war, die einem gerade in die Augen schauen konnten, weil sie nichts zu verbergen hatten. Die Art und Weise, wie das große Mädchen mit ihr sprach, wie die anderen

76

alle plötzlich wie aus Holz gemacht schienen, mechanisch und gefühllos ihre Arbeit taten und es nicht wagten, sie anzusehen, flößte Ojebeta ein ganz unangenehmes Gefühl ein. Sie wollte nicht darauf warten zu erfahren, was diese Heimlichtuerei sollte; sie wollte nur ihren Bruder zurückhaben und mit ihm heim nach Ibuza gehen. Dort würde ihre Tante Uteh sie erwarten, und es gäbe gestampfte Yams, dazu Palmölsoße mit kleinen Krebsen aus dem Fluß Oboshi. Alle Mädchen schienen nun in ihre Näharbeit vertieft, und sie dachte, daß keine sie jetzt beobachtete. Sie wußte, wo ihr Bruder Okolie war – gerade um die Ecke bei den Ständen der Essensverkäufer. Wenn sie dort hinüberrannte, fände sie ihn ganz gewiß, er säße noch immer dort und würde Yams mit Fleischsoße essen. Sie würde ihn finden, ehe diese Mädchen sie überhaupt einholen konnten. Sie würde ihn finden.

Und wie der Pfeil eines Jägers, der, solange der Jäger seine Beute beobachtet, vor Ungeduld bebend auf der Sehne des Bogens den günstigen Augenblick zum Abschuß erwartet, so schoß Ogbanje Ojebeta aus dem Verkaufsstand der Palagadas hinaus. Sie rannte, flog fast wie ein Pfeil, ihre kleinen Beine glichen Flügeln, ihr Herz schlug schnell vor Angst und Vorfreude, weil sie dachte, sie eile ihrem Bruder entgegen – der einzigen Person, die sie auf diesem Markt voll fremder Menschen kannte, der einzigen Person, die sie nach Hause, in ihre Stadt brächte, der einzigen Person, die sie hierher gebracht hatte. Mit ihren Amuletten aus Metall und Kaurimuscheln machte sie Musik, als sie ihm entgegenrannte. Sie war ein außergewöhnlicher Anblick hier bei den vornehmen, reichen und dicken Händlerinnen, den Mammies, die das Rückgrat des Marktes von Onitsha bildeten.

»Wenn ich ihn nicht finde, meinen großen Bruder«, sagte sie sich, während sie so lief, »dann gehe ich nach Ibuza zurück ins Haus meiner großen Mutter und warte dort auf ihn.«

Doch es sollte ein vergeblicher Versuch werden, die Freiheit zu erlangen.

Am Ende der Reihe der Verkaufsstände, in denen Stoffe angeboten wurden, war ein sehr großer Stand, der einer dicken Mammie namens Ma Mee gehörte, die zu jener Zeit eine der reichsten Marktfrauen auf dem Markt von Onitsha war. Sie hatte, genauso wie Ma Palagada, einen Doppelstand, doch ihrer ragte in einem Winkel weit in den Durchgangsweg hinein und blockierte so fast ganz den Weg, der vom Fluß heraufführte. Sie hatte also einen Eckplatz, und die Tatsache, daß sie diesen privilegierten Standort hatte, war die Ursache für viel Gezänk gewesen und Verleumdungen von seiten der anderen Stoffhändlerinnen, besonders der kleineren, die nur einen einzelnen Stand besaßen. Sie behaupteten, daß Ma Mee nur wegen ihres bevorzugten Platzes mehr Stoffe verkaufte als sie alle zusammen. Sie sagten, daß ihr Standort es ihr ermöglichte, sofort bei den Leuten, die von den Booten heraufkamen, Käufer auszumachen. Sie meinten zu wissen, daß sehr wenige Kunden an ihren Ständen vorübergingen, ohne etwas zu kaufen. Doch wie es so oft unter derlei Gegebenheiten der Fall ist, brachte niemand den Mut auf, ihr dies offen zu sagen. Ma Mee war schon seit sehr langer Zeit im Marktgeschäft. Sie wußte, daß die Leute untereinander über sie redeten, denn von Zeit zu Zeit drangen doch einige von den verletzenden Dingen, die die Leute über sie sagten, an ihr Ohr. Aber sie sagte sich selbst: »Wenn ich gegen alles protestiere, was die Leute über mich reden, wo habe ich dann noch Freunde? Wen immer ich wegen der Gehässigkeiten herausfordere, die angeblich über mich gesagt werden, der leugnet es ab, und ich füge dadurch nur noch einen weiteren Feind der Liste zu, die ich bereits habe.« Also verhielt sie sich, als ob es das ganze Gerede nicht gäbe, und diese Einstellung machte sie bei vielen anderen Händlerinnen sehr beliebt, die daraufhin zu dem Schluß gelangten, daß sie eine große innere Reife besitze. Tatsächlich war es eine einfache Vorsichtsmaßnahme, daß sie es vermied, offene Feindschaften zu erklären, denn es gab Gelegenheiten, bei denen jede Händlerin die Hilfsbereitschaft der anderen brauchte. Zum Beispiel, wenn

Diebe – wohl wissend, daß in den Tuchständen wertvolle Stoffe lagerten und diese in der Hauptsache einigen wenigen reichen und privilegierten Frauen gehörten – sich zu Raubüberfällen organisierten. Und wenn ein Stand Alarm gab und der Dieb ertappt wurde, dann mochte Gott sich seiner Seele erbarmen. Die Eigentümerinnen dieser Stände waren Frauen, die keine Zeit für die Polizei hatten, sie konnten es sich nicht leisten, den Handel auch nur einen einzigen Tag zu vernachlässigen, vor Gericht zu gehen oder auch einen Chief aufzusuchen. Ausnahmslos verfuhren sie mit dem Schuldigen so, wie sie es für angemessen hielten.

Das gleiche Schicksal erwartete jeden flüchtigen Haussklaven. Viele der Markthändlerinnen besaßen zahlreiche Sklaven, die bei dem Holen und Tragen von Lasten helfen mußten, was zum Gewerbe eines Berufshändlers einfach dazugehörte. Und nicht zuletzt hegten sie die vage Hoffnung, daß eines Tages die Briten, die jetzt an der Küste saßen, wieder gehen würden und daß einige der Haussklaven damit nach Übersee verkauft werden könnten, genauso wie ihre Väter und Großväter dies getan hatten. Das war ein so profitables Geschäft gewesen, daß der Überfluß an Kapital und Eigentum, den sie sich geschaffen hatten, noch immer in vielen Familien rund um Onitsha, Bonny und Port Harcourt sichtbar war.

An jenem heißen Nachmittag hatte ein lästiger und sehr hungriger, bettelarmer Fischer einen ziemlich großen Nagelrochen gefangen, den er zu den Ständen der reichen Stoffhändlerinnen brachte. Er hatte erwartet, ihn zu einem höheren Preis, als Ma Mee ihn bot, zu verkaufen, und weil er so dringend darauf aus war, etwas extra Geld mit nach Hause ins Hinterland zu nehmen, um dort seine hungrige Familie zu ernähren, blieb er da und feilschte und feilschte immer weiter. Ma Mee begann wirklich Mitleid mit ihm und dem unglücklichen Fisch zu haben, der noch immer lebte, zappelte und verzweifelt nach Luft schnappte. Obwohl seine Schutzstacheln einem Feind tödlich sein konnten und im erfolglosen Kampf, sich zu befreien, aufgerichtet waren, wollte der Fischer ihn nicht sofort töten, denn er konnte möglichen Käufern damit beweisen, daß er ihn soeben gefangen hatte und der Fisch nicht nur einfach frisch, sondern auch, besser noch, immer noch am Leben war. Der Fischer wurde zusehends verzweifelter, als Ma Mee sich weigerte den Preis zu zahlen, den er verlangte. Außerdem beobachtete er, daß der Widerstand des Fisches immer schwächer wurde – war es nun, weil ihm klar wurde, daß er einen verlorenen Kampf kämpfte, oder weil er an einem derart heißen Nachmittag schon so lange ohne Wasser gewesen war. Als der Fischer jetzt damit aufhörte, den Fisch vorzuführen, der an einem festen Draht hing, den er ihm durchs Maul gezogen hatte, und allen Mut zusammennahm, um seinen schleimigen Körper zu berühren, und Ma Mee sich langsam verpflichtet fühlte, den Fisch zu kaufen, hörten sie plötzlich alle – der Fischer, Ma Mee und die Sklavenmädchen, die dem vorausgegangenen Streit zugehört hatten – die Alarmschreie der Mädchen von Ma Palagadas Stand.

Die erste automatische Reaktion aller Beteiligten bestand darin, nach einem Prügel zu greifen, einem Messer, sogar nach dem hölzernen Meterstab, um bewaffnet bereitzustehen und den Kampf um den Schutz des eigenen Territoriums aufzunehmen. Angeführt von dem armen Fischer, der die Rolle des tapferen Mannes spielen wollte, der die Frauen vor Räubern schützt, rannten sie alle hinaus. Ma Mee war eine dicke Frau, so dick, daß sie nie aufhörte zu schwitzen. Doch es gab bestimmte Vorkommnisse, bei denen ihr Gewicht scheinbar keine Rolle mehr spielte – Vorkommisse wie Marktdiebe und flüchtige Sklaven. Denn verweigerte man in einer solchen Situation den Nachbarn die Hilfe, so konnte es geschehen, daß die Leute eher wegschauten, wenn einem dasselbe widerfuhr, als daß sie ihre Hilfe anboten; dies war ein ungeschriebenes Gesetz bei den Händlern am Ufer des Flusses Niger. Und so wickelte sie ihr umfangreiches *Lappa*-Tuch noch fester um ihre ausladende Hinterfront, und mit wogendem Busen – im Einklang mit ihrer großen

Eile – rannte sie los, bereit, sich auf einen Kampf mit dem Marktdieb, der Ursache für den Alarm, einzulassen und ihm, falls notwendig, auch Schaden zuzufügen, wenn es ihr gelingen sollte, ihn, wer immer es war, zu fassen, weil er es gewagt hatte, den Stand ihrer Kollegin in deren Abwesenheit zu überfallen.

Es war jedoch kein Marktdieb, den sie kommen sahen, sondern etwas so Seltsames, daß die Leute einfach verwirrt hinterherschauten, als die Erscheinung an ihren Ständen vorbeiraste: Chiago, die hinter einem kleinen, hilflosen und entsetzlich erschreckten Kind herhastete, einem kleinen Mädchen, das mit Glöckchen und Kaurimuscheln behängt war, genau wie eine Sklavin, die geopfert werden sollte! Sie schauten und schauten und begriffen nichts.

Chiagos Rufe aber setzten sie schnell ins Bild: »Haltet sie fest! Bitte, haltet sie für mich fest, sie ist neu! Haltet sie doch auf!« Ma Mee hatte allerdings noch nie ein Sklavenmädchen gesehen, das in irgendeiner Weise dem kleinen Geschöpf glich, das ihr schutzsuchend geradezu in die Arme lief und schrie: »O meine Mutter, ich bin verloren!«

Den Bruchteil einer Sekunde lang hielt Ma Mee sie wie ein eigenes Kind im Arm, dann ließ sie die kleine Flüchtige los, verstellte ihr aber mit ihrer mächtigen Körperfülle den Weg.

»Du bist nicht verloren, kleines Mädchen mit den heidnischen Amuletten«, sagte sie. »Du bist nur eine kleine Haussklavin.«

Diese Enttäuschung und das unerklärliche Gefühl, unfair behandelt zu werden, raubte Ojebeta fast die Sinne, und die einzige lebende Tochter von Umeadi schrie noch einmal voll Verzweiflung auf und rief ihre tote Mutter an: »Rette mich, Mutter, denn nun bin ich wirklich verloren!«

Da es nicht möglich war, an Ma Mee vorbeizukommen, blieb Ojebeta keine andere Möglichkeit, als sich ihrer Verfolgerin zu ergeben.

»Laß mich los, laß mich los!« schrie sie und wandt sich in den Händen von Chiago, dem ältesten der Palagada-Mädchen.

81

Chiago hätte Ojebeta gern sanfter behandelt, aber sie wußte, daß sie sich damit wahrscheinlich selbst in große Schwierigkeiten brächte. Also packte sie Ojebeta fest und verbarg ihr Mitleid mit dem elternlosen Kind, indem sie unnötigerweise der umherstehenden Menge, besonders Ma Mee, erklärte, daß Ojebeta erst eben diesen Nachmittag angekommen sei.

Ma Mee beneidete ihre Nachbarin nicht um ihre vier Sklavenmädchen, und dieses neue, kleine, würde die Zahl der Sklaven bei den Palagadas auf sieben erhöhen, denn sie besaßen auch zwei männliche Sklaven, die aus dem Volk der Urhobo stammten und von dort entweder gekauft oder gestohlen worden waren – sie war sich nicht ganz sicher, was sich damals ereignet hatte. Es hieß, daß Pa Palagada die Männer einigen *Potoki* abkaufte, die das Land verließen, um in ihre Heimat zurückzukehren. Die beiden, die damals junge Knaben gewesen waren, konnten sich nicht mehr daran erinnern, woher sie ursprünglich gekommen waren, deshalb hatte man ihnen Igbonamen gegeben und sie auf den Ländereien der Palagadas arbeiten lassen. Manchmal brachte Ma Palagada die riesigen Yams mit auf den Otu-Markt, die diese zwei schwer arbeitenden und nun kräftigen Männer angebaut hatten. Was also Ma Mee anlangte, so fand sie, die Palagadas hätten mehr Sklaven, als sie brauchten, man konnte sie schließlich nicht mehr wie früher nach Übersee verkaufen. Aber diese Gedanken behielt sie für sich.

Chiago dankte Ma Mee so, wie sie gelernt hatte, wichtige Damen zu grüßen, nämlich mit einem Knicks, und zerrte Ojebeta zu ihrem eigenen Stand zurück, wohl wissend, daß ihr die Augen aller anderen Frauen folgten. Als sie versuchte, den Schrecken für das arme Kind etwas zu lindern, war sie den Tränen nahe und dachte daran, wie sie selbst verkauft worden war.

Jenes Jahr war für ihre Familie sehr schwierig gewesen. Wo genau ihr Dorf sich befand, war in der Dunkelheit des Vergessens untergegangen, obwohl sie wußte, daß sie von irgendwoher nicht weit von den Flüssen in der Nähe von Bonny stammte, wohin sich Pa Palagada begab, um seine Palmkerne an Ausländer zu verkaufen. Sie konnte sich auch noch gut daran erinnern, daß sie eine Mutter gehabt hatte, die stets schwanger gewesen war und immer ein Baby auf dem Rücken getragen hatte, festgebunden mit einem winzigen Stück Stoff, mehr besaß sie nicht. Dann war ein Jahr mit so schweren Regenfällen gekommen, daß die ganze Vegetation, außer den Palmbäumen, weggeschwemmt worden war. Ihr Vater hatte sie zu einem schwarzbärtigen, aufgeblasenen und furchterregend aussehenden Mann gebracht, der ihr sagte, daß seine Tochter so wie die weißen Leute heiraten würde. Ihr Vater erzählte ihr, daß sie dazu ein kleines Mädchen brauchten, das weißen Musselin tragen und für die schöne Tochter dieses Mannes Blumen streuen würde. Wenn sie diesen Dienst getan hätte, würde sie gut dafür bezahlt und ihr Vater am Fluß bei demselben Boot auf sie warten, mit dem sie gekommen waren. Sie hatte ihrem Vater geglaubt, besonders, als er ihr erklärt hatte, daß das verdiente Geld dazu verwendet würde, die Heiler zu bezahlen, die ihre Mutter wieder gesund machen könnten. Und dann ginge ihr Leben ganz normal weiter. Sie würden in ihrem Hausboot wohnen und an Land gehen, um den gefangenen Fisch zu verkaufen, und wenn es zu naß wurde, um auf dem Wasser zu leben, dann würden sie an Land gehen und Cocoyams, *Ede* und manchmal auch Yams pflanzen und essen.

Chiago erinnerte sich daran, daß sie noch einen Fluß überquerten und dann endlose Meilen gehen mußten. Viele Tage lang waren sie zu Fuß unterwegs, und sie waren so müde, daß Pa Palagada streckenweise von einheimischen Trägern in einer Hängematte getragen werden mußte. In einer Stadt mit dem Namen Arochukwu waren sie einige Tage geblieben, und hier hatte sie einen bitteren Vorgeschmack darauf bekommen, was das Leben in Zukunft für sie bereithielt. Die sogenannte Tochter von Pa Palagada bekam sie nie zu Gesicht, und auch ihn sah sie selten. Sie wurde in einen kleinen Raum im Hinterhof des Hauses gesteckt, zusammen mit lauter fremden Menschen, die alle sehr unglücklich schienen und, genau wie sie, kaum or-

dentlich angezogen waren. Sie aßen alle zusammen und mußten an den Fluß gehen, um Wasser zu holen, und dann mußte
sie in dem großen Kochraum helfen, den sie ›Kinsheni‹ oder so
ähnlich nannten. Sie war mit Pa Palagada und seinem Gefolge
nur fünf Tage lang in jener Stadt geblieben, dann hatten sie sich
wieder auf den endlosen Weg gemacht, den ihre Füße gehen
mußten; und nur gelegentlich wurde an bestimmten Plätzen
zum Essen und Trinken Halt gemacht. In einem Boot setzten
sie über noch einen, ziemlich kleinen Fluß, und da wußte Chiago nicht einmal mehr, aus welcher Richtung sie eigentlich gekommen waren.

Seitdem hatte sie unablässig darüber nachgedacht und war
zu dem Schluß gelangt, daß ihr nichts anderes übrig blieb, als
hinzunehmen, wie alles gekommen war. Ihre Familie wäre gewiß verhungert, wenn sie nicht an diesen Mann, Pa Palagada,
verkauft worden wäre, der Chiago später seiner Frau übergab.
Es war gewiß ein Segen, daß ihr Magen mit ihr verkauft worden war, so daß ihre Eltern sich nicht mehr länger um ihren
Unterhalt sorgen mußten, und vielleicht hatte ja das Kopfgeld,
das sie gebracht hatte, den Eltern eine Weile geholfen.

Und nachdem sie jetzt bereits elf Jahre lang bei ihrer Herrin
und deren Mann lebte, war das Bild ihrer eigenen Familie ver-
blaßt. Der lange Aufenthalt hatte sie sehr vieles gelehrt. Das
wichtigste davon war, daß ein Sklave oder eine Sklavin, die einen Fluchtversuch machten und dabei scheiterten, besser tot
wären. Solche Sklaven wurden so schwer gefoltert, daß er oder
sie als Menschen nutzlos wurden oder bei Beerdigungen als
Menschenopfer dienten.

Einmal hatte sie solch einer entsetzlichen Beerdigung bei-
gewohnt, als sie ungefähr zwölf Jahre alt war und sich mit Ma
Palagada im Innern des Igbolandes auf Reisen befand. Die
Hauptfrau des Hausherrn war verstorben, und der Ehemann
mußte sie in Begleitung einer Sklavin ins Land der Toten sen-
den. Die dafür Ausersehene war eine ganz besonders schöne
Sklavin mit glatter Haut und kurz geschnittenem schwarzen

Haar; es hieß, sie sei eine Prinzessin, die bei einer kriegerischen Auseinandersetzung von einem anderen Igbodorf gestohlen worden war. Sie hatte den Versuch unternommen, dorthin zurückzukehren, doch unglücklicherweise hatte ihr neuer Besitzer sie dabei erwischt, und man hatte ihr jegliche Bewegungsfreiheit genommen. Vor der Beerdigung wurde sie hergebracht, und man befahl ihr, sich in das flache Grab zu legen. Wie erwartet, wehrte sie sich, doch kein Mitleid war in den Gesichtern der Männer zu erkennen, die dabeistanden und zuschauten und sich über ihr Schreien lustig machten. Sie rief die Götter ihres Volkes an, sie zu retten, sie bat die Trauernden, sie am Leben zu lassen, und sagte, daß ihr Vater, der Chief eines anderen Dorfes, sie dafür bezahlen würde, aber es war alles umsonst. Einer der Söhne der toten Frau verlor die Geduld, und, vielleicht aus Mitleid oder dem Wunsch, alles so schnell wie möglich hinter sich zu bringen, nahm er einen Prügel und schlug die hilflose Frau schwer auf den geschorenen Hinterkopf. Je mehr Chiago in späteren Jahren darüber nachdachte, desto überzeugter war sie, daß die Frau wohl sieben Leben gehabt haben mußte. Sie fiel nicht, wie alle erwarteten, in das Grab hinab, das sie mit ihrer toten Herrin teilen sollte. Statt dessen wandte sie sich um und schaute ihren Herrn an, der seinem Sohn zurief, er solle diese Brutalitäten unterlassen, und sagte zu ihm: »Dafür, daß du mir diese kleine Gnade erwiesen hast, Herr, werde ich wiederkommen, ich werde bestimmt wiederkommen …«

Sie durfte ihre Abschiedsworte nie zu Ende sprechen, denn der eigensinnige junge Mann, die Mahnung seines Vaters mißachtend, versetzte der Frau einen endgültigen Schlag, so daß sie in das Grab fiel. Aber noch immer wehrte sie sich, selbst als der Körper ihrer toten Herrin auf sie gelegt wurde. Sie schrie und kämpfte, so lebendig war sie noch.

Bald darauf wurde ihre Stimme von der feuchten Erde erstickt, die man auf sie und die tote Frau häufte.

Chiago hatte sich von diesem Schock nie ganz erholt, auch

dann nicht, als sie einige Zeit später hörte, wie Ma Palagada mit einer anderen Händlerin darüber sprach und damit schloß, daß eine der jüngeren Frauen jenes Mannes eine Tochter geboren habe, die der lebendig begrabenen Sklavenprinzessin sehr ähnlich sehe – ja, dieses kleine Mädchen war sogar mit einer Beule am Hinterkopf, an der Stelle, wo der Prügel die Prinzessin getroffen hatte, geboren worden.

Chiago hatte aber auch viele sehr erfolgreiche Sklaven gesehen, die so gut für ihre Herren arbeiteten, daß sie, von ihren alternden Herren freigelassen, wohlhabende Händler auf dem Otu-Markt geworden waren. Die Mehrheit von ihnen, besonders die männlichen Sklaven, hegten nicht den Wunsch, wieder nach Hause zurückzukehren, selbst wenn sie sich daran erinnerten, aus welchem Teil des Landes sie stammten. Andere wiederum blieben, weil sie wegen dort verübter Verbrechen nicht in ihre eigene Region zurückkehren konnten. Eine der Sklavinnen der Palagadas war ein Zwilling, und ihr Volk, das zu den Efik gehörte, akzeptierte keine Zwillinge. Ihre Mutter hatte sie heimlich genährt und sie später verkauft, einfach um ihr eine Chance im Leben zu geben.

Wenn Chiago nur all diese Gedanken, die ihr durch den Kopf gingen, dem kleinen, sich wehrenden Mädchen hätte mitteilen können! Sie wünschte, sie könnte ihr sagen, daß ihre einzige Lebensmöglichkeit jetzt darin bestand, das Beste aus allem zu machen, indem sie nämlich gefügig würde und keine Schwierigkeiten verursachte. Sie hatte ihren Griff etwas gelockert, doch ihre Arme umschlossen noch immer den nackten Bauch des Mädchens. Voller Mitleid schaute sie das Kind an, als wäre es ihre eigene kleine Schwester. Bald würden sie in der Tat wie Schwestern sein – erwartete sie nicht alle dasselbe Schicksal?

»Ich sag es meinem Vater«, wimmerte Ojebeta unter erschöpftem Schluchzen. In ihrer ganzen Verwirrung, nach der langen, ermüdenden Reise und ihrem Fluchtversuch meinte sie, ihr Vater sei noch am Leben und bei guter Gesundheit in

Ibuza. Angespannt suchend ging ihr Blick über die vielen Menschen vor den Marktständen, und sie hoffte, einer davon wäre ihr Bruder.

Selbst wenn die Mädchen den Wunsch gehegt hätten, Ojebeta daran zu erinnern, daß ihre Eltern längst tot waren, so hätten sie sich doch zurückgehalten. Zu oft hatten sie mit angesehen, wie sich Szenen dieser Art vor ihren Augen abspielten, und sie wußten aus Erfahrung, daß es Ojebeta jetzt nicht schadete, in ihrer eigenen Phantasiewelt zu leben – im Gegenteil, es tat ihr nur gut. Also überließen sie das Kind ganz seinem Wunschdenken. Sie wiederholte unablässig, bis sie schließlich vollkommen erschöpft war, daß sie alles ihrem Vater, ihrer Mutter und ihrer großen Mutter Uteh sagen würde.

Bald kam Ma Mee zu ihrem Stand und erkundigte sich, wie es ihnen ginge und ob Ma Palagada zurückgekehrt sei. Chiago erwiderte, sie sei sicher, daß sie bald wiederkäme, und diese Aussage weckte in Ojebeta eine letzte, vergebliche Hoffnung, ein wenig Anteilnahme zu erwecken: »Bitte, freundliche Mutter, kannst du mir meinen Bruder zurückholen? Er ging nur dort drüben, bei deinem Stand, um die Ecke und wollte gestampfte Yams essen.«

»Ja,« antwortete Ma Mee mit sanfter Stimme. »Ich hole dir deinen Bruder. Aber willst du nicht etwas zu essen haben? Ich kaufe es dir. Möchtest du gern die mit Honig gesüßten Fleischbällchen der Haussa vom Strand unten?«

Ojebeta schüttelte so heftig den Kopf, als beabsichtigte sie, ihn von ihrem Körper reißen. Sie wollte überhaupt nichts mehr, nicht von diesen Leuten, die sie ausgetrickst hatten, daß sie ihren Bruder Okolie aus den Augen verlor, nur wegen etwas heißem *Agidi*. »Ich möchte nichts. Ich möchte nur nach Hause gehen.« In diesem Augenblick ahnte sie nicht, unter welchen Umständen diese Heimkehr stattfinden und wieviel Zeit bis dahin noch vergehen würde.

Ma Mee ging zu ihrem Stand zurück und sagte sich, daß es ein notwendiges Übel sei, Menschen zu kaufen und zu verkaufen. »Wo wären wir denn ohne Sklavenarbeit, und wo wären einige dieser unerwünschten Kinder, wenn sie uns nicht hätten?« Es war wohl ein böses Übel, aber ein notwendiges.

6

Verlorene Identität

Ma Palagada seufzte tief und erleichtert auf, als alles vorüber war – die Streiterei und das Feilschen um ein paar wenige Pfund. Sie war vollkommen zufrieden mit ihrer Welt und froh über das Glück, das ihr widerfahren; nun freute sie sich darauf, zu ihrem Stand zurückzukehren, die Menschenware, die sie gekauft hatte, abzuholen und nach Hause zu gehen. Die Sonne stand schon tief am Himmel, der sanfte Wind wehte jetzt stärker vom Fluß her, und sie war müde und hungrig auf eine ordentlich gekochte Mahlzeit, nicht auf die zu stark gewürzten Gerichte von den Marktständen.

Während sie sich durch die lärmende Menschenmenge schob und drängelte, überdachte sie noch einmal die Geschäfte des heutigen Tages. Sie lächelte, als sie sich selbst zu ihrer Taktik beim Aushandeln des Preises gratulierte. Sie hatte Okolie genau acht englische Pfund für seine Schwester gegeben; aber wie lange hatten sie beide gebraucht, bis sie handelseinig geworden waren. Sie wußte, daß er das Geld benötigte, daß er seine Schwester nicht versorgen konnte und auch nicht wollte, daß seine Tante Uteh das Kind zu sich nahm. Ma Palagada wußte auch, daß Okolie hungrig war, und, da ein hungriger Mann ein verärgerter Mann ist, mußte da zuallererst etwas getan werden.

Vom besten Stand für gestampfte Yams auf dem Otu-Markt hatte sie das Essen bestellt, und es wurde kochend heiß gebracht, das Aroma der *Kelenkele*-Soße schwebte mit den aufsteigenden Dampfkringeln über dem Ganzen. Beim Anblick des Essens lief Okolie das Wasser im Munde zusammen, und er schluckte und schluckte, daß es schien, als liefe er Gefahr, seine eigene Zunge zu verschlucken. Ma Palagada beließ es aber nicht nur beim Essen, sondern sie beauftragte das junge Mädchen, das sie bediente, noch eine kleine Karaffe unverdünnten Palmweins zu bringen. Okolie ließ sich nicht zweimal bitten und stürzte sich auf das Essen. Nachdem er die ersten Bissen verschlungen hatte, erinnerte ihn Ma Palagada daran, daß das Wasser in der Kalebassenschale zum Händewaschen da sei.

»Der Schmutz an meiner Hand ist von meinem eigenen Körper, und das gute Essen geht in meinen Körper«, antwortete er, »wozu soll ich mich dann waschen?«

Sie hatte nachsichtig gelächelt, aber nichts weiter gesagt. Sie beobachtete ihn, wie er aß, und sah, daß seine Hände bis unter die Fingernägel schmutzig waren – typische Bauernhände. Seine Finger waren krumm und ständig nach innen gebogen, und sie fragte sich, was bei einem derart jungen Menschen wohl der Grund dafür sei. Vielleicht hatte es etwas damit zu tun, wie er die gestampften Yams aß. Mit den gekrümmten Fingern stach er ein Stück heraus, rollte es zu einer Kugel, dann tunkte er diese in die Soße und schaufelte alles zusammen in seinen ewig geöffneten Mund, er schluckte, und sein Adamsapfel ging auf und ab, *gbim, gbim!*

In den ersten fünf Minuten, als Okolie voll und ganz mit Kauen und Schlucken und dem Betrachten der großen Stücke Buschfleisch, die in der Soße schwammen, beschäftigt war, war sein gesamtes Sein auf nichts anderes ausgerichtet als auf dieses Essen und das große Glück, das ihm mit dem Angebot der riesigen Mahlzeit widerfahren war. Das Fleisch und die Soße mit allem, was darin schwamm, wäre genug gewesen, um zu Hause eine zehnköpfige Familie zu ernähren. Langsam begriff er, daß für Leute wie Ma Palagada Fleisch nicht nur eine Delikatesse darstellte, die man an Festtagen genoß oder wenn jemandem von der Familie ein Buschschwein in die Falle gegangen war, sondern ein normales Gericht für jeden Tag. Nachdem er eine Weile gegessen und eine Pause eingelegt hatte, um den Palmwein zu kosten, wandte er sich an Ma Palagada: »Hast du schon gegessen? Warum ißt du nicht mit mir?«

Ihr großer Busen hob und senkte sich vor kaum unterdrücktem Lachen. *Deine kleine Schwester war so höflich und bot anderen von ihrem Agidi an, ehe sie selbst davon gekostet hatte. Aber du, ihr großer Bruder, hast dich vergewissert, daß du schon reichlich satt warst, ehe du mich eingeladen hast, mich, die ich dir das Essen gekauft habe,* dachte sie voller Abscheu über diesen Mann.

»Nein, mein Verwandter«, sagte sie, ihre Gefühle verbergend. »Iß du nur ruhig weiter. Ich habe es ja für dich gekauft. Ich selbst habe schon gegessen. Das ist alles für dich.«

Die Erleichterung in Okolies Augen war eindeutig. Es war sowieso nur eine halbherzige Einladung gewesen. Er hätte sich keine Sorgen zu machen brauchen, denn seine schmutzigen Hände, das laute Schmatzen und das schlangengleiche Ablecken der beschmutzten Finger hätte Ma Palagada ohnehin davon abgehalten, die Einladung anzunehmen.

Als Okolie die Hälfte aufgegessen hatte und sich von der Geschwindigkeit, mit der er alles verschlungen hatte, erholte, begann er zu sprechen: »In unserer Familie wird viel gegessen. Wir genießen viel und gutes Essen, denn ich komme aus dem Haus eines großen Mannes.«

»Ach, wirklich?« ermutigte ihn Ma Palagada.

»Ja, wann immer Vater Buschfleisch nach Hause brachte, aßen wir es noch am selben Abend auf. Es war immer köstlich.« Er wartete darauf, daß Ma Palagada dies in Frage stellen würde, doch sie tat nichts dergleichen.

Sie kannte die Leute aus Ibuza und die Art, wie sie redeten. Jeder Bettler aus Ibuza war entweder eine große Persönlichkeit oder aber der Sohn oder die Tochter eines großartigen Jemand. Die Behauptungen, die sie gegenüber Außenstehenden aufstellten, ließen Ibuza als einen einzigartigen, nur von reichen Chiefs bewohnten Ort erscheinen. Nach der Aussage von Ibuzas Söhnen und Enkelsöhnen war dort niemand arm. Ma Palagada war vielen von ihnen in Asaba und hier in Onitsha begegnet. Die Tatsache, daß ihre eigenen Eltern ursprünglich aus Ibuza gekommen waren, ließ die Angeberei dieses Mannes um so lächerlicher erscheinen. Sein Vater mochte vielleicht der *Diokpa*, der reichste und älteste Chief, in Ibuza gewesen sein – wenn es einen solchen überhaupt gab –, doch ihrer Beobachtung nach ließ die Art und Weise, wie dieser Mensch sein Essen hinunterschlang, keinerlei Anzeichen dafür erkennen, daß er aus einem Haus stammte, in dem es reichlich zu essen gab. Im Gegenteil, er zeigte deutlich genug, daß es in seiner Familie nie extra Soße gegeben hatte, sonst wäre ihm Besseres eingefallen, als die Soße wie ein Tier aufzulecken und nicht wie ein menschliches Wesen.

Als er beinahe fertig war, fand sie, es sei nun Zeit, die Verhandlungen zu eröffnen. Sie hustete höflich, um Okolies Aufmerksamkeit von dem dicken Fleischbrocken abzulenken, den er gerade mit seinen starken weißen Zähnen in Angriff nahm. Dabei hatte er seine breiten Schultern hochgezogen und sich nach vorn gebeugt, so daß sie noch breiter und stärker wirkten. Sie schienen in seine Arme überzugehen, an deren Ende Hände waren, die, obwohl keineswegs klein, im Vergleich zu den muskulösen Oberarmen und Schultern winzig erschienen. Okolie verstand durchaus und begann fast sofort mit vollem Mund herumzustottern und seine Worte sehr eilfertig zu überstürzen.

Aus dem, was sie seinen unverständlichen Worten entnehmen konnte, gelang es Ma Palagada herauszuhören, daß er nicht weniger als zwanzig englische Pfund für seine »starke, gut ernährte und gesunde« Schwester haben wollte.

»Und zwar deswegen«, so fuhr er fort, »weil du sie, wenn sie einmal erwachsen ist und dir all die Jahre gedient hat, jedem Mann, der dir beliebt, geben kannst und damit deine zwanzig Pfund zurückbekommst. Das ist der Mindestpreis, den wir in Ibuza für Bräute bezahlen, verstehst du?«

Seine Zuhörerin wußte das alles und nickte nachsichtig; doch was sie ihm nach einer langen Pause zu sagen hatte, war, daß sie für das Mädchen keinen Penny mehr als sieben Pfund zahlen würde.

Okolies Freundlichkeit verpuffte wie Dampf. Das letzte Stück Fleisch, an dem er herumkaute, schien ihm fast im Halse steckenzubleiben. Er schaute seine »Verwandte« entsetzt an.

»Möchtest du noch ein bißchen Palmwein, um das widerspenstige Stück Fleisch hinunterzuspülen?« fragte Ma Palagada besorgt.

Er schüttelte den Kopf. Mit dem Fleisch war alles in Ordnung, doch mit dem, was Ma Palagada eben gesagt hatte, durchaus nicht. Er gestikulierte mit seinen schwarzen Händen und rief den Gott Olisa an, sein Zeuge zu sein, daß er niemals seine geliebte Schwester für eine derart kleine Summe verkaufen würde.

»Machen wir etwa einen so armen Eindruck? Sehen wir wie Bettler aus, daß du es wagen kannst, zu denken, ich unternähme diese lange Reise nur, um meine einzige Schwester für einen so geringen Betrag zu verkaufen? Vielen Dank für das Essen, aber ich muß jetzt wieder zu deinem Stand und meine liebe kleine Schwester abholen. Sie vermißt mich bestimmt sehr.«

»Trink noch ein wenig Wein, Okolie, sonst erstickst du.«

»Glaubst du denn, es wird dir gelingen, sie mir gegen mein besseres Wissen und Gewissen abzukaufen, nachdem du mir eine Menge Palmwein zu trinken gegeben hast? Nein, da liegst du verkehrt. Ich verkaufe meine Schwester nicht für sieben Pfund. Ich muß jetzt gehen und sie holen.«

»Hör auf zu schreien. Wir streiten uns doch nicht, lieber Verwandter – wir sind doch miteinander verwandt, oder hast du das vergessen? Du darfst nicht vergessen, daß sie für mich nie eine richtige Sklavin wäre. Hast du vergessen, daß meine Mutter und dein Vater am selben Eke-Markt geboren wurden? Daß sie unter denselben Bäumen und im selben Sand spielten? Beruhige dich also. Du schreist hier herum wie ein kleiner Junge vom Dorf, der noch nie in seinem Leben Geld gesehen hat. Ich will keinen Streit.«

Mit großer Umständlichkeit begann sie, den Geldgürtel, den sie sich um die Taille geschnallt hatte, zu öffnen und hervorzuholen. Die meisten Marktfrauen trugen ihr Geld auf diese Weise versteckt mit sich herum: Der Gürtel wurde über dem inneren Wickelrock getragen, was es jedem Dieb unmöglich machte, an das Geld zu gelangen. Langsam und sorgfältig zählte Ma Palagada sieben Pfund auf den Tisch und legte sie in einem hübschen, ordentlichen Häufchen unter Okolies Nase.

Dessen Protest wurde schwächer, als er sah, wie jede Pfundnote mit Bedacht aus dem Gürtel geholt und auf der kleinen Matte, auf der das Essen gestanden hatte, glattgestrichen wurde. Okolie schaute mißtrauisch zu, aber er war eindeutig fasziniert. Er konnte sich nicht entsinnen, schon einmal so viele englische Geldscheine auf einem Haufen gesehen zu haben. Sein Blick flackerte hierhin und dorthin, und seine Augen begannen zu tränen, als wollten sie ihm aus dem Kopf springen. Er schob die Schüsseln beiseite, wusch seine Hände und trocknete sie an seinem inneren Hüfttuch, das auf dieser Reise nach Onitsha als Unterwäsche diente. Ma Palagada hörte bei sieben mit dem Zählen auf und tat so, als wolle sie aufstehen. Nun war Okolie an der Reihe mit Feilschen.

»Nicht so eilig, kleine Mutter. Bitte bleib noch sitzen, dann wollen wir das alles noch einmal sorgfältig durchdenken. Verstehst du, ich bin mitten in den Vorbereitungen für unseren Tanz zum Initiationsfest, und ich bin der Haupttänzer der *Uloko*-Gruppe. An dem Tag will ich nicht ärmlich gekleidet sein. Ich brauche mehr Kopftücher als die anderen Tänzer, und die Zahl meiner Perlenschnüre und Fußketten muß dreimal so groß sein wie bei den anderen, denn aller Augen werden auf mir ruhen. Dieses Geld ist zu wenig für meine Vorbereitungen.«

»Und deshalb willst du sie an mich verkaufen? Nur wegen dieses dummen Tanzes?« Ma Palagada wurde langsam böse.

Okolie merkte, daß es Zeit war, schnell zu handeln. Beschwichtigend jammerte er: »Leg noch etwas dazu, bitte… noch ein wenig mehr…«

Ma Palagada sprang auf. Sie warf einen Zehnshillingschein, den sie zu diesem Zweck in ihrem Ärmel versteckt gehalten hatte, auf den Tisch und beobachtete die Wirkung. Okolie jammerte und gestikulierte noch immer erbärmlich und fragte, wie er es denn ihrer Meinung nach schaffen sollte, mit dem bißchen Geld, das sie ihm anbot, nach seinem Initiationsfest auch noch Yams zum Anbau auf seinen Feldern zu kaufen?

Ma Palagada beugte sich über den Tisch und tat so, als wolle sie das ganze Geld wieder an sich nehmen, doch Okolie war schneller. Er stürzte sich auf das Häufchen und ließ die Scheine in seinem *Otuogwu*-Umhang verschwinden. Daraufhin tat Ma Palagada ihren entscheidenden Schachzug, den sie äußerst amüsant fand, als sie später daran dachte. Als Okolie sich das Geld schnappte, zog sie eine große Show ab, stand auf und ging weg; da sie jedoch ganz sicher sein wollte, daß er ihr mit seinen Klagen und Unglücksgeschichten nicht zu ihrem Stand folgte, machte sie plötzlich wieder kehrt und kam zurück. Okolie, der fürchtete, sie käme zurück, um sich ihr Geld zu holen, duckte sich und preßte schwer atmend die Geldscheine unter seinem Tuch an die Brust, dabei fielen ihm die Augen vor ungeheuchelter Angst fast aus dem Kopf. Doch Ma Palagada beabsichtigte nichts anderes, als den habgierigen Mann aus Ibuza so zu demütigen, daß er sie nie wieder mit seiner Bettelei um ein paar Pennies belästigen würde. Sein Schicksal, so war ihr inzwischen klar geworden, lag in seinen eigenen Händen. Wenn er nicht bereit war, mit seinen starken Armen sein Land zu bebauen, wenn er für sein Leben nichts anderes wollte, als die Hornflöte zu spielen, dann war das seine eigene Entscheidung. Ihr ging es einzig und allein darum, Ojebeta zu kaufen, und sie wollte keine Bedingungen daran geknüpft sehen. Sie kaufte das Mädchen ein für allemal, und das Gerede, daß sie verwandt seien, war nichts als Geschwätz. Wäre Okolie denn überhaupt auf die Idee gekommen, sie aufzusuchen, wenn sie nicht eine erfolgreiche Geschäftsfrau gewesen wäre? Sie steckte die Hand in das lose Ende ihres Geldgürtels und nahm so viele Shilling-

und Sixpencestücke heraus, daß es genau zehn Shilling ausmachte. Dann warf sie die Münzen vor Okolie auf den Tisch, daß die Hälfte davon auf den Lehmboden des Marktstandes rollte.

Nur einmal schaute sie zurück, als sie gerade um eine der unzähligen Ecken am Weg zu ihrem eigenen Stand bog, und da sah sie, wie er unter den niedrigen Bänken und Tischen herumkroch auf der Suche nach den Shilling- und Sixpencestücken. Und noch einmal lachte sie zufrieden in sich hinein.

Doch das Lachen verschwand aus ihrem Gesicht, als sie um die letzte Ecke vor ihrem Stand bog und hörte, daß Ma Mee sie rief: »Palagada, Palagada, komm mal eben rein zu mir. Ich muß mit dir sprechen. Komm!«

Ma Palagada war sich wohl bewußt, daß beim Klang ihres Namens die anderen Stoffhändlerinnen neugierig ihre Köpfe aus den Marktständen streckten. Ma Palagada war, ebenso wie ihre Nachbarin, Ma Mee, eine echte Marktmammie mit beträchtlichem Körperumfang; vermutlich waren beide gleich schwer, obwohl Ma Palagada nicht so in die Breite ging. Daß Ma Palagada eine hochgewachsene Frau war, nahm man nicht unbedingt auf den ersten Blick wahr, denn ihre Leibesfülle verhinderte, daß ihre eindrucksvolle Größe ihre Wirkung entfalten konnte. Sie war aber so groß, daß die Leute dachten, sie bestehe aus nichts als Beinen. Die Leute sagten, ihre Beine machten beim Gehen *palagada, palagada* – ein Geräusch wie Kolanüsse, die auf dürre Blätter fallen –, und aufgrund dieser lautmalerischen Beschreibung der Art und Weise, wie sie ihre langen Beinen beim Gehen nach vorn warf, blieb der explosive Namen »Palagada« – der nicht der Name war, den ihre Eltern ihr gegeben hatten – an ihr haften. So populär und reich war sie, so wohltätig ihrem christlichen Glauben entsprechend, daß alle, die mit ihr in Beziehung standen, eben diesen Namen trugen. Ihre Hausklaven waren Palagada-Männer oder Palagada-Mädchen, die Kinder von ihren beiden Ehemännern waren Palagadas, und selbst ihr letzter Ehemann, der von jenseits des

Meeres kam und ein merkwürdiges Ibo sprach, war überall als Pa Palagada bekannt.

Sie mußte sich tief bücken, als sie Ma Mees Stand betrat. Auch ohne daß sie genau wußten, was Ma Mee ihr mitteilte, waren sich alle, die draußen herumstanden, einig, daß es sich um eine für Ma Palagada sehr ärgerliche Angelegenheit handelte. Vielleicht hatte Ma Mee ihr einen unerwünschten Rat erteilt – so wie manche Leute das tun, anstatt geradeheraus zu sagen, daß sie auf den anderen wegen seines Besitzes neidisch sind. Natürlich wird ihr Ma Mee gesagt haben, daß sie alles nur ihr zuliebe getan habe. Wäre sie nicht zur Stelle gewesen, dann wäre Ma Palagadas neues Sklavenmädchen mit den lächerlichen, unablässig scheppernden Glöckchen, nach ihrem Bruder schreiend, auf den Markt gerannt und das große Mädchen hinterher und hätte gerufen: »Bitte, haltet sie auf, sie ist unsere neue Sklavin!« Sie wird wahrscheinlich auch gefragt haben, ob Ma Palagada nicht ziemlich unvorsichtig sei, ob ihr denn nicht klar sei, daß der Sklavenhandel abgeschafft und verboten war und daß man die wenigen Menschen, die noch gekauft wurden, heimlich erwarb. Ma Mee benutzte solche Gelegenheiten gern, um sich für den neidischen Tratsch zu rächen, der wegen ihrer strategischen Position auf dem Markt im Umlauf war. Es verhielte sich natürlich keineswegs so – würde sie sich beeilen, hinzuzufügen –, daß sie Ma Palagada etwas mißgönne, doch weil sie sich seit so langer Zeit kannten, fühle sie einfach nur, daß es vor allen anderen Menschen in Onitsha Otu ihre erste Pflicht sei, Ma Palagada die Wahrheit zu sagen.

Ma Palagada dankte ihr, eilte verärgert hinaus, um sofort ihre Mädchen auszuschimpfen, die zuviel Angst hatten, um zu erklären, was geschehen war. Sie hatte sich offensichtlich bereits die Version der Geschichte bereitgelegt, die sie glauben wollte. Sie drängten sich aneinander, und Chiago mußte die ganze Schuld auf sich nehmen.

»Warum habt ihr zugelassen, daß dieses ungezähmte Ding aus dem Busch so auf dem Markt herumschrie? Habt ihr alle geschlafen, daß ihr sie aus dem Auge gelassen habt? Und wer hat euch überhaupt gesagt, sie sei ein Sklavenmädchen?« Sie klärte sie nicht darüber auf, daß Ojebeta aus demselben Dorf kam wie ihre eigenen Eltern; eine solche Erklärung könnte an einem Ort wie dem Otu-Markt leicht gegen sie benutzt werden. »Und was dich angeht«, fuhr sie an Ojebeta gewandt fort, »so schicke ich dich, wenn wir nach Hause kommen, zu Pa Palagada hinauf. Er wird sicherlich hocherfreut sein, dich nach einem solchen Theater kennenzulernen!«

»Oh, oh«, jammerten die anderen Mädchen, denn für sie war Pa Palagada gleichbedeutend damit, daß eine dicke Strafe bevorstand.

»Warum hast du überhaupt so herumgeschrien? Hattest du Hunger? Du hast doch gewußt, wo dein Bruder war! Also, warum hast du so geschrien?«

Ojebeta schüttelte nur den Kopf als Antwort auf die Fragen und nahm den größtmöglichen Abstand von Ma Palagada. Angst hatte aus ihrem Kopf jeden Gedanken an eine Bitte, nach Hause gebracht zu werden, vertrieben. Diesmal begann sie, sich davor zu fürchten, körperlich bestraft zu werden, denn irgendwie ahnte sie, wenn sie sich dieser wütenden Frau näherte, würde sie geschlagen werden. Und so stand sie fast versteckt hinter einem der vielen Stoffstücke, die zum Verkauf ausgehängt waren.

Nun fiel Ma Palagada wieder schimpfend über Chiago her: »Nimm sie weg von meinen Stoffen! Sie wird alles beschmutzen. Bring sie sofort zum Stand der Schmiede, sie sollen die Bänder durchfeilen, mit denen all das Zeug an ihr festgemacht ist. Halte sie ganz fest, daß die dummen Glocken nicht unterwegs scheppern und die Kaurimuscheln nicht diese heidnische Musik machen.«

Sie warf einige Pennies auf den Lehmboden, die Chiago eilends aufklaubte. Dann zog das Mädchen Ojebeta wie einen Hund hinter sich her, als sie zu den Ständen der Schmiede eilten.

Ojebeta konnte nicht mehr weinen. Sie sah, wie die Amulette, die ihre lieben Eltern ihr umgebunden hatten, um sie vor den bösen Geistern der anderen Welt zu schützen, abgefeilt wurden, und das schmerzte. Auch die Kaurimuscheln, die an Schnüren aus Bananenstroh hingen, wurden mit einem großen, gebogenen Messer weggeschnitten. Und während dies alles geschah, erkannte sie die harte Wahrheit, daß sie nämlich von diesem Augenblick an allein auf der Welt war, und ihr Herz, das zum Zerspringen klopfte, weinte.

Ihr Überleben würde allein von ihr selbst abhängen.

»Darf ich sie mitnehmen?« bat sie den Schmied, als er damit fertig war, die Metallbänder auseinanderzusägen, die die Amulette gehalten hatten. »Bitte!«

»Ich brauche sie nicht, kleines Mädchen. Du mußt deine Begleiterin fragen.«

Chiago lächelte mit feuchten Augen, sagte aber: »Ich bekomme große Schwierigkeiten, wenn ich dir erlaube, sie zu behalten. Warum willst du sie denn behalten? Sie sind schmutzig. Du brauchst sie doch nicht mehr.«

»Aber meine Mutter und mein Vater haben sie mir gegeben. Ich möchte sie nicht verlieren. Bitte, kann ich sie behalten? Deine Mutter, dort im Stand, sie wird sie nicht sehen. Bitte…«

Chiago schaute hilflos auf das kleine Mädchen, das alles daran setzte, seine Individualität zu behaupten. Es wußte noch nicht, daß kein Sklave seine Identität behielt. Welche Identität auch immer sie besaßen, sie büßten sie an dem Tag ein, an dem Geld für sie bezahlt wurde. Sie wollte dem Kind nicht das kleine bißchen Selbstachtung nehmen, das es noch hatte.

»Behalte sie, aber du mußt sie unter deinem *Npe* verstecken – du mußt sie so gut verstecken, daß kein Mensch sie jemals zu Gesicht bekommt. Wenn man sie entdeckt, werde ich sagen, ich habe nicht gewußt, wann du sie an dich genommen hast.«

Der Hauch eines Lächelns ging über Ojebetas tränenverschmiertes Gesicht und erhellte einen Augenblick lang ihre geschwollenen Augen. Sie mochte ihre Identität verloren haben, doch wenigstens konnte sie noch davon träumen und Halt darin finden.

Sie machten sich auf den Weg zurück zu ihrem Stand, und Ojebeta fand es seltsam, ohne die Amulette zu gehen, die sie seit ihrer Geburt an beiden Armen und auf dem Rücken getragen hatte. Es würde nicht leicht sein, wie alle anderen Menschen die Arme zu schwingen und zu gehen. Sie würde sehr lange brauchen, um zu lernen, jemand anders zu sein.

7

Okolie und sein Geheimnis

Sein großes *Otuogwu*-Tuch um die Schulter geschlungen, suchte Okolie noch immer in jeder Ecke des Marktstandes herum, um sich zu vergewissern, daß er nicht zufällig ein paar von den Pennies übersehen hatte, die Ma Palagada ihm dort hingeworfen hatte. In seine Suche völlig vertieft, vergaß er seine Würde, vergaß, was er getan hatte. Aller Stolz, der ihm als Mensch zu eigen war – Stolz darauf, ein Mann zu sein, Stolz darauf, der beste Flötenspieler seiner Altersgruppe zu sein, Stolz darauf, Ibuzas größter Redner zu sein –, alles war untergegangen in seinem Drang, Geld zu finden, immer mehr Geld. Seine Haltung erinnerte an jene Zeiten, in denen es für Europäer leicht gewesen war, den Chief eines mächtigen Dorfes dazu zu drängen, gegen ein schwächeres Dorf Krieg zu führen, nur um Sklaven für die Neue Welt zu beschaffen.

Nachdem er überall gesucht, auf dem gestampften Lehmboden herumgekrochen und mit seinen klauengleichen Fingern in allen Ecken herumgekratzt hatte, begann Okolie vor sich hin zu reden. Das Wasser lief ihm im Munde zusammen bei den Eingebungen seiner lebhaften Phantasie, daß ganz gewiß noch irgendwo mehr Geld für ihn bereitlag, auf das er sich stürzen konnte. Eins der Mädchen, die an dem Stand arbeiteten, führte einen müden Kunden zu einem Platz, dort, wo sich unser optimistischer Okolie noch immer seiner Suche widmete, doch dann hielt sie den Kunden davon ab, Platz zu nehmen, und zeigte wortlos auf den erwachsenen Mann, der auf Händen und Knien auf dem Boden herumkroch. Sie hörten ihn vor sich hinmurmeln, sahen die Angst in seinen Augen, spürten seine tiefe Versunkenheit und beobachteten ihn. Natürlich zog ihr Herumstehen dort am Eingang des Marktstandes die Aufmerksamkeit auch der anderen Mädchen auf sich, die zu dieser Tageszeit, wenn der Markt schloß, überarbeitet waren, denn jetzt füllten die Händler, Käufer und gewöhnlichen Marktbesucher gern ihre Bäuche, ehe sie ihre lange Heimreise in die verschiedenen Dörfer antraten, aus denen sie gekommen waren. Den Mädchen – die meisten waren Hausdienerinnen oder Sklavinnen – war eine Ablenkung wie diese sehr willkommen, und so lief bald eine kleine Menschenmenge zusammen. Okolie war so sehr in seine Schatzsuche versunken, daß er von alldem nichts wahrnahm.

Dem ersten Mädchen, das Okolie schon länger als die anderen beobachtet hatte, wurde plötzlich klar, daß dies keineswegs ein verrückter Mann war, sondern ganz einfach ein habgieriger. Ihre Vermutung wurde noch durch die Tatsache verstärkt, daß sie das Feilschen zwischen Okolie und Ma Palagada zum Teil mit angehört hatte und daß Okolie, während er am Boden herumkroch, immer wieder unter seinen Umhang fühlte, um sich zu vergewissern, daß das Geld noch da war. Sie lachte laut auf. Auch der bärtige Händler, der neben ihr stand, lachte laut und aus vollem Halse, ebenso wie die meisten der Leute, die herumstanden und zuschauten.

»Hast du etwas verloren, großer Mann aus Agbor?« fragte eins der Mädchen lachend. Weil Okolie sein bestes weißes *Otuogwu*-Tuch angelegt hatte, die Kleidung, die alle Igbo westlich des Niger zu feierlichen Anlässen trugen, hatte sie ganz einfach, weil es ihr gerade so einfiel, Agbor als die größte Stadt im Landesinneren erwähnt. Es kam ihr gar nicht in den Sinn, daß ein Mensch, der ganz in der Nähe, in Asaba oder Ibuza, wohnte, sich so unwürdig benehmen könnte – nein, er kam ganz gewiß aus dem Landesinneren der westlichen Igboregion, aus der Nähe von Benin.

Okolie rappelte sich auf und blickte wie wild um sich. So verloren war er in seinen Traum vom Geld, daß er einige Augenblicke brauchte, ehe ihm klar wurde, daß er sich hier auf dem größten Markt jenes Landesteils befand und daß er, der Sohn einer wohlbekannten Persönlichkeit seiner Stadt, von allen Seiten beobachtet wurde, wie er auf dem Fußboden herumkroch auf der Suche nach ein paar Münzen. Er wußte nur zu gut, wie er wohl aussah. Angenommen, jemand, der ihn kannte, jemand aus seiner Familie oder von seinen Freunden wäre unter der Menge? Er mußte hier weg, und zwar so schnell ihn seine Beine trugen.

Noch mehr Stimmen erhoben sich und lachten ihn aus.

»Bist du von Ogbaru?«

»O nein, er kommt von irgendwoher aus dem Busch!«

»Oder stammst du etwa aus Okpanam?« lachten sie.

Er wollte nicht antworten. Er kannte die Macht der Masse. Sie könnten ihn angreifen, ihm die Kleider vom Körper reißen und ihm das Geld wegnehmen. Er machte sich vorsichtig davon und hatte Glück, daß die Menschen noch immer lachten und sich über ihn lustig machten, obwohl die Stimmung schnell in Gewalttätigkeit umschlagen konnte. Ehe jemand überhaupt die Vermutung äußern konnte, er sei ein Marktdieb, hatte sich Okolie bereits unter die Menge gemischt. Sein Instinkt riet ihm, seinen festlichen Umhang abzunehmen und das Geld sicher darin einzuwickeln; so setzte er seinen Weg über den Markt in seinem Hüfttuch fort und sah aus wie einer der Bootsmänner.

Am Flußufer war er nicht erstaunt, als er sah, daß alle von Maschinen getriebenen Dampfer bereits abgelegt hatten. Er hatte davon geträumt, seine Heimreise nach Ibuza auf einem dieser eleganten Dampfer anzutreten, die ohne die Hilfe von Rudern über das Wasser rasten. Doch dafür war es nun zu spät. Das heißt, der letzte, mit dem Namen *Ericho*, fuhr gerade los, doch war er viel zu voll, als daß noch ein einziger Passagier hineingepaßt hätte. Mit böser Vorahnung und sehr enttäuscht beschloß er, eines der Boote zu nehmen, die unter dem Namen *Ugbo-Amala* bekannt waren und von Männern aus Olunmili gerudert wurden.

Die Sonne war ganz untergegangen, und der Markt leerte sich nun sehr schnell. Eine Gruppe verspäteter Igboleute aus dem Westen hatte sich am Ufer versammelt, bereit, den Fluß zu überqueren. Andere aus dem Osten machten sich auf den Weg ins Hügelland zu ihren Heimatdörfern. Was den Handel und die Geschäfte anbelangte, so war ein frischer Wind aufgekommen, und kluge Igbohändler ließen sich von ihm mitreißen. Der Export von Sklaven, der das Vermögen vieler in Städten wie Bonny und Opobo um ein Vielfaches vermehrt hatte, war zu einem Ende gekommen, und nun lag der Schwerpunkt der Geschäfte auf Palmöl und Palmkernen. Dieses Geschäft beschränkte sich nicht nur auf die Igbo entlang der Küste. Selbst ein armer Junge, der viele Meilen weit im Landesinneren wohnte, konnte davon profitieren. Er konnte hinaus in den Busch gehen und dort Palmnüsse sammeln, dann ging er nach Hause und knackte die harten Schalen zwischen zwei Steinen. Als nächstes packte er die geschälten ganzen Palmkerne zusammen und brachte sie auf den Markt nach Otu. Die Zwischenhändler, die europäischen Händlern den Zutritt in das Landesinnere verwehrten, kauften für wenige Shilling diese Pakete mit den geschälten Palmkernen auf, verluden sie auf Dampfer oder Boote, die sie in die großen Häfen wie Port Harcourt brachten. Von dort wurden die Kerne nach Europa verschifft, wo sie zu Seife und ähnlichem verarbeitet wurden.

Solche Jungen und arme Frauen, die mit ihren Palmkernen handelten, warteten gewöhnlich den Schluß des Marktes ab, in der Hoffnung, vielleicht doch noch einen Penny mehr für ihre Kerne zu erhalten. Sie hatten soviel Zeit und Kraft darauf verwandt, die Nüsse zu sammeln und zu schälen, daß sie es vorzogen, mit den billigeren Booten überzusetzen, die pro Person nur einen Penny kosteten, anstatt mit den Motorschiffen, die für eine Überfahrt Sixpence verlangten. Was Okolie anbelangte, so hatte ihn das Feilschen um den Preis für seine Schwester so lange aufgehalten.

Er sah, wie ein kleines Mädchen, nicht viel älter als Ojebeta, versuchte, auf das Boot zu klettern, in das er selbst gerade einstieg. Ihre Mutter rief ihr zu, aufzupassen, damit sie nicht ins Wasser fiele. Freundliche Hände streckten sich ihr entgegen und halfen ihr ins Boot.

Es drängte ihn, die Mutter zu fragen: »Warum bist du mit ihr nach Otu gekommen?«

Ein triumphierendes Lächeln war die Antwort, und sie erklärte ihm: »Sie hat alle ihre Palmkerne verkauft, und von dem Erlös wollte sie sich ihr erstes *Lappa* aus Europa selbst aussuchen. Deshalb habe ich sie mitgebracht, damit sie sich das Wikkeltuch kaufen konnte.«

Das kleine Mädchen nickte Okolie glücklich zu und zeigte ihm stolz ein zusammengefaltetes Stück Stoff.

Seine Gefühle gerieten bei diesem Gespräch so durcheinander, daß er zuerst in Lachen auszubrechen drohte und dann in Tränen. Er hatte Mühe, sich zurückzuhalten und dieser anscheinend armen Mutter und ihrem Kind nicht zu beichten: »Seht, meine Mutter hat über fünfzehn Jahre lang versucht, die Götter freundlich zu stimmen, bis sie endlich das kleine Mädchen bekam, das sie sich so sehr als Begleiterin, als Tochter, als Freundin und als ihr Eigenstes gewünscht hatte. Und wißt ihr, was ich getan habe? Für acht Pfund habe ich sie an eine reiche Frau, eine entfernte Verwandte, verkauft. Seht, hier habe ich das Geld. Meint ihr, ich habe Unrecht getan?«

Er war so tief in diese Gedanken versunken, daß er das kleine Mädchen lang und intensiv anschaute, und obwohl es schon ziemlich dunkel war, sah die Mutter den Ausdruck in seinem Gesicht und fragte sich, warum der fremde Mann das Kind so anstarrte.

»Komm, Tochter«, sagte sie zu dem Kind, »setz du dich rüber auf diese Seite, dann kann ich neben unserem neuen Freund Platz nehmen.«

Okolie wollte dem kleinen Mädchen kein Leid antun, und er wußte wohl, daß man ihm die Gedanken an seine Schwester ansah. Wer, fragte er sich, würde ihr jetzt eine freundliche

Hand reichen, wie es diesem kleinen Mädchen geschehen war? Wer würde sie ermutigen, ihren ersten Verdienst zu sparen, um sich ein neues Tuch aus Europa zu kaufen? Wer würde sie bei ihren Kosenamen rufen und ihr sagen, sie sei hübscher als die Königin von Idu, wer würde ihr das Land zeigen, das ihrem Vater gehört hatte, und wer würde ihr von ihm erzählen, davon, was er gesagt und getan hatte? Okolie vergoß stille Tränen der Reue und war dankbar, daß die Dunkelheit sie verbarg. Doch bald fühlte er sich getröstet, als seine Hand zufällig die raschelnden Geldscheine in seinem *Otuogwu* berührte. Er redete sich ein, daß Ojebeta gut versorgt war. »Wenn sie bei mir geblieben wäre, würde sie bestimmt an der *Felenza* sterben, und wenn nicht an der *Felenza*, dann an etwas viel Schrecklicherem. Wer würde sie denn versorgen außer unserer Tante, die den Mann mit den wäßrigen Augen hat?«

Natürlich meinte er Uteh, die in diesem Augenblick mit ihrem Mann zusammen in Okolies Haus saß und auf dessen Rückkehr wartete. Später setzte sich noch ein anderer Verwandter, Ukabegwu, zu ihnen, der ein paar Stücke Kolanuß mitgebracht hatte und dessen Frau ihm wegen seines übelriechenden entzündeten Fußes davongelaufen war. Und so saßen sie auf der Lehmbank in Okolies Haus und redeten von vielen Dingen – von der schrecklichen Epidemie und von der Tatsache, daß das diesjährige Yamsfest eine große Enttäuschung sein würde.

»Wo sind denn die Männer, die die Tänze mit den Bambusschilden aufführen werden? Alle unsere Männer sind tot«, klagte Uteh.

»Verzweifle nicht, Schwester«, sagte Ukabegwu. »Männer kommen und gehen wie die Wellen des Meeres. Ich erinnere mich noch gut an das *Ifejioku*-Fest im vergangenen Jahr, den Lärm, das gute Essen, die Kinder, die Männer ... so viele Menschen. Und die meisten von ihnen sind heute nicht mehr unter uns. Selbst die Kinder sind tot. Aber einige von uns sind übrig geblieben, um die Arbeit fortzusetzen und immer mehr Kinder zur Welt zu bringen. Und deshalb bitte ich jetzt unsere Mutter vom Fluß Oboshi, die große Beschützerin des Eke-Marktes, und ich bitte deinen *Chi*, dir ein männliches Kind zu schenken, damit der Name deines Mannes nicht vergessen sein wird.«

Alle klatschten sie in die Hände und sagten : »*Ise! Ise!* Möge es so sein!«

Eze fand, daß auch er für seinen Verwandten beten müsse, und wie alles andere war selbst die Art, wie er zu den Göttern betete, etwas merkwürdig.

»Ja, wir beten auch für dich«, sagte er. »Damit Gott die schreckliche Wunde an deinem Fuß wegnehmen möge, die grün geworden ist und so schlecht riecht, daß deine Frau nicht mehr heimkommen will. Schließlich bist du kein größerer Sünder als wir. Oder hast du dem Gott die Frau gestohlen? Was hast du getan, daß du dieses Schicksal verdient hättest?«

Ukabegwu und Uteh wußten nicht, wie sie dazu *Ise!* sagen sollten. Uteh schwieg, doch nach einer Weile sagte Ukabegwu: »Ich verstehe, was du meinst. Aber ich muß mein Schicksal hinnehmen, so wie du deines hingenommen hast. Meine Frau ist mit zwei Kindern, einem Jungen und einem Mädchen, zu ihrer eigenen Familie gegangen. Das Mädchen starb letzte Woche an der *Felenza*, aber – wer weiß? – vielleicht bleibt der Junge am Leben. Laßt uns den Gott bitten, daß er ihn uns erhält, damit er leben und ein großer Mann werden kann, ein großer Jäger und ein großer Obi.«

Noch ehe der Mann und die Frau sich entscheiden konnten, ob sie *Ise!* sagen sollten oder nicht, hatte Ukabegwu dies bereits selbst getan und ein großes Stück von der Kolanuß in seiner Hand abgebissen, um zu zeigen, daß er sein Gebet mit den Göttern besiegelt hatte. Denn bei jenen Leuten gab es ein Sprichwort, das besagte: »Erzählst du deinem Nachbarn, daß dich der Arm schmerzt, so wendet er sich um und sagt dir, daß eigentlich nicht nur dein Arm schmerzt, sondern auch dein Bein und dein Kopf.« Was Ukabegwu anging, so versuchten ihm die beiden zu sagen, er sei ein hungriger Mann, und anstatt anzunehmen, daß er ihnen seinen Hunger offenbart hatte, wollten sie ihm weismachen, daß er tatsächlich schon viel zu satt wäre.

In Wahrheit jedoch verhielt es sich so, daß Uteh und ihr Mann ihn so akzeptierten, wie er sich selbst einschätzte, was wiederum die Wahrheit eines anderen Sprichwortes bewies, das besagte: »Wenn du lachst, lacht die Welt mit dir.«

Eze dachte eine Weile nach – von der Art und Weise, wie er sein schlimmes Auge rieb, war es offenkundig, daß er nachdachte –, dann klopfte er seinem Verwandten auf die Schulter und sagte: »Du bist ein großer Mann, Maduka, Sohn des Ukabegwu.«

»Danke. Unsere Familie bringt keine Idioten hervor!«

Das Schweigen, das darauf folgte, war sehr lang, selbst unter eingeschworenen Feinden wäre es lang gewesen.

Eze war sich wohl des Namens bewußt, mit dem ihn die Familie seiner Frau hinter seinem Rücken bezeichnete. Er begann sich Vorwürfe zu machen, daß er an diesem dunklen Abend mit zum Haus seines Verwandten gegangen war, nur weil Uteh Ojebeta mit zu sich nach Hause nehmen wollte. Schließlich brauchte ein Mädchen Männer, die es leiteten – den Vater oder sonst einen Mann, der die Vaterrolle übernehmen konnte, und später, wenn das Mädchen erwachsen war, den Ehemann. War deshalb nicht ihr Bruder der richtige Mann, um über das Schicksal der kleinen Ojebeta zu entscheiden? Und doch saß er, Eze, jetzt hier und mußte sich anhören, wie ihn dieser Mann mit dem stinkenden Fuß beleidigte, nur weil er seine Nase in etwas gesteckt hatte, das nicht seine Angelegenheit war.

Laut sagte er: »Wir müssen bald gehen, wenn dein Verwandter Okolie nicht kommt.«

»Bitte warte noch ein wenig. Seit die *Felenza* gewütet hat, ist es hier so still geworden, wenn Okolie fort ist. Wenn er da ist, kommen seine Freunde, und sie spielen auf ihren Hornflöten, und Ojebeta hat immer etwas zu plappern.«

Unvermittelt hörte er zu sprechen auf, denn wer streckte

seinen Kopf in das nur spärlich erleuchtete Haus, wenn nicht Okolie selbst.

»Du wirst ein langes Leben haben«, sagte Ukabegwu, »denn wir haben gerade von dir gesprochen.«

»Warum sollte ich nicht lange leben? Ich habe niemandem etwas zuleide getan«, erklärte Okolie schnell.

Sein Ton war zu scharf für eine leichte Unterhaltung. Schließlich hatten sie sich ja nur auf einen weit verbreiteten Aberglauben bezogen, nach dem, wenn man von jemandem sprach und dieser Mensch plötzlich auftauchte, es als ein Zeichen dafür angesehen wurde, daß er lange leben würde. Oder wenn man von jemandem sprach, der irgendwo weit weg wohnte, dann würde diese Person niesen. Und gleichermaßen konnte ein plötzlicher und früher Tod oft der Beweis dafür sein, daß diese Person kein guter Mensch gewesen war. Wenn zum Beispiel ein Mann vom Blitz getroffen wurde, glaubte man, er habe eine Affäre mit der Frau eines anderen gehabt.

Uteh meinte, Okolie müsse wohl sehr müde sein, aber Eze, der sich nicht um die Aufforderung seiner Frau kümmerte, machte nicht viele Umschweife. »Ich habe Ojebeta heute morgen versprochen, daß ihre große Mutter ihr heute abend, wenn sie von Asaba zurückkommt, gestampfte Yams bringt. Jetzt sind wir da mit dem Essen, doch wo ist das kleine Mädchen?«

Uteh wußte, daß sie jede Erklärung würde hinnehmen müssen, die Okolie ihnen zum Schicksal von Ojebeta gäbe. Sie wollte jetzt gar nicht alle Einzelheiten erfahren, nicht in Anwesenheit ihres Mannes, denn sie mußte ihr möglichstes tun, den Namen ihrer eigenen Familie zu schützen, selbst vor dem Mann, mit dem sie verheiratet war. Wenn in Ibuza ein Familienmitglied beim Stehlen erwischt wurde, bestand gleich die ganze Familie aus nichts anderem als aus Dieben. Wenn es in einem Teil des Dorfes Hexen gab, war bald das ganze Dorf als ein schlechter Ort voller Hexen verschrien. Wollte man es also vermeiden, daß die Leute einen beschimpften, so wusch man die

Familienwäsche nicht draußen vor dem Haus; tat man es doch, so lief man Gefahr, daß der Schmutz das eigene, saubere Tuch befleckte, ob man nun wußte, wer der Schuldige war oder nicht.

Okolie reagierte heftig, seine Stimme war scharf, sein Körper angespannt wie der einer lauernden Katze: »Ich dachte, ich hätte dir heute morgen erzählt, daß ich sie zu Adah Palagada bringe. Ich dachte, ich hätte dir das erklärt!« Müde setzte er sich auf die Lehmbank, seinen unerwünschten Besuchern gegenüber. »Ich möchte, daß meine kleine Schwester die Welt kennenlernt, daß sie lernt, wie man Handel treibt, daß sie eine erfolgreiche Geschäftsfrau wird wie unsere Verwandte Adah Palagada.«

Obwohl Ma Palagada Fremde geheiratet hatte, die kein einziges Wort Igbo sprachen, bestand kein Zweifel daran, daß sie reich und erfolgreich war, deshalb galt sie noch immer als *Adah*, als Tochter der Familie.

Uteh war erschöpft. Es würde eine bessere Gelegenheit geben, um Näheres zu erfahren. Sie würde selbst nach Asaba gehen, oder wo immer sich jetzt die einzige Tochter von Okwuekwu Oda befand. Sie hatte nichts dagegen, daß Ojebeta dort blieb, um von klein auf mit dem Geschäftsleben vertraut gemacht zu werden, doch sie wollte wissen, unter welchen Bedingungen.

Nach jenem Tag verlor Okolie kein einziges Wort mehr über seine Schwester, und tatsächlich wagte es auch niemand von der Verwandtschaft, ihn danach zu befragen. Es hatte allen Anschein, daß Utehs frühere Klage sich bewahrheitete, daß nämlich die *Felenza* die Männer hinweggerafft hatte, die Männer waren; übriggeblieben waren nur noch Gespenster von Männern. Außerdem gab es mehr und mehr andere wichtige Dinge, mit denen sie sich beschäftigten. Nach einer Weile war Ojebetas Namen fast vergessen, und zwar soweit, daß einige Leute die Tatsachen durcheinanderwarfen und behaupteten, sie sei mit ihren Eltern gestorben und heimlich begraben worden. So kurz war das Gedächtnis der Menschen.

Tagelang trauerte Okolie um den Verlust seiner Schwester. Diese Trauer konnte er mit niemandem teilen. Wäre Ojebeta einfach gestorben, hätten ihn Verwandte und Freunde getröstet und ihm beigestanden. Doch dieser Verlust brannte in seinem Gewissen. Tagelang konnte er nicht richtig essen. Einmal zählte er das Geld, strich jeden Schein glatt und rieb die Münzen, bis sie glänzten – und fühlte, wie die Schuld auf seinem Gewissen lastete. Er wußte, daß er nicht nur, was ihn selbst und seine kleine Schwester betraf, falsch gehandelt hatte – viel schwerwiegender war, daß er gegen den Brauch verstoßen hatte. Es stand ihm keinerlei Recht zu, Geld, das seine Schwester in die Familie brachte, für sich zu beanspruchen. Nun, da ihr Vater tot war, gehörte der Brautpreis, der für sie bezahlt würde, wenn sie erwachsen war, von rechts wegen seinem älteren Bruder Enuha. Okolies Anteil wäre vielleicht ein Pfund gewesen, doch jetzt hatte er seine Schwester nicht nur für weniger als die Hälfte dessen verkauft, was später für sie im Falle ihrer Verheiratung bezahlt worden wäre, sondern er behielt auch das ganze Geld für sich selbst. Ihm wurde klar, daß dies eine Sünde war, die man mit offenen Augen beging und die mit einem selbst sterben mußte.

Ohne es zu wollen, setzte er seine Hoffnung darein, daß seine Schwester nie zurückkäme, um ihre Geschichte zu erzählen, und daß sein unternehmungsfreudiger Bruder, der die Zeichen der Zeit erkannt hatte und in eine der neu erbauten Städte gegangen war, soviel Erfolg bei seiner Suche nach Reichtum hätte, daß ein Betrag von acht Pfund für ihn bedeutungslos wäre. Nach einiger Zeit begann er sogar zu glauben, daß seine Hoffnung sich verwirklicht hätte, daß nämlich seine Schwester gestorben sei – auch wenn sie eine einzige Tochter war, so war sie eben doch nur eine Tochter – und daß sein älterer Bruder genug Geld verdiene, dort, wo immer in der Welt er die Arbeit des weißen Mannes tat. Und so verhärtete sich mit der Zeit Okolies Gewissen.

Der Tag des großen Tanzes seiner Altersgruppe rückte

schnell näher, und alle Anzeichen sprachen dafür, daß die *Felenza* ihre schlimmste Arbeit getan hatte, obwohl noch immer Menschen starben und andere die Heimat verließen und das suchten, was als *Olu-Oyibo* bekannt war, die Arbeit bei den Weißen. Als Folge der Verluste, die seine Altersgruppe erlitten hatte, wurde Okolie nicht nur zum ersten Flötenspieler ernannt, sondern auch zum Anführer der Tänzer. Awun-nta – Moskito –, früher wegen seiner langen dünnen Beine und seiner Leichtigkeit ganz selbstverständlich Anführer der Tänzer, war in die Haussaberge ausgewandert, von denen es hieß, daß es dort nicht nur Arbeit gab, sondern die *Felenza* auch nicht so viele Menschen umbrachte wie in Ibuza. Und so profitierte Okolie in Bezug auf seinen Ruf und seine gesellschaftliche Stellung vom Unglück anderer in seiner Altersgruppe. Es spielte für ihn eine ganz wesentliche Rolle, das Prestige seiner Stellung aufrechtzuerhalten, was sehr kostspielig war und wobei ihm Ojebetas Geld half. Er kaufte die farbigsten Kopftücher, um sie beim Tanz an die Hüften zu knüpfen, Kopftücher, so teuer und so modern, daß die Frauen vor Bewunderung nach Luft schnappten und sich fragten, wie er sich das wohl alles leisten konnte. Mit dem Beginn der Regenzeit schien die *Felenza* endgültig wie weggewaschen, niemand wußte warum. Sie wußten nur, daß die plötzlichen Todesfälle, die sich tagein, tagaus ereignet hatten, weniger wurden und die Leute nach und nach ihre Arbeit auf den Feldern wieder aufnahmen. Eines Nachts hatte es einen Gewittersturm gegeben, wie ihn Ibuza noch nie erlebt hatte. Stundenlang hatte er gewütet – Bäume wurden entwurzelt, Äste krachten herunter, und es war eine Menge Hagel niedergegangen. Die Menschen zitterten und fragten nach dem Warum. Okolie befand sich mit einigen der Tänzer in seinem Haus und übte auf der Hornflöte. Der Wind rüttelte am Hausdach, als wolle er es wegreißen.

Ukabegwu trat ein und meinte pessimistisch: »Vielleicht werden wir, die wir übrig geblieben sind, jetzt vom Sturm hinweggefegt.«

»Hör auf, so kindische Märchen zu erzählen, alter Mann«, bemerkte einer von Okolies Freunden. »Wir müssen unser Initiationsfest feiern, wie jede andere Altersgruppe seit der Gründung von Ibuza. Warum sollten die Götter uns das verweigern, wenn wir nun an der Reihe sind?«

Okolies Antwort bestand darin, daß er, so laut er konnte, in seine Flöte blies, und die schrillen Töne schienen die Regengötter zu erneutem Handeln aufzufordern. Der Regen ergoß sich aus den Wolken, als hätten sich alle Himmelsschleusen geöffnet und ließen alles Wasser, das es überhaupt gab, herunterströmen. Es schüttete die ganze Nacht so heftig, daß Okolies Freunde beschlossen, die Nacht bei ihm zu verbringen, anstatt nach Hause zu gehen.

Am nächsten Morgen versiegten alle Tränen, denn niemand war mehr gestorben. Und nicht nur das, auch der Mais und die wenigen Yams, die gesteckt worden waren, bekamen durch diesen späten Wasserguß unerwarteten Auftrieb, denn zuvor hatte es wenig geregnet, und viele Bauern hatten die Hoffnung auf Regen bereits aufgegeben. Die paar Ältesten jedoch, die überlebt hatten, wußten, daß die Nahrungsmittel erst zwei oder drei Monate nach dem Yamsfest knapp und teuer werden und die Menschen dann am Hunger sterben würden. Waren nicht alle fähigen Landwirte in der Blüte ihrer Jahre von einem unzeitigen Tod hinweggerafft worden? Und entsprach es nicht der Wahrheit, daß jene, die am Leben geblieben waren, die Faulsten zu sein schienen? Selbst für jene, die sich mit ihren Feldern abgemüht hatten, war der Regen nicht zur rechten Zeit gefallen, obwohl dieser späte Regen die Hoffnung in ihnen aufleben ließ.

Mehr Yams als erwartet waren trotz der Trockenheit gediehen und konnten geerntet werden, und man würde das Yamsfest begehen, so gut es eben ging, obwohl der Initiationstanz und die anderen Tänze in diesem Jahr wenig versprachen im Vergleich zu früheren Jahren, als die Hauptstraße nach Ibuza von Umuodafe bis Ogbeowele mit Menschen aller Altersgruppen gedrängt voll gewesen war.

Am Abend vor Okolies *Uloko*-Tanz verließ seine Tante Uteh das Haus ihres Mannes und ging zu Okolie, denn, so sagte sie: »Ich bin seine lebende Mutter.« Es machte ihr nichts aus, daß andere junge Männer zu Gast waren, übten und sich zusammen mit ihm vorbereiteten. Sie hatte genug Yams mitgebracht, daß er für sämtliche Tage des Tanzes genug hatte, und einer der jungen Männer, der Uteh dort sitzen sah und vermutete, daß sie beabsichtigte, die ganze Nacht zu bleiben, sagte vertraulich zu Okolie: »Sieh doch, Flötenspieler, niemand darf unseren Tanz im voraus sehen. Deine kleine Mutter hier hat sich alles angeschaut!«

»Sie ist nicht meine kleine Mutter, sie ist die einzige Mutter, die ich habe. Kannst du deiner eigenen Mutter befehlen, das Haus zu verlassen? Wovon redest du eigentlich?«

Sein Freund maulte, besann sich aber eines Besseren als Schwierigkeiten heraufzubeschwören. War doch Okolie der einzige Flötenspieler, den sie hatten.

Am besagten Tag trat Okolie in seiner ganzen Pracht auf. Um den Kopf hatte er sich einen roten Seidenschal mit aufgedruckten Spielkartenmotiven gewickelt, und anstelle von gewöhnlichem Raphiabast hingen an seinem Gürtel viele bunte Tücher in allen erdenklichen Farben – gelbe, schwarze, grüne, graue. Das Ganze wurde von einem Umhang aus einem feinen, fast durchsichtigen Stoff gekrönt, wie man ihn in Ibuza noch nie gesehen hatte – auf einem braunen Hintergrund fanden sich in gelber Farbe gewirkte Muster, die Vögeln, Blättern und Schlangen glichen. Selbst für die Fußkettchen hatte er nicht wie seine Freunde Nußschalen benutzt, sondern Kupferglöckchen, die beim Tanzen laut klingelten.

Auch Uteh wollte hinter alldem nicht zurückstehen und trug ihr bestes *Otuogwu*, dazu einen besonderen Fächer aus Federn mit kleinen, aufgesetzten Spiegelscherben. Zusammen mit einem Großteil der Verwandten aus Umuisagba folgte sie Okolie und sang seine Ehrennamen.

Ehe Okolie aufbrach, tanzte er zu Ehren seiner toten Eltern

die ersten Schritte seiner neuen Tänze. Nach ein paar Tanz-
schritten am Begräbnisplatz seines Vaters blieb er wie ein großer Vogel mit ausgebreiteten Schwingen stehen, verbeugte sich
und sagte: »Vater, bewahre mich vor den Augen der Zauberer
und anderer böser Menschen. Ich tanze für dich, damit du
als erster, vor allen anderen, mein Tun gutheißen mögest, denn
du hast mir das Leben geschenkt.« Da seine Mutter noch während der Trauerzeit verstorben war, war ihr Leichnam, wie
es Brauch war, in den »Bösen Busch« geworfen worden; dorthin konnte Okolie nun nicht gehen, und so wiederholte er mit
Tränen in den Augen dieselben Worte für seine Mutter.

Ukabegwu, der einzig noch lebende Älteste unter Okolies
Verwandten, sah, was Okolie tat, und rief: »Die Toten werden
uns geleiten. Laß sie in Ruhe. Ist heute nicht der beste Tag deines Lebens? Komm, sei nicht traurig! Feiere diesen Tag mit
dem Leben!« Der alte Mann holte eine große Flasche mit
selbstgebranntem Gin hervor, der als Ogogoro bekannt ist, be-
spritzte damit tüchtig jeden Verwandten und gab dann Okolie
eine Menge zu trinken. Auch jeder der Verwandten bekam
mindestens vier Schluck, und die sich daraus ergebende Veränderung war bemerkenswert.

Okolie blies auf seiner Flöte, daß ihm fast der Kopf platzte.
Uteh sang seine Ehrennamen, daß nicht nur die Lebenden sie
hören konnten, sondern auch die Toten und selbst die Götter.
Das Häufchen Kinder tanzte, als hätten sie Flügel an den Füßen.
Die alten Frauen erinnerten sich an die Tage ihrer eigenen Ini-
tiationstänze, zeigten ihre wenigen tabakgeschwärzten Zähne.
Ihre ausgemergelten Körper belebten sich vor Aufregung und
drehten und wanden sich im Rhythmus der Musik. Und was die
jungen Mädchen von Umuisagba anging, so wurde an jenem
Tag keiner der jungen Männer von ihnen so sehr verwöhnt
wie Okolie. Sie nahmen farbige Stoffstücke, Reste, die sie bei
irgendeinem Schneider gefunden und zu ›Handikershishi‹ zu-
rechtgeschnitten hatten, und winkten damit, wann immer Okolie auf seiner Flöte spielte; und als er zu tanzen begann und zum

Rhythmus der Musik seine hohen und kunstvollen Sprünge vorführte, liefen sie in den Kreis hinein und wischten ihm den Schweiß vom Gesicht, vom Körper und von den Armen.

Uteh wurde es nicht müde, ihm mit ihrem Federfächer Kühlung zu verschaffen, und rief aus: »Schaut ihn doch an, ein junger Mann, so stark wie der stärkste Tiger, so schnell wie die Pfeile der Götter! Wessen Sohn ist er? Er ist der Sohn des Okwuekwu Oda, des Mannes mit der goldenen Stimme, des Mannes, der den Europäer auf seinen Schultern getragen hat, des Mannes, der nach Idu gegangen ist und mit dem König von Idu gesprochen hat. Er ist nicht reich, er ist nicht arm, aber er ist zufrieden. Schaut ihn an! Habt ihr jemals einen Flötenspieler wie ihn gesehen?« Und so sang sie unablässig weiter, bis sie mit den Gruppen aus den anderen Stadtteilen von Ibuza zusammentrafen.

Während ihres Tanzes durch ganz Ibuza hatten sich noch viele Verwandte von Okolies Mutter hinzugesellt und stimmten in das allgemeine Singen seiner Ehrennamen ein. Eine alte Frau aus Ezukwu, die seine Mutter Umeadi als kleines Kind versorgt hatte, trat vor und rief: »Wer wurde mitten auf dem größten Markt von Ibuza geboren?«

»Er!« antwortete die Menge. Alle Finger zeigten auf Okolie, und die vereinte Stimme der vielen Menschen klang schwer wie Kanonendonner und erschreckend wie Gewittergrollen.

Sie rief weiter: »Wer läßt die Erde erzittern, wenn er geht?«

»Er!«

»Wessen Körper gleicht den polierten Statuen der Holzschnitzer?«

»Seiner!«

»Wer wird der größte Landwirt seiner Zeit sein?«

»Er!«

»Er, er, er wird der größte Landwirt sein, *Ugbo Ukwu*, der junge Mann mit den größten Feldern!«

Die Menge klatschte Beifall, und Okolie tanzte und blies der Frau seine Dankbarkeit auf der Flöte zu; Sänger sangen Utehs Ehrennamen, und trotz eines schmerzenden Knies wagte sie zur Belustigung aller Umstehenden einige wenige Tanzschritte.

Okolie sagte sich, daß sich der ganze Aufwand wirklich gelohnt hatte. Noch Tage und Jahre danach würden die Leute von dem Ereignis sprechen und zueinander sagen: »Am Tag von Okolie Ugbo Ukwus *Uloko*-Tanz war er der am schönsten angezogene Mann, der beste Tänzer und der beste Hornflötenspieler seiner Zeit. Das ist euch doch wohl klar?«

Und so geschah es, daß, ehe die Jahreszeit zu Ende ging, Okolie einen Titel erworben hatte, doch es war ein Titel, von dem Okolie wußte, er könnte ihm nicht gerecht werden. Hinzu kam noch, daß er die Mädchen mit seinem schönen, gut genährten Körper, seinem Tanzen und seiner teuren Kleidung derart beeindruckt hatte, daß er gezwungen wurde, eine Ehefrau als Geschenk anzunehmen.

Obwohl er den Eltern des Mädchens gegenüber protestierte, da er den Brautpreis nicht bezahlen könne, lachten die Ältesten jener Familie und sagten: »Nur ein Narr gibt zu, daß er reich ist. Ein reicher Mann erzählt nicht herum, daß er reich ist, aber sein Benehmen verrät ihn.« Okolie wußte nicht mehr, ob er wegrennen oder sich das Leben nehmen sollte.

»Bist du etwa impotent?« fragte ihn sein einziger lebender Verwandter. »Warum wehrst du dich so? Das Mädchen lief dir nach, als sie dich tanzen sah, ihre Leute hatten nichts dagegen, sie ist schön und ihre Haut zart und glatt, und du sagst immer noch nein. Warum? Bist du schon einmal jemandem begegnet, der so feige war, daß er ein Stück Fisch, das man ihm in den Mund steckte, nicht aß? Iß es, und schluck es schnell, sonst werden jene, die dich gestern ›Ugbo Ukwu‹ nannten, dir einen anderen Namen geben: *Okolie Ujo Ugbo*, ›Okolie, der sich vor der Feldarbeit drückt‹!«

Und so sah sich Okolie gezwungen, zu tun, was von ihm erwartet wurde. Mit dem Geld, das ihm vom Verkauf seiner Schwester noch übrig blieb, kaufte er sogar Yamsknollen, um sie auf seinen Feldern zu pflanzen.

Aber besagt nicht ein Sprichwort, daß es auf der Welt Menschen gibt, die zum Führen geboren sind, und andere, die geboren sind, um sich führen zu lassen? Ja, Okolie war groß wie ein Riese, seine Haut glänzte wie poliertes Ebenholz, seine Hüften waren schmal wie die einer Schlange und seine Schultern so breit wie die von zwei Männern. Auch hatte er die Kraft von dreien. Aber er war nicht geboren, sich dies alles zunutze zu machen.

Okolie gehörte zu denen, die nichts anderes kannten als Ausreden.

Er verbrauchte sein ganzes Geld, und die Yams gediehen nicht, denn er konnte sich nicht dazu überwinden, wie die anderen Bauern regelmäßig früh aufzustehen, um sich der jungen Pflänzchen anzunehmen. Innerhalb eines Jahres hatte er sich bei seinen Schwiegerleuten verschuldet, er konnte den Brautpreis für seine Frau nicht bezahlen, seine Frau empfing nicht, und die Leute fragten sich, warum. Sie wurde immer magerer, ihre Haut war trocken, und die Leute wußten, daß Hunger daran schuld war. Okolie wußte nicht mehr ein noch aus und schob die Schuld auf die *Felenza*, auf seinen älteren Bruder, der ihn alleingelassen und fortgegangen war, und auf seine Frau, weil sie überhaupt zu ihm gekommen war.

Dann brach die unausweichliche Hungersnot aus. Was viele Leute vor dem Hungertod rettete, als die Yamsernte ausblieb, war die Maniokknolle, von Europäern eingeführt, die in Brasilien gewesen waren. Anfangs begegneten die Leute von Ibuza diesem neuen Nahrungsmittel mit Mißtrauen, und wie bei etwas Neuem üblich, gaben sie zuerst den alten Leuten davon zu essen. Als es denen schmeckte und gut bekam, aßen es auch alle anderen. Doch selbst beim Anbau von Maniok wurde ein Mann gebraucht, der die Knollen pflanzte. Meli, Okolies Frau, bemühte sich auf das äußerste, aber Okolie schaffte es nicht.

Schließlich machte auch er sich eines Nachts heimlich davon und begab sich auf die Suche nach der Arbeit des weißen Mannes.

8

Die Familie Palagada

Es heißt, die Zeit heile alle Wunden, wie tief sie zu Beginn auch gewesen sein mögen, und Ojebeta machte dabei keine Ausnahme. Gegenüber manch anderen, die einen Verlust erlitten haben, besaß sie einen großen Vorteil – sie war jung.

Tagelang hatte sie still für sich geweint, da die Freude, andere am eigenen Kummer teilhaben zu lassen, Sklavinnen versagt blieb. Niemand hatte ihr gesagt, sie dürfe nicht über ihre Vergangenheit sprechen – die Umstände ließen es einfach nicht zu, nicht einmal, darüber nachzudenken. Wo sollte die Zeit zum Nachdenken über sich selbst auch herkommen, wenn mit dem ersten Hahnenschrei, gegen fünf Uhr früh, der große Sklave, der Jienuaka hieß, seine schrille Glocke läutete. Wer dann noch schlief, wurde von beißenden Peitschenhieben geweckt, sprang auf und rannte, sich vor Schmerzen krümmend, wie ein wildes, aus dem Käfig gelassenes Tier davon. Ob erst vier Jahre alt oder ein erwachsener Sklave von dreißig Jahren, für alle galt die gleiche Behandlung. Ojebeta war sieben Jahre alt, als sie in jenes Haus kam.

Sie hatte bald gelernt, wach zu sein und aufgestanden, noch ehe Jienuaka seine monströse Glocke läutete. Alle griffen nach ihren Eimern und machten sich eilends auf den Weg zum Fluß, um das Wasser für den Haushalt zu holen. Am frühen Morgen lag meist reichlich Tau, und alles war feucht. Die Mädchen banden sich ein nur im Haus getragenes *Lappa* um und trugen eine alte Bluse. Am Fluß badeten sie alle und gingen dann zur Villa der Palagadas zurück, wo sie wohnten, und obwohl es nicht weit war bis zum Fluß, nur drei Meilen, brachten sie den Weg manchmal halb im Schlaf hinter sich.

Ojebetas erster Blick auf die Villa der Palagadas hatte damals an dem Tag, als sie nach Onitsha gekommen war, ein solches Staunen in ihr erweckt, daß sie dachte, sie würde es ihr Leben lang nicht mehr vergessen. An jenem ersten Tag, nachdem ihr impulsiver Versuch, davonzulaufen, vereitelt worden war, hatte Ojebeta nur noch wie eine – vom aufgezogenen Zustand abgesehen – leblose, mechanische Puppe herumgestanden, bis die anderen ihr sagten, es sei Zeit, nach Hause zu gehen. Im Tonfall einer Frau, die daran gewöhnt war, daß ihren Anweisungen innerhalb weniger Augenblicke Folge geleistet wurde, und ohne ein Auge von Ojebeta zu wenden, hatte Ma Palagada gefragt: »Ist beim heutigen Verkauf einen Rest *Abada*-Stoff übrig geblieben, eine oder zwei Längen für ein Wickeltuch?«

Die Frage war an keines der Mädchen im besonderen gerichtet, aber ein dunkles, mageres Mädchen mit dicken Lippen, das ein wenig krank und unglücklich aussah und den ganzen Nachmittag über still gewesen war, wurde plötzlich lebendig und antwortete ihrer Herrin: »Wir haben ein Stück *Opobo*-Stoff übrig. Es liegt jetzt schon seit drei Markttagen da.«

»Danke, Nwayinuzo.« Ihr Name bedeutete »Ein am Wegesrand gefundenes Mädchen« und hörte sich entsprechend an, als Ma Palagada ihn aussprach. »Bring den Stoff her, und binde ihn dem Mädchen um. Sie heißt Ojebeta, habt ihr verstanden? Ojebeta.«

Die vier Mädchen sahen Ojebeta an, als erblickten sie sie zum ersten Mal. Und Ojebeta sah nichts als ein paar Mädchen, die sich so still verhielten, als fürchteten sie um ihr Leben. Sie wußte nicht, daß auch sie, Ojebeta, die einzige Tochter Umeadis, die dazu ermutigt worden war, jedermann zu vertrauen, zu sagen, was sie sagen wollte, zu schreien, wenn sie schreien wollte, daß auch sie sich bald so verhalten würde wie diese Mädchen, die sie so sehr an die hölzernen Puppen vor ihrem *Chi*-Schrein zu Hause in Ibuza erinnerten. Inzwischen hatte Nwayinuzo einen schönen Stoff mit einem Muster aus roten, gelben und braunen Streifen herbeigebracht. Sie hatte zu

Ojebeta gesagt, sie solle ihr altes *Npe* fortwerfen und sich diesen Stoff umwickeln, dann hatte sie die beiden Enden des Stoffs hinten an Ojebetas Hals zusammengeknotet. Ojebeta gefiel sich darin ganz gut, doch unter dem Arm geklemmt hielt sie noch immer ihre Amulette fest, eingewickelt in das *Npe*, das ihre Mutter selbst gewoben hatte und das jetzt neben diesem weichen, glatten Stoff, den man ihr umgebunden hatte, grob und unfein aussah.

Dann hatten sie sich auf den Weg nach Hause begeben. Ballenweise trugen sie die unverkauften Stoffe auf dem Kopf. Die ganze Prozession war nach Alter und Rang geordnet – um jeglichen Fluchtversuch zu vereiteln, die jüngeren Sklavinnen vorneweg, Ma Palagada am Schluß. Ojebeta hatte man vier Stoffballen zum Tragen gegeben.

Sie verließen schnell das Flußufer und die stickige Hitze des lauten Marktes und gingen eine parallel zum Fluß verlaufende, von sich im Winde wiegenden Palmen gesäumte Straße entlang. Die Bäume trugen mit ihren Wedeln eine erfrischende und saubere Brise vom Fluß herüber und fächelten sie den Mädchen zu. Dann kamen sie auf eine sehr große Straße, die größte, die Ojebeta je gesehen hatte. Sie schien so breit wie der ganze Eke-Markt, den sie bis zu jenem Tag für den größten offenen Platz auf der ganzen Welt gehalten hatte. Und wieder war diese Straße – die sie später als Old Market Road kennen sollte – von in regelmäßigen Abständen gepflanzten Bäumen gesäumt. Alles war so offen, luftig und ordentlich, daß sie sich fragte, ob dieses Werk von lebenden Menschen geschaffen worden war. Und wieder kamen Ojebeta ihre toten Eltern in den Sinn, so daß sie fast zu weinen anfing. Was jedoch ihren Bruder Okolie anbelangte, so versuchte sie, ihn zu vergessen. Daß er sie diesen Leuten überlassen hatte, von denen einige sie Sklavin nannten, andere jedoch Verwandte – ihr einziger Bruder, dem sie so vollkommen vertraut hatte –, wenn er das tun konnte und nicht einmal imstande war, ihr zu sagen, worum es ging, so war es besser, sie vergaß ihn.

Nun kamen sie an seltsamen, wirklich sehr großen Häusern vorüber. Ojebetas Vater hatte sie einmal mitgenommen, um ihr in Ibuza das Gerichtsgebäude, die Schule und die katholische Kirche zu zeigen, und das waren große Häuser gewesen, deren Dächer mit *Akayan*-Palmwedeln gedeckt waren, so groß, daß sie auf jeder Seite verschiedene Öffnungen hatten, um die Luft hineinzulassen, wie ihr der Vater erklärte. Doch die Häuser, die sie jetzt sah, waren noch größer als Gericht, Schule und Kirche von Ibuza zusammengenommen. Sie wäre gern stehengeblieben, um sich die Häuser anzuschauen. Bei vielen standen kleine Büsche vor dem Eingang, was Ojebeta verwunderte, denn sie hatte noch nie einen gepflegten Garten gesehen. Sie fragte das Mädchen, das neben ihr ging und fast aussah, als sei es im gleichen Alter wie sie, wozu diese Häuser dienten.

Das kleine Mädchen hatte gelächelt, sich umgeschaut, um sicherzustellen, daß Ma Palagada nicht in Hörweite war, und dann laut flüsternd gesagt: »In diesen Häusern wohnen Menschen, reiche Leute wie wir. Warte nur, bis du unser Haus siehst, es ist gleich um die Ecke dort.«

»Großes Maul, großer Hunger und leeres Gehirn, Amanna«, hatte Nwayinuzo sie von hinten beschuldigt und sich verpflichtet gefühlt, Ma Palagada sofort davon zu informieren, was Amanna Ojebeta erzählt hatte. Doch Ma Palagada hatte nur gelacht.

Während sie immer noch lachte, waren sie um eine scharfe Ecke gebogen, und vor ihnen öffnete sich eine mit roten Steinen gepflasterte Straße. Am Ende der Straße stand das allerschönste Haus, das Ojebeta jemals gesehen hatte.

Sie hielt den Atem an, dann rief sie aus: »Mutter und Vater, kommt und schaut euch das an!« Das Haus sah genauso aus, wie sie sich die Häuser der Meeresgöttinnen vorstellte, von denen sie in vielen Geschichten gehört hatte.

Es war weiß gestrichen. Davor war eine Reihe gepflegter Sträucher gepflanzt, dieselben, wie Ojebeta sie an der Hauptstraße gesehen hatte. Überall befanden sich große Öffnungen, die sie später als Fenster zu bezeichnen lernte. In der Mitte der Vorderseite war eine große Tür zu sehen; verglichen mit den kleinen Türen, die sie in Ibuza so beeindruckt hatten, war diese hoch und breit genug für einen Riesen. An der Seite befand sich noch ein weiterer großer Eingang mit zwei riesigen Toren.

»Das ist unser Haus«, erklärte Amanna mit Stolz und Begeisterung. Sie hatte sich in einem Maße angepaßt und ihre Lage akzeptiert, daß sie das Haus offensichtlich als ihr wirkliches Zuhause ansah. Tatsächlich konnte sie sich nicht mehr daran erinnern, aus welchem Teil von Calabar sie ursprünglich gekommen war. Ma Palagada hatte ihr den Igbonamen Amanna gegeben, was bedeutet »Jemand, der seinen eigenen Vater nicht kennt«. Sie war als Zwilling in einer Volksgruppe geboren worden, die Zwillinge ablehnte, und obwohl es ihrer Mutter gelungen war, sie einige Zeit lang heimlich zu versorgen, kam der Tag, wo es unmöglich wurde, sie länger zu behalten, und so wurde das Kind verkauft. Amanna kannte kein Wort ihrer Muttersprache Efik, sondern plapperte munter in Igbo. Später wurde Ojebeta klar, daß Ma Palagada, obwohl sie Sklavinnen kaufte, von denen sie erwartete, daß sie schwer arbeiteten, um ihr in ihrem Geschäft zur Hand zu gehen und in ihrem sehr großen Haushalt zu helfen, als Herrin nicht so streng war wie andere und daß sie sogar soweit wie möglich versuchte, ihre Sklavenmädchen wie eigene Töchter zu behandeln. »Soweit wie möglich«, denn keine Dame aus gutem Hause und mit ihrem Besitzstand würde im Traum daran denken, ihre gekauften Mädchen im selben Gebäude wie »Töchter von Menschen« schlafen zu lassen. Auf dem Anwesen befanden sich Gebäude, die den Sklaven vorbehalten waren.

Vor der Villa hatte Ojebeta einen Mann in Khakishorts und einer weißen Jacke gesehen, der eilends die große Eingangstür für Ma Palagada öffnete. Ojebeta schaute eine Weile mit aufgerissenem Mund zu, während die anderen Mädchen das Anwesen durch das Seitentor betraten.

»Komm her, kleines Mädchen aus Ibuza, oder schläfst du?«
rief Amanna.

Ojebeta schreckte auf und rannte ihnen nach, fast ließ sie
dabei ihre Amulette fallen, die sie in ihrem neuen *Lappa* versteckt hielt. Ojebeta erschrak, aber falls Ma Palagada etwas
bemerkt hatte, so sagte sie nichts, vielleicht dachte sie, daß es
Ojebeta helfen würde, sich einzuleben, wenn sie wüßte, daß
ihre eigenen *Ogbanje*-Amulette noch bei ihr waren. Die Amulette trösteten Ojebeta sehr. Jedes einzelne identifizierte sie mit
einem besonderen Mitglied ihrer Familie, wie man es sie als
kleines Kind gelehrt hatte. Die größte Glocke stellte ihren
Vater dar, die nächstgrößte ihre Mutter. Zwei Kaurimuscheln
galten ihr als ihre Brüder. Die Freundinnen ihrer Mutter und
ihre Tante Uteh waren auch alle vertreten. Wann immer das
Leben schwierig wurde, rief sie einen nach dem anderen um
Hilfe an. In den Tagen, als für Ojebeta alles noch ganz neu gewesen war, hatten die anderen Mädchen gelacht und sich über
sie lustig gemacht, doch sie hatte sich nicht darum gekümmert.
Und später waren Ojebetas Amulette für die anderen zu Ge-
genständen geworden, die sie fast mit Ehrfurcht betrachteten.
Dieses kleine, dunkelhäutige Mädchen, das neu hinzugekom-
men war, wurde mit seinen Amuletten und allem, was dazugehörte, sehr schnell von den anderen akzeptiert.

Doch an jenem ersten Tag hatte sie die Amulette eilends
wieder versteckt und war mit den anderen durch das große Tor
an der Seite des Hauses gegangen. Das Tor war aus Holz und
weinrot angestrichen, wie auch die Fensterrahmen. Der obere
Teil der großen Eingangstür bestand aus Glas, der untere Teil
aus Holz war ebenfalls in derselben Farbe gestrichen. Innen im
Hof stand noch ein kleineres Gebäude, von dem Ojebeta annahm, daß es ihnen, den Sklaven, den Hausdienern und den
Laufjungen gehörte. Alle Mädchen teilten sich einen großen
Raum.

»Hier ist meine Ecke«, hatte Amanna ihr eifrig mitgeteilt.
»Du schläfst auf derselben Matte wie ich. Aber du mußt deine

Muscheln und Glocken wegwerfen, sonst klappern sie und machen soviel Lärm, daß wir nicht genug Schlaf bekommen.«

»Ja«, hatte Nwayinuzo ihr beigepflichtet, »du kannst die komischen Dinger nicht behalten. Sie stinken.«

»Willst du sie immer noch nicht hergeben?« hatte Chiago sie ziemlich kühl gefragt, gleichzeitig haßte sie es, einem kleinen Mädchen die einzige Erinnerung daran wegzunehmen, daß es eine Zeit gegeben hatte, in der es Menschen gegeben hatte, zu denen sie gehörte.

Ojebeta schüttelte heftig den Kopf. »Ich kann sie hier unter der Schlafmatte behalten und den Kopf darauflegen. Ich werde gut aufpassen«, bettelte sie so inständig, damit die anderen begriffen, wie wichtig die Amulette für sie waren. »Mein Vater hat sie für mich gekauft. Er ging deswegen nach Idu, um den König zu besuchen, von dort hat er dann die Amulette für mich mitgebracht. Bitte, darf ich sie behalten?«

»Nun gut«, sagte Chiago und ließ sich noch einmal auf einen Kompromiß ein, »behalte sie. Aber dafür keinerlei Fluchtversuche mehr. So schlimm ist es hier auch wieder nicht. Es gibt genug zu essen, saubere Kleidung und…«

»Du mußt keine heidnischen Amulette tragen«, hänselte Amanna sie.

Ojebeta war es in jenem Augenblick unmöglich, sich zu beherrschen, und wollte mit dieser frechen neuen Freundin, die sie plötzlich bekommen hatte, Streit anfangen. Sie trat auf sie zu, doch Chiago hielt sie zurück und sagte, sie solle jetzt keine Dummheit begehen. Dann fiel Amanna ein, daß Ma Palagada ihrem Mann offensichtlich nichts von Ojebetas Fluchtversuch erzählt hatte.

»Ja, ich glaube, Ma hat es vergessen«, stimmte ihr Chiago zu, »aber daß ich dich nicht dabei erwische, daß du ins große Haus rübergehst und sie daran erinnerst. Sonst sage ich Ma Palagada, daß du noch immer deine Schlafmatte naß machst.«

Einen Augenblick lang dachte Amanna über diese Warnung nach, dann, während sie sich beeilte, ein altes *Lappa* anzuziehen, meinte sie: »Das ist aber ungerecht. Wenn ich es wäre, würde sie sich bestimmt daran erinnern und mich zu unserem Herrn hinaufschicken, damit ich Schläge bekäme und fürs Weglaufen bestraft würde.«

»Vielleicht wirst du so oft hinaufgeschickt, weil du soviel schwatzt und Geschichten erzählst von dem, was du gesehen und nicht gesehen hast und bis zu deinem Tod niemals sehen wirst. Halte also den Mund, und jetzt gehen wir in die Küche und helfen dort«, sagte Ijeoma und machte Anstalten, das Zimmer zu verlassen. Es war unschwer zu erkennen, daß sie gutes Essen liebte, denn sie war ein rundliches Mädchen mit zwei tiefen Grübchen in den Wangen, die sich deutlich zeigten, wenn sie lachte, und das tat sie oft.

Als es Abend wurde, waren ihre Streitereien vergessen, und Ojebeta teilte eine Schlafmatte mit Amanna. Sie war zu müde, um noch lange über ihr Unglück nachzugrübeln; in der Dunkelheit hielt sie ihre Amulette fest an sich gedrückt, wohl wissend, daß niemand sie beobachtete.

Das Mädchen, das Ijeoma hieß – den Namen, der »Gute Reise« bedeutete, hatten ihr die Leute gegeben, die sie gefangengenommen und auch verkauft hatten; es hieß, sie stamme aus Arochukwu, dem Dorf, das die Räuber damals überfallen hatten –, teilte eine Schlafmatte mit Nwayinuzo. Doch selbst Ojebeta bemerkte, daß letztere eher mit Chiago befreundet war und nicht mit Ijeoma. Chiago schlief allein auf einer Matte, weil sie älter und für die anderen verantwortlich war. Ojebeta hatte schnell herausgefunden, warum Ijeoma nicht sehr beliebt war. Sie benahm sich sehr laut und war immer fröhlich, und die Palagadas mochten sie, weil sie so offen war und eine gute Arbeitskraft, was bei den Mengen, die sie aß, nicht überraschte. Aber mit ihr im selben Raum zu schlafen, war haarsträubend. Unsäglich, wie sie schnarchte! Da sie sich mit Ijeoma die Schlafmatte teilen mußte, band sich Nwayinuzo nachts einen Schal über die Ohren, um nicht Ijeomas unaufhörlichem Schnarchen ausgesetzt zu sein. Das kümmerte Ijeoma nicht weiter, und sie meinte, sie wisse ja nicht, was sie täte, wenn sie schliefe.

»Niemand hat unter Kontrolle, was er im Schlaf tut«, verteidigte sie sich. »Der Schlaf ist wie ein kleiner Tod, versteht ihr, dabei geht man dem Land der Lebenden verloren. Wer kann dabei sein Tun unter Kontrolle halten?« wollte sie wissen. Die anderen wußten darauf keine Antwort, und so ließen sie sie in Ruhe und fanden sich damit ab. Überhaupt waren sie meistens viel zu müde, um sich weiter darüber aufzuregen und die knappe Zeit, die ihnen zum Schlafen blieb, mit unnötigen Streitereien, die zu nichts führten, zu verbringen.

Amannas Bettnässen war unangenehmer. Sie hatte mehrere Male deswegen Schläge bekommen, man hatte ihr Essen und Trinken verweigert, doch es hatte alles nichts genutzt. Es war zu einer Gewohnheit geworden. Chiago trug die Verantwortung dafür, Amanna nachts aufzuwecken, damit sie hinaus in den Hinterhof ginge, doch sie hatten aufgehört, sie bei Ma Palagada zu verpetzen. Statt dessen benutzten sie dies als Drohmittel, damit sie sich ordentlich benahm. Schließlich kam ja niemand auf Besuch zu ihnen; außer die Palagadas wollten auserwählten Gästen die Sklavenquartiere zeigen. Das ließ man sie jedoch frühzeitig genug wissen, damit sie das Zimmer aufräumen und ordentlich lüften konnten. Um das Maß vollzumachen, begann auch Ojebeta, gleich vom ersten Tag ihres Aufenthalts an, die Schlafmatte zu nässen, und so wurden sie und Amanna richtige Kameradinnen beim Bettnässen.

Für die nächsten zwei oder drei Jahre also genossen und teilten sich Amanna und Ojebeta den Trost ihrer gemeinsamen Schande.

»Ich will überhaupt nicht daran denken, daß ich sein Zimmer betreten muß, wenn er dann hier wohnt«, vertraute sich Chiago eines Abends spät Nwayinuzo an. »Das letzte Mal hießen sie mich das jeden Morgen tun. Ich mußte hineingehen, seinen Nachttopf leeren, ihn aufwecken und ihm guten Morgen wünschen.«

»Nun, das ist doch ganz in Ordnung. Das tust du doch auch für Ma, was findest du also verkehrt daran, es für ihren Sohn zu tun? Ich erinnere mich nicht mehr…«

»Ach, du warst damals noch zu jung. Du verstehst überhaupt nichts. Er fummelte an mir rum, ich mußte Dinge tun… Oh, mein *Chi*, hilf mir doch in diesem Haus!«

Chiago brach in Tränen aus, verbarg ihren Kopf im Bettzeug und weinte still vor sich hin. Sie gab sich die größte Mühe, sich nicht von ihrer Angst überwältigen zu lassen, und Nwayinuzo tat alles in ihrer Macht Stehende, um ihre verzweifelte Freundin zu trösten.

»Pst…pst…Wein nicht so, sonst wachen die anderen auf…«

Eine Weile schwiegen sie beide. Chiagos Weinen wurde zu einem herzzerreißenden Schluchzen, und beide horchten sie auf die Atemzüge der drei anderen schlafenden Mädchen. Ijeoma schnarchte wie immer; ehe sie zu Bett gegangen war, hatte sie sich den Magen noch einmal mit einem schweren Maniokgericht gefüllt. Sie sahen, wie sie mit weit gespreizten Beinen auf der Matte lag, die sie mit Nwayinuzo teilte, sie sahen ihren plumpen Kopf und die schweren Brüste, ihr Mund stand offen. Dieses Mädchen wurde jeden Tag dicker, so dick war sie geworden, besonders um den Bauch herum, daß man hätte meinen können, sie hätte schon Kinder geboren; einige der Händlerinnen, die mit Ma Palagada auf dem Otu-Markt arbeiteten, hatten ihr bereits den Spitznamen »Mama Ijeoma« verpaßt. Was Amanna und ihre Freundin Ojebeta anlangte, so störten sie wenigstens nicht mehr die Nächte mit ihrem Bettnässen, obwohl die älteren Mädchen, schon lange, ehe die beiden ihrer Gewohnheit entwachsen waren, es aufgegeben hatten, sie aufzuwecken, damit sie sich draußen erleichtern konnten.

Chiago, jetzt siebzehn Jahre alt, war ein ruhiges Mädchen, nicht daran gewöhnt, anderen ihre Gedanken mitzuteilen, doch heute abend machte sie sich große Sorgen aufgrund dessen, was sie früher am Abend im großen Haus drüben erfahren hatte. Ma Palagada war offensichtlich sehr glücklich und ein klein wenig betrunken gewesen, Pa Palagada hingegen sehr betrunken, und Trunkenheit verstärkte seinen überhängenden Bauch, seine rot unterlaufenen Augen und sein dröhnendes Lachen. Chiago hatte ihre laute Unterhaltung mit angehört, denn nur ihr und dem Sklaven Jienuaka war es gestattet, das Abendessen im großen Haus zu servieren.

»Es heißt, er sei zu einem sehr großen jungen Mann herangewachsen«, sagte Ma Palagada voller Stolz.

»In meiner Familie sind wir alle groß – wem sollte Clifford sonst gleichen?« donnerte Pa Palagada belustigt und ließ dieser Erklärung ein großes Gelächter folgen, das sich wie das Schnauben eines bösen Bullen anhörte.

Sie hatten sich noch weiter über ihre Kinder unterhalten und waren sich einig darin, daß der liebe Gott sie wahrhaft gesegnet hatte, mit einem so gut aussehenden Sohn und so hübschen Töchtern. Sie gaben zu, daß ihr Sohn mit dem neuen Lernen, das der weiße Mann gebracht hatte, ganz und gar nicht zurechtkam, doch wozu brauchte er das auch? Dieses Lernen war etwas für Sklaven, aber doch nicht für die Söhne und Töchter richtig wohlhabender Menschen, wie sie es waren.

»Oh, das erinnert mich an etwas«, fiel es Ma Palagada ein. »Der neue Chef der *United Africa Company* und seine Frau sind Mitglieder der Kirche. Ich muß unbedingt alle unsere Bediensteten in ihre Sonntagsschule schicken. Dort lernen sie, in der Igbobibel zu lesen und schöne Lieder zu singen. Ich will, daß sie sehen, wie gut wir unsere Mädchen behandeln.«

»Du kannst die Sklavenmädchen hinschicken, aber ich würde dir nicht raten, dasselbe mit deinen Töchtern, mit deinem eigenen Fleisch und Blut, zu tun!«

»Nein, natürlich nicht«, hatte ihm seine Frau bereitwillig und von Herzen zugestimmt.

Chiago war lange genug in diesem Haus gewesen, um zu wissen, daß es sich bei den Töchtern, von denen die Rede war, um Ma Palagadas Kinder aus der Verbindung mit einem weißen *Potoki* handelte. Mit ihrer blassen Hautfarbe sahen sie seltsam aus. Weil sie nicht gut bei Pa Palagada leben konnten, waren sie weggeschickt worden, um alles Mögliche zu lernen. Ma Palagada tat so, als hätte ihr gegenwärtiger Ehemann in allem das Sagen. Ihr einziger Sohn stammte von ihm, und der Junge war so schwarz wie sie auch, aber er war in höchstem Maße verwöhnt.

Chiagos Herz erschrak, als sie dies alles mit anhörte, und die Tatsache, daß Pa Palagada darauf bestanden hatte, daß sie ihm ins Bett half, machte die Sache nicht leichter. Pa Palagada mochte sie, soviel war ihr klar. Vermutlich wäre ihm nie in den Sinn gekommen, daß Chiago möglicherweise schon seinen Anblick nicht ausstehen konnte. Er hatte darauf bestanden, daß sie ihm den Rücken einrieb und die Nägel schnitt, während er gelegentlich seine riesigen Hände unter ihre Bluse schob. Sie hatte gelernt, sich nicht mehr dagegen zu wehren, seine Aufmerksamkeiten anzunehmen und Stillschweigen darüber zu bewahren. Aber nun sagten sie, daß der gleichermaßen abscheuliche Sohn käme – von wo immer er während der vergangenen vier Jahre hingeschickt worden war. Würde man sie auch für ihn als Spielzeug benutzen?

Sie hatte sich getäuscht, als sie dachte, die anderen Mädchen schliefen. Ojebeta war sich nicht ganz sicher gewesen, ob die Stimmen, die sie vernahm, dem Traum oder der Wirklichkeit angehörten. Allerdings wurde sie schnell in die Wirklichkeit versetzt, denn zum ersten Mal seit langer Zeit bemerkte sie, daß ihre Schlafmatte wieder feucht war. Sie rutschte auf den kühlen Zementboden. Als Chiago zu weinen anfing, war sie hellwach.

»Ich weiß noch gut, was beim letzten Mal passiert ist«, fuhr Chiago fort. »Ich war damals noch dumm genug. Als ich den Fußboden fegte und mich dabei bückte, kam er von hinten an mich ran und überfiel mich richtig. Er zerrte an meinen kleinen Brüsten... ich war ja damals noch überhaupt nicht entwickelt... Es tat so weh, daß ich schrie. Weißt du, was er da getan hat? Er hat mich schwer geschlagen, ins Gesicht, auf beide Seiten. Ich weinte und sagte es seiner Mutter. Sie befahl mir, den Mund zu halten. Vermutlich hat er seinem Vater irgendeine Geschichte erzählt, denn noch lange danach schlug Pa mich erbarmungslos wegen des winzigsten Vergehens.«

»Das ist sehr merkwürdig«, erwiderte Nwayinuzo. »Wir alle denken nämlich, daß Pa Palagada dich besonders gern hat.«

»Ja, das ist neu«, stimmte ihr Chiago zu. Aber sie brachte es nicht über sich, ihrer Freundin zu erzählen, daß sie sich der ungezügelten Begierde dieses Mannes hatte vollkommen ergeben müssen. Daß jedesmal, wenn ihre Herrin in ein anderes Dorf ging, um dort ihre *Abada*-Stoffe zu verkaufen, Pa Palagada sie unter einem Vorwand in sein Zimmer rief. Viele Male war sie dort herausgekommen und hatte sich krank und todunglücklich gefühlt. Aber er hatte ihr immerhin ihre Freiheit versprochen und daß er sie eines Tages zu seiner zweiten Frau machen würde. Seither war das Leben relativ einfach für sie gewesen. Manchmal fragte sie sich, ob Ma Palagada davon wußte. Doch sie war überrascht, daß Nwayinuzo etwas gemerkt hatte.

»Mach dir jetzt keine Sorgen mehr, vielleicht mußt du gar nicht ins Zimmer des Sohnes gehen, wenn er kommt. Schließlich haben sie jetzt das dunkelhäutige Mädchen aus Ibuza. Du weißt doch, daß sie mit Ma entfernt verwandt ist. Vielleicht wollen sie ihm Ojebeta geben – sie ihm zu seinem Vergnügen zur Verfügung stellen«, versuchte Nwayinuzo sie zu trösten, dabei drehte sie sich zur Wand in der Absicht, etwas von dem verlorenen Schlaf nachzuholen.

Als Chiago dies hörte, begann sie zu kichern. »Ja, vielleicht, aber sie ist noch sehr jung, erst zehn.«

Nwayinuzo drehte sich noch einmal um und lachte auch. »Weißt du denn nicht, daß Männer, wenn sie anfangen, mit einem sehr jungen Mädchen herumzuspielen, schneller erwachsen werden? Die Kleine dort wächst schon mächtig, sie wird einmal sehr groß. Aber wenn beide, Vater und Sohn, dich wollen, dann gibt es Schwierigkeiten in der Familie!«

»Ja. Ich will ganz bestimmt nicht, daß der Vater denkt, ich

ziehe seinen Sohn ihm vor. Ich mag keinen von beiden. Aber was kann ich schon tun.«

»Ja«, wiederholte Nwayinuzo schläfrig, »was können wir schon tun…«

Danach sprachen sie nicht mehr, und Ojebeta vermutete, daß die beiden Mädchen eingeschlafen waren. Aber die mitternächtliche Unterhaltung beunruhigte sie. Sie hatte gehört, daß Ma einen Sohn hatte, ein angeblich sehr hochnäsiger Mann, der »Kiriford« oder so ähnlich hieß, doch sie konnte nicht verstehen, warum Chiago so unglücklich über seine Rückkehr war. Außerdem begriff Ojebeta nicht, warum sie ihren Namen erwähnt hatten.

Obwohl es jetzt über drei Jahre zurücklag, daß sie in dieses Haus gekommen war, hatte Ojebeta nie aufgehört, an ihre Heimat zu denken, ganz besonders, wenn sie traurig war oder man sie schlecht behandelt hatte. Wann immer sie auf den Otu-Markt gingen und unten am Fluß weilten, schaute sie jedesmal über die unzähligen Boote, Kanus und Dampfschiffe hinüber zum anderen Ufer des Flusses Niger und dachte in ihrem Herzen, daß sie eines Tages als freier Mensch wieder über den Fluß setzen und in ihren Heimatort zurückkehren würde. Sie würde dann zum Haus ihrer großen Mutter Uteh gehen und bei ihr wohnen. Sie wußte, daß ihre Leute sie mit Freuden wieder aufnehmen würden, so endlos offen war das ausgedehnte Familiensystem der Menschen von Ibuza.

Und nun redeten diese beiden Mädchen davon, daß sie für irgendeinen schrecklichen Mann vorgesehen sei, der sie möglicherweise ins Gesicht schlagen würde, falls sie sich wehrte. Wehrte gegen was? Je länger sie über das Gespräch der beiden nachdachte, desto verwirrter wurde sie. Sie dachte an Pa Palagada – er war nicht so verrückt, daß man ihn einsperren mußte, aber er war ein sehr intoleranter Herr. Das einzige ihm bekannte Mittel, seine Untergebenen seinem Willen gefügig zu machen, stellte der Bambusstock dar. Sah man ihn nicht an, wenn er zu einem sprach, erhielt man Schläge. Sah man ihn zu intensiv an, erhielt man ebenfalls Schläge. Lachte man, so galt dieselbe Behandlung, ebenso, wenn er einen Witz erzählte und man lachte nicht. Den Mann hatte die Macht, die er über andere ausübte, verrückt gemacht. Glich ihm sein Sohn darin, dann, dessen war sich Ojebeta sicher, würde das Leben für sie alle entsetzlich werden. Es war ja gerade noch erträglich, einen verrückten Herrn zu haben – aber zwei, Gott behüte!

Schließlich versuchte sie wieder einzuschlafen, aber sie hätte sich nicht zu bemühen brauchen, denn ehe sie noch ein paar Minuten die Augen geschlossen hatte, läutete der große Jienuaaka seine Glocke, um sie aufzuwecken.

»Es kann doch noch nicht Zeit sein«, murmelte Ojebeta, als ihre Zimmergenossinnen gerade erwachten. »Selbst die Hähne schlafen noch.«

»Heute ist ein ganz besonderer Tag«, maulte Nwayinuzo. »Mas Sohn Clifford kommt heute aus einer Stadt zurück, die Lagos heißt. Wir müssen mehr Wasser als sonst holen, wir müssen alle Zimmer im Großen Haus putzen und im Hof sämtlichen Schmutz wegkehren. Denn nicht nur wir heißen ihn hier willkommen. Viele Menschen werden herkommen, um ihn zu begrüßen. Er ist mehr als drei Jahre lang fort gewesen.«

Sie machten sich auf den Weg hinunter zum Fluß Nkisi, und, als würde der erwartete junge Mann jedes Fältchen ihres Körpers inspizieren, badeten sie alle sehr gründlich. Danach gingen sie mehrere Male hin und zurück, bis jeder verfügbare Topf und jeder Wasserbehälter im Hof gefüllt war. Dann kehrten sie den Hof, und Chiago ging mit Ojebeta als Hilfe in eines der Zimmer am entferntesten Ende des Hauses, in jenen Teil, der, außer für Gäste, nur selten benutzt wurde.

»Sieh zu, daß du unter dem Bett ordentlich auskehrst«, meinte Chiago, als sie die hölzernen Fensterläden öffnete, um frische Luft hereinzulassen, »Clifford hat die Angewohnheit, sich wegen Kleinigkeiten zu beschweren. Und er ist Mas Augapfel.«

Ojebeta tat, wie ihr gesagt wurde, und dann fragte sie plötzlich: »Wie ist er denn, dieser Clifford, Mas Sohn? Ist er so böse wie Pa?«

»Wer hat gesagt, Pa sei böse? Beeil dich mit deiner Arbeit, und hör auf zu tratschen. Kannst du dir vielleicht vorstellen, wie es hier aussähe, wenn Pa nicht wäre? Wäre Ma allein in der Lage, riesige Sklaven wie Jienuaka unter Kontrolle zu halten? Los, sieh zu, daß du fertig wirst!«

Wenn Ojebeta aus Chiagos Worten eine Spur bislang unbekannter Loyalität Pa gegenüber heraushörte, so sagte sie nichts dazu. Sie war klüger geworden, als es ihrem Alter zustand, und wußte, wann sie zu schweigen hatte. Wie die älteren Mädchen, die schon länger hier lebten, hatte sie gelernt, ihr Leben als Sklavin ohne viele Klagen hinzunehmen. Dieses Leben war vielleicht hart und unfair, ohne Bewegungsfreiheit, doch es bot ihnen aber wenigstens Nahrung, Kleidung und Unterkunft – Lebensbedingungen, die viel schlimmer hätten sein können.

Bald beherrschte aufgeregte Erwartung und festliche Stimmung den ganzen Haushalt der Palagadas. Früh am Morgen hatte Jienuaka ein fettes Schwein geschlachtet, und in der Küche wurde fieberhaft gearbeitet. Die Mädchen wurden angewiesen, ihre besten *Abada* anzulegen, und Chiago trug eine Samtbluse; niemand wußte, warum Ma beschlossen hatte, sie diesen teuren Stoff tragen zu lassen. Die Mädchen nahmen an, daß die Bluse wie üblich aus Resten genäht worden war.

Als es Abend wurde, die Sonne langsam unterging und die Sklaven und Bediensteten des Haushalts der Palagadas ihr Tagwerk beendet hatten, saßen sie alle zusammen auf der Veranda im Hinterhof und warteten auf die Ankunft des Sohnes ihrer Herrin. Die beiden Sklaven waren zum Fluß hinuntergegangen, um den jungen Herrn abzuholen, sein Gepäck zu tragen und ihn nach Hause zu geleiten.

Sie warteten sehr lange, und Amanna beschloß deshalb, auf den Steinen im Hof herumzuspielen. Chiago warnte sie mehrere Male, auf ihre neuen Kleider aufzupassen, aber Amanna folgte der Warnung nicht. Sie hüpfte mit einem Seil, das nur in ihrer Vorstellung bestand, und forderte Ojebeta zum Mitmachen auf. Die Versuchung war zu groß, als daß sie ihr hätte widerstehen können, denn sie hatten selten Zeit zum Spielen, nie durften sie die Kinder sein, die sie eigentlich waren. Laut und ungehindert lachten die beiden Mädchen miteinander und vergaßen vollkommen, daß sie sich so nahe am Großen Haus befanden, daß Pa sie hören konnte.

Und nun kam er heraus, trug seinen dicken Bauch vor sich her, die Hosenträger seiner riesigen Hose hingen herab, so daß er die Hose mit einer Hand festhalten mußte. Der Schweiß rann ihm über das Gesicht, als er schrie: »Was glaubt ihr eigentlich, was ihr hier macht – soviel Lärm, daß wir uns im Großen Haus nicht einmal unterhalten können? Was soll das? Kommt sofort herauf ins Wohnzimmer – und du, du gehst und holst mir die Peitsche. Ich werde euch beide lehren, das nächste Mal zu lachen, wie es sich gehört!«

Mit seinem fetten Finger hatte er auf Ijeoma gedeutet, und sie eilte zur Anrichte, wo die Bambusstöcke der Größe nach aufbewahrt wurden, und brachte den für die kleinen Mädchen bestimmten herbei. Als sie Pa ins Wohnzimmer folgten, schaute Chiago sie mit einem Blick an, in dem zu lesen stand: *Habe ich es euch nicht gesagt?*

Im Wohnzimmer begann Pa Palagada, ihnen dumme Fragen zu stellen. Er wollte wissen, warum sie gespielt hatten, warum sie so fröhlich waren und wie »Irre« gelacht hatten. Wie es die meisten Kinder in einer ähnlichen Lage tun würden, versuchten auch die beiden, sich gegenseitig die Schuld zuzuschieben. Ojebeta sagte, daß Amanna angefangen habe, und Amanna sagte, der Lärm habe erst begonnen, als Ojebeta mitmachte. Die Gewißheit der bevorstehenden Strafe ließ sie immer verzweifelter werden.

Pa Palagada beobachtete sie mit blutunterlaufenen Augen, schaute von einer zur anderen, als sie sich die Anschuldigungen wie einen Spielball zuwarfen. Als die Gefühle der beiden Freundinnen immer heftiger wurden, begann er laut zu lachen. Schließlich griff der Streit auch auf andere Begebenheiten über.

»Du kleine Diebin aus Ibuza«, sagte Amanna, »ich habe neulich gesehen, wie du auf dem Weg zum Fluß Nkisi getrockneten Fisch gegessen hast. Den hast du gestohlen. Ich hatte damit nichts zu tun.«

»Das ist eine Lüge, du lügst! Du sagst das nur, daß Pa, unser Herr, mich schlagen wird und nicht dich. Ich habe keinen Fisch gestohlen, und ich habe eben auch keinen Lärm verursacht. Aber was ist eigentlich mit dir, he? Du hast neulich die grünen Mangos dort bei der Kirche gegessen. Ich hab gesehen, wie du gegessen hast, und ich erinnerte dich daran, daß Ma uns gesagt hat, wir dürften die grünen Mangos am Tor der katholischen Priester nicht aufsammeln. Ich hab es gesehen!«

Sie konnte nicht zu Ende sprechen, denn Amanna war auf sie losgegangen, und die beiden Mädchen stritten sich handgreiflich. Pa Palagada rückte seine teure grüne Schnapsflasche beiseite. Einer der holländischen Händler, der für die *United Africa Company* arbeitete, hatte ihm neulich eine ganze Kiste davon geschenkt, doch er trank selten davon, außer bei besonderen Anlässen wie heute, wo sein einziger Sohn nach Hause zurückkehrte. Die Mädchen stritten sich, daß ihnen die Kleider in Fetzen vom Körper flogen. Es dauerte nicht lange, und Amanna stieß einen gellenden Schmerzensschrei aus, denn Ojebeta hatte sie tief in den Oberarm gebissen. Unter brüllendem Gelächter begann Pa mit dem Stock wahllos auf die beiden einzuschlagen. Es blieb ihnen nichts anderes mehr übrig, als sich zu trennen und sich unter hysterischem Weinen in eine Ecke des Zimmers zu kauern.

Chiago und die anderen draußen hörten das schmerzerfüllte Weinen der Mädchen, und sie hatten Mitleid mit ihnen, doch sie konnten nichts dagegen unternehmen. Die verängstigten Laute ließen sich jetzt mit Unterbrechungen hören. Das Schreien dauerte eine Weile, dann war alles still, um wieder von neuem zu beginnen. Drinnen versuchte Pa Palagada die Mädchen gegeneinander aufzustacheln. Aber etwas war über die beiden gekommen, und sie weigerten sich, weiter zu streiten.

Pa stieß sie aufeinander zu, daß sie sich gegenüberstanden, aber beide waren jetzt zu erschöpft. Er fing an, sie zu reizen und zu verhöhnen.

»Ojebeta, du hast also den ganzen Lärm begonnen und dann getrockneten Fisch gestohlen, haha!« Er lachte sein verrücktes Lachen und nahm einen Schluck aus seiner grünen Schnapsflasche.

Ojebeta erwiderte nichts, aber sie hatte vor Schmerz den Schluckauf und hob die Arme über das Gesicht, nur für den Fall, daß der Stock auf ihr landen würde, weil sie nicht geantwortet hatte.

Pa versuchte es noch einmal, diesmal bei Amanna. »Du hast also solche Angst vor der Diebin aus Ibuza, daß du geschrien hast, was?«

Amanna atmete schwer. Ihre Augen füllten sich mit Haß, das war nicht zu übersehen. Sie schaute ihren Herrn und Folterer voller Abscheu an, sagte aber nichts.

Pa sah den Blick in ihren Augen, und der gefiel ihm überhaupt nicht. Er sprang auf das Mädchen zu, sie wich ihm aus, und anstatt Amannas gekrümmten Rücken zu treffen, schnellte der Stock zurück und traf Pas Handgelenk. Er brüllte auf wie ein wütender Löwe. So entsetzlich hörte sich seine Stimme an, daß sie das ganze Haus erschütterte. Ma Palagada, die sich im Badezimmer aufhielt, wo sie sich gewaschen und ganz in besonders schönen Samt gekleidet hatte, kam herbeigeeilt, Panik in den Augen. Die Diener und Sklaven vergaßen ihr gutes Benehmen und kamen ins Wohnzimmer gerannt, um zu sehen, was los war. Die Geräusche, wenn die Mädchen bestraft wurden, waren sie gewohnt, aber dies war etwas anderes.

Sie sahen, wie Pa vor Schmerzen schrie und Ma ihm etwas von dem Schnaps aufs Handgelenk träufelte und einrieb, aber sie wußten nicht, was geschehen war, und hatten nicht den Mut, danach zu fragen.

Pa wandte sich um und schrie: »Raus hier, verschwindet ins Sklavenquartier, ihr nichtsnutzigen Sklaven!«

Das Bild, das die Palagadas nun von sich boten, war laut und lächerlich zugleich. Ma hatte kaum Zeit gehabt, ihr samtenes *Lappa* über der Brust zu knoten. Sie war sich sicher gewesen, daß der ganze Lärm heraufbeschworen worden war, weil einer der männlichen Sklaven versucht hatte, ihren Ehemann grausam zu ermorden – so, wie es laut den Erzählungen einiger Europäer der *United Africa Company* auf ein paar Plantagen geschehen war, wo die Sklaven ihre Herren ermordet hatten. Und Pa, dessen Augen jetzt vor Schmerz und Zorn rot unterlaufen waren, heulte unablässig »*Nnemooo...Nnemoo!*« Immer, wenn er das kleinste Wehwehchen hatte, rief er nach seiner Mutter, selbst wenn es ein ganz gewöhnlicher kleiner Malariaanfall war. Er gehörte zu der Sorte großer, sehr männlich aussehender Männer, die nie zögerten, sich darüber auszulassen, daß Frauen als Spielzeug für Männer geschaffen und daß sie gehirnlos, gedankenlos, fügsam und leicht zu beeinflussen seien. Und trotzdem war es immer eine Frau, zu der er sich flüchten wollte, um seine Schwierigkeiten loszuwerden – von der er sich wünschte, daß sie zuhörte, ihn bemitleidete und die dazu passenden Töne von sich gäbe, daß sie ihn hätschelte und mit ihm schmuste, ihm sagte, wie gut er aussehe und wie liebenswürdig er sei und daß alles wieder in Ordnung käme und er sich keine Sorgen machen brauche. Trotzdem hatte er keinerlei Respekt vor irgendeiner Frau. Und hier war er nun und rief nach seiner vor langer Zeit verstorbenen Mutter, aus ihrem Grab aufzuerstehen, um ihn von dem brennenden Schmerz, den er sich selbst zugefügt hatte, zu befreien.

Die Gruppe der Sklaven stand bei den schweren Damastvorhängen an der Tür zum Wohnzimmer, und sie schauten zu, wie sich ihr Herr wie ein kleines Kind benahm. Gegenüber standen in zwei verschiedenen Ecken Ojebeta und Amanna, vor Angst wie gelähmt, denn sie wußten nicht, welches Schicksal ihnen nun bestimmt war. Wieder brüllte Pa und schickte mit einer Bewegung seiner gesunden Hand alle hinaus. Ojebeta und Amanna rannten los. Ojebeta hatte als Ziel ein kleines Gebüsch hinten im Hof, wo sie vorerst bleiben und beobachten wollte, wie alles weiterging. Wenn es zum Schlimmsten käme, dann könnte sie auch wieder versuchen wegzulaufen. Amanna andererseits war zu verstört, um irgendwohin zu laufen. Sie schlich in ihren Schlafraum und weinte und kümmerte sich nicht um Ijeomas Warnung, daß man sie holen würde, um sie Clifford bei seiner Ankunft vorzuführen.

Ojebeta ging in ihrem Versteck vieles durch den Kopf. Sie weinte nicht, obwohl sie großes Selbstmitleid empfand, und noch mehr Mitleid mit ihrer Freundin Amanna, die größere Schmerzen hatte als sie selbst. Sie beschloß, daß sie sich eines Tages an diesem schrecklichen Mann rächen würde. Sie hatte gesehen, daß Pa Palagada viel schmerzempfindlicher war als sie, die sie sich an die regelmäßigen Schläge gewöhnt hatten. Nur ein Schlag auf das Handgelenk und all das Theater, das er machte! Sie wünschte, Jienuaka könnte dazu überredet werden, ihn eines Tages richtig auszupeitschen, nur um ihm zu zeigen, wie das war. Obwohl sie sich nicht vorstellen konnte, wie das je gelingen könnte, machte sie der Gedanke daran wieder froh.

Schließlich hörte sie die aufgeregte Stimme und das glückliche Lachen ihrer Herrin und auch den vorgetäuschten Beifall der Sklaven, und da wußte sie, daß ihre Dienste bald benötigt wurden. Wenn sie nicht aus ihrem Versteck auftauchte, wäre dies ein weiterer Grund für Pa Palagada, ihr eine Tracht Prügel zu verabreichen.

Ihre beste Bluse war zerrissen, deshalb mußte sie in den Schlafraum gehen, um ihre Hausbluse anzuziehen; es wurde schließlich dunkel, und es versammelten sich so viele Menschen, die Mas Sohn begrüßen mußte. Ihr war vollkommen gleichgültig, ob er mit ihrer Erscheinung zufrieden war oder nicht. Drinnen fand sie ihre Freundin Amanna, die noch immer weinte und sich bemitleidete, und sie tat ihr leid.

»Weißt du, ich bin wirklich nicht schuld daran, daß wir uns so streiten mußten«, entschuldigte sie sich. »Ich wollte eigentlich gar nicht mit dir streiten. Du weißt doch, daß du meine beste

Freundin bist und die einzige Freundin, die ich habe. Dieser schreckliche Mann hat mich gezwungen, mit dir zu streiten. Meine toten Eltern würden ihn für immer und ewig verbrennen.«

Sie hatte sich neben Amanna gesetzt, und beide schworen, daß sie immer Freundinnen bleiben und nie wieder einander verraten würden, nur um Pa zu amüsieren. Dann hörten sie Ijeoma rufen, und sie wußten, daß jetzt die Zeit gekommen war, wo sie, wie gemästete Kühe, Clifford, dem Sohn ihres Herrn, vorgeführt werden sollten.

Er war groß und sehr schwarz, wie Pa – das genaue Abbild seines Vaters, nur daß er viel schlanker war. Auch trug er, im Gegensatz zu seinem Vater, einen sehr dunklen Schnauzbart, der in einen recht schütteren Bart überging, den er sich offensichtlich gerade wachsen ließ und der seine hohlen Wangen zu verbergen suchte. Er sah ausgehungert aus und für seine Jahre zu alt. Sein Blick war boshaft wie der seines Vaters. Noch konnte man daraus nicht erkennen, ob auch er jeder Freundlichkeit unfähig war.

»Sie sehen alle gut genährt und gekleidet aus«, sagte er lobend und warf einen flüchtigen Blick auf die Menschen, die in einer Reihe vor ihm standen. Für niemanden hatte er einen besonderen Gruß, nicht einmal für Chiago, die er so gut gekannt hatte. Im Vorbeigehen fragte er nur, ob das dunkle Mädchen mit den Clanzeichen im Gesicht aus Ibuza käme, und seine Mutter antwortete ihm, ja, sie käme von ihrer Verwandtschaft.

In seiner schwarzen Hose und dem weißen Hemd mit der schwarzen Fliege ging er arrogant an ihnen vorbei und betrat den Speisesaal des Großen Hauses, wohin Jienuaka und Chiago ihm folgten, um die Familie und ihre Gäste zu bedienen. Ojebeta und die anderen waren in die Küche beordert, um dort der Oberköchin zu helfen – einer Frau aus Onitsha, die außerordentlich böse würde, wenn keines der Mädchen da wäre, um ihr zu helfen, Wasser und andere Dinge herbeizutragen. Sie war keine Sklavin, sondern eine Witwe im Dienste Ma Palagadas.

Und sie sorgte dafür, daß niemand dies vergaß.

9

Eine reiche Religion –
eine Religion der Reichen

Ma Palagadas Sohn erwies sich schließlich als gar nicht so schlimm, wie Ojebeta es aufgrund dessen, was sie gehört, erwartet hatte. Zumindest behandelte er die Mädchen nicht grob und wurde nicht handgreiflich. Ja, er kommandierte alle herum, wünschte dies und wünschte jenes, selbst wenn sich die Dinge, die er verlangte, in seiner Reichweite befanden. Doch so benahmen sich alle Leute, die in großen Häusern mit vielen Hausdienern und Sklaven aufgewachsen waren. Wenn man sich auch noch darum kümmern müßte – so sagten sie sich –, sich selbst die Schuhe zuzubinden und die Fingernägel zu schneiden, wozu waren dann eigentlich Hausdiener und Sklaven da?

Eines Abends, als die Mädchen in der Küche zu tun hatten, beobachteten sie, wie die Palagadas eine weiße Frau verabschiedeten. Ijeoma hatte sie zuerst gesehen und rief die anderen: »Kommt mal schnell her, kommt und seht, wie Ma und Pa mit einer *Onyeocha* reden!«

Natürlich rannten sie alle hinaus, auch der große Jienuaka. Er vergaß das Holz, das er gerade zum Verfeuern hackte, ließ seine Axt fallen und eilte zum Tor, das vom Hinterhof auf die Straße führte. Von dort konnten sie ungesehen alles beobachten. Sie waren nicht die einzigen, die der Anblick faszinierte. Von überallher aus den Häusern der schmalen Straße waren Kinder gekommen, und ein Trüppchen von ihnen folgte in einiger Entfernung der *Onyeocha*. Manche der Ansässigen, besonders jene, die mit den Fremden auf dem Otu-Markt ihre Geschäfte machten, hatten schon Männer mit roten Gesichtern gesehen, die angeblich weiß sein sollten. Diese Männer brachten jedoch selten ihre Frauen mit. Meistens halfen sie sich mit einheimischen Mädchen aus, machten ihnen Babies und verließen sie dann. Deshalb gab es in den nahe der Küste gelegenen Städten wie Sapele, Onitsha und Warri viele Menschen, in denen sich Schwarze und Weiße vermischt hatten. Doch hier handelte es sich um eine weiße Frau, ein seltener Anblick.

»Ich möchte gern wissen, wie Ma versteht, was sie sagt«, meinte Ojebeta, als sie sich alle aneinander drückten, um die seltsame Person besser sehen zu können.

»Ma versteht nicht, was sie sagt, aber Clifford. Außerdem heißt es, die *Onyeocha*-Frau spreche eine Art Igbo. Man muß sehr genau hinhören, wenn man es verstehen will. Sie spricht durch die Nase und spricht die Worte ganz komisch aus«, erklärte Jienuaka bereitwillig und atmete schwer, wie es seine Gewohnheit war.

Sie lachten leise – so wie gelacht wird, wenn man sich heimlich über seine Dienstherren und sogenannte »Bessere« lustig macht.

Ermutigt von dem ansteckenden, boshaften Spaß, den sie alle hatten, bemerkte Ijeoma: »Wie verhungert sie aussieht! Seht nur, ihre Hüften sind flach und ohne Form, wie eine Eidechse, die auf dem Bauch liegt. Sie ist sicher immer krank.«

»Vielleicht bringen die Männer deshalb ihre Frauen nicht mit hierher und machen unseren Mädchen Kinder von der Farbe unreifer Palmfrüchte.«

Wieder lachten sie alle, und jemand, wahrscheinlich Chiago, fragte, ob denn eine Frau, die so dünn war und so krank aussah, wohl eigene Kinder gebären könne.

Niemand wußte darauf eine Antwort, außerdem wies Jienuaka sie jetzt an, wieder an ihre Arbeit zu gehen. Selbst in diesem kurzen Augenblick der Freiheit herrschte die Sklavenmentalität in ihm vor. Obwohl Jienuaka auch Spaß vertragen konnte, war er einer von denen, die sich ihrem Herrn gegenüber niemals illoyal zeigen würden. Keinem der Mädchen, nicht einmal den anderen männlichen Sklaven würde es je in den Sinn kommen, Jienuaka mit »nein« zu widersprechen, denn er war eine so herausragend starke Persönlichkeit, so groß gewachsen, so breit in den Schultern und so stark, daß sein Spitzname *Agwuele,* das bedeutet *Riese,* haargenau auf ihn zutraf.

Innerhalb weniger Tage wußten sie oder vermuteten es vielmehr, warum die schwach aussehende weiße Frau die Palagadas besucht hatte. Ihr Mann war der neue Chef der *United Africa Company,* und sie gehörte der Leitung der örtlichen Schule der *Church Missionary Society* an. Sie wollte, daß Ma Palagada ihre Kinder dorthin schickte. Während die Menschen jener Zeit den Neuerungen noch sehr zurückhaltend gegenüberstanden und zögerten, ihre eigenen Kinder den fremden Orten des Lernens anzuvertrauen, so war es durchaus annehmbar, Haussklaven dorthin zu schicken, solange ihr Aufenthalt nicht mit ihren täglichen Pflichten in Konflikt geriet. An Markttagen konnte Ma Palagada ihre Mädchen nicht entbehren, doch der Tag, den sie Sonntag nannten, kam in sieben Tagen nur einmal vor. Dagegen hatte Ma Palagada nichts einzuwenden, besonders weil die weiße Frau, Mrs. Simpson, gesagt hatte, daß die Mädchen an Sonntagen nur für ein paar Stunden nach der Kirche dableiben müßten.

Für die Mädchen war dies alles sehr aufregend. Sie erhielten neue Kleidung aus einem einfachem Stoff, etwas, das nicht aus Oberteil und *Lappa,* sondern aus einem Stück bestand und von Mrs. Simpson als »Kleid«, als »gown«, bezeichnet wurde. Die Mädchen sagten dazu »Gam«. Diese Kleider waren ziemlich unförmig und hatten Puffärmel. Auch setzte man den Mädchen Hüte auf, die mit breiten, an der Seite angebrachten Stoffbändern auf ihren Köpfen festgebunden wurden. In der Kirche lehrte man sie, daß die Köpfe der Frauen heilig seien und deshalb bedeckt sein müßten.

Als indirekte Folge von alldem bekam Ma Palagada noch mehr Marktstände zugewiesen, und aufgrund ihrer Verbindungen konnte sie alle Importe zum Großhandelspreis einkaufen, ehe ihre Rivalinnen Gelegenheit hatten, dasselbe zu tun. Und so wurde sie doppelt so reich wie zuvor. Als sie merkten, daß eine Umkehr vom Nichts zum Christentum Ma Palagada finanzielle Vorteile gebracht hatte, tat es ihr eine Reihe kleinerer Händlerinnen gleich, und als die »Niemands« dann schließlich sahen, daß die Reichen samt und sonders den neuen Ort, der Kirche hieß, besuchten, ließen sich viele zu dieser in Mode gekommenen Religion bekehren.

Aufgrund dieser großen Begeisterungswelle wurde die erste *Christ-Church*-Kathedrale gebaut. Der tägliche Kirchgang früh am Morgen wurde zu einem festen Bestandteil des Haushalts der Palagada, und Ma Palagada galt überall als beneidenswerte und gottesfürchtige Frau.

»Sie trinkt Tee am Nachmittag! Jeden Sonntag trägt sie *Gam!*« sagten ihre Nachbarn.

Doch selbst unter dem Einfluß und mit der Unterweisung von Mrs. Simpson fiel es Ma Palagada und ihren Zeitgenossinnen aus der höheren Gesellschaft schwer, ganz europäisch zu werden. Keine Probleme hatten sie damit, trotz ihrer zu dicken Bäuche die gerade geschnittenen englischen Kleider zu tragen. Doch dann fügten sie diesen die großen, aus vielen Metern Stoff kunstvoll gewickelten Kopfbedeckungen hinzu, die zu den einheimischen *Lappas* gehörten, und außerdem warfen sie sich ein zusätzliches Stück Stoff über die Schulter, egal, ob die englische Lady dies passend fand oder nicht. Das mußte so sein, denn die Igbotradition gebot, daß eine richtige Frau zwei *Lappas* umgebunden trug, nicht nur eines. Gelegentlich war es erlaubt, das zweite Stück Stoff um die Schultern zu schlagen, doch beide Stücke mußten für die Augen aller sichtbar getragen werden, wie es sich für eine ordentlich verheiratete Frau geziemte. Aus diesem Grunde trugen Ma Palagada und ihre Gruppe Sorge, daß man nicht respektlos von ihnen dachte. Die Korrektheit ihres Empfindens schien sich eines Tages zu bestätigen, als Mrs. Simpson während einer der inzwischen regelmäßig gewordenen mittwöchlichen Frauenstunde ihnen ein

Bild von einer Frau zeigte, von der sie sagte, sie habe England regiert. Die Frauen rissen vor Staunen den Mund auf, als sie ihren Umfang sahen.

»Seht doch, kein Wunder, daß sie viele Kinder hatte, genau wie wir. Sie war sehr gut ernährt«, bemerkte Ma Palagada zu ihrer Freundin Ma Mee.

»Und siehst du, sie hat ihr *Ntukwasi* um die Schultern gelegt.«

»Warum also trägt Mrs. Simpson so wenige Kleidungsstücke, wo sie sich doch so wie auf dem Bild kleiden sollte, um respektabel auszusehen!«

Ma Mee, neu bekehrt, wußte, daß man eine Sünde beging, wenn man hintenherum böse über andere redete – stand nicht in der Bibel, daß es sei, als töte man seinen Nachbarn? Also fragte sie die Engländerin geradeheraus: »Warum kleiden Sie sich nicht wie Ihre Königin?«

Mrs. Simpson, die in ihrem Herzen diese Frauen als Menschen mit einem Kinderverstand ansah, antwortete geduldig: »Weil es für mich hier viel zu heiß ist. Die Königin trug mehr Kleidungsstücke und dunklere Farben, weil es in meiner Heimat so kalt sein kann, daß Tau und Regen zu Schnee werden. Auch war ihr Mann gestorben, kurz ehe dieses Bild gemacht wurde.« Danach mußte sie des Langen und Breiten erklären, was »Schnee« bedeutet, denn keine einzige konnte sich in ihren kühnsten Träumen auch nur das geringste darunter vorstellen. Nichtsdestotrotz gelang es ihr, ihnen die Tatsache zu vermitteln, daß Schnee weiß war und daß er aus Wasser entstand. Es war sehr wichtig, daß sie das begriffen, wenn sie in ihren in die Igbosprache übersetzten Bibeln zu dem Gleichnis »So weiß wie Schnee« kamen.

Was Ma Palagadas Mädchen anging, so empfanden sie die neue Religion, in der sie einmal in der Woche unterrichtet wurden, als das Schönste, das ihnen widerfahren konnte – sich für die Kirche zurechtmachen, dann später am Tag die Sonntagsschule, die sie *Akwukwo-Uka* nannten. Nie in ihrem Leben würde Ojebeta das erste Erntedankfest vergessen, das sie in der Kirche feierten. Wochen zuvor hatte Ma für alle neue Stoffe gekauft, und damit sie ordentlich nähen lernten, wies sie die Mädchen an, ihre eigenen Kleider anzufertigen. Chiago war inzwischen eine hervorragende Näherin geworden. Ehe sie in die *Akwukwo-Uka* gegangen waren, hatte Chiago die Kundin oder wer immer es war nur angeschaut und die Maße geschätzt, danach nähte sie die Bluse oder was es sonst sein sollte. Doch inzwischen hatte sie zählen und den Umgang mit einem Bandmaß erlernt. Ojebeta und die anderen konnten noch nicht selbständig ein *Gam* oder ganze Kleider anfertigen, doch nachdem Chiago sie zugeschnitten hatte, wußten sie die Teile zusammenzunähen.

Neugierig hatte Ojebeta eines Tages Chiago gefragt: »Warum holt man sich zuerst ein schönes Stück Stoff, ein vollkommenes Stück, das man sich eigentlich genauso, wie es ist, um den Körper wickeln sollte, und reißt es dann in Stücke? Und anschließend näht man diese Stücke wieder zusammen. Das ist doch unsinnig!«

Ehe Chiago ihr eine befriedigende Antwort geben konnte, mußte sie eine Weile nachdenken, denn sie verstand sehr wohl den Kern von Ojebetas Frage. »Schneidet man den Stoff nicht in Stücke, um sie dann wieder zusammenzunähen, bekäme das Kleid keine Form, und wir hätten auf dem Markt keine Arbeit. Wir säßen nur untätig herum, und das täte niemandem gut, am wenigsten uns selbst. Verstehst du, wir nähen für uns unbekannte Menschen, und sie bezahlen unsere Ma dafür. Sie wiederum kann uns davon ernähren und kleiden.«

Was den letzteren Punkt anbelangte, so irrte Chiago ganz gewaltig – denn das Geld, das die Mädchen allein durch das Nähen für Ma verdienten, genügte reichlich, um den ganzen Haushalt in Gang zu halten. Indem sie den Mädchen erlaubt hatte, die Sonntagsschule von Mrs. Simpson zu besuchen, hatte sie gleichzeitig zugestimmt, daß die Mädchen zu Elitesklavinnen erzogen wurden. Bald lernten sie in ihrer eigenen Igbosprache aus einem grünen Buch zu lesen, das *Azu-Ndu* hieß, und was das gedruckte Wort ihnen verriet, gab Anlaß zu endlosem Vergnügen. Sie lasen immer wieder von neuem die Geschichten und Sprichwörter, bis sie den größten Teil dieses kleinen Buches auswendig kannten. Und so kamen die Leute mit ihren Stoffen zu den Marktständen von Ma Palagada, um sich dort Kleider nähen zu lassen, wie die weiße Frau sie trug, weil da ordentlich Maß genommen wurde und die Mädchen, die nähten, aus Büchern lesen konnten. Wegen dieser Einstellung der Kunden gab Mas Sohn Clifford, der plötzlich großes Interesse an den Geschäften seiner Mutter fand, ihr den Rat, die Preise zu erhöhen. Diesen Rat befolgte sie, und das Ergebnis war, daß Profit und Prestige sich sogar noch vergrößerten, denn getreu der menschlichen Natur schätzten die Leute von Otu Onitsha das höher ein, wofür sie teuer bezahlt hatten. Es schien, als wünschte jede Frau von sich sagen zu können: »Ich bin nicht heidnisch, ich besuche die Kirche, und mein Kirchen-*Gam* wurde mir in Otu Onitsha von den Näherinnen der Palagada-Stände genäht.«

Als das erste kirchliche Erntedankfest näherrückte, hatten die Mädchen mehr denn je zu tun. Viele der erfolgreichen Geschäftsleute, die durch den Verkauf von Palmkernen – anstelle von Sklaven – sehr reich geworden waren, bekehrten sich zu einer Art Christentum, die für sie vor allem darin bestand, daß sie sich für das Fest neu einkleiden wollten. Die Erwartung, daß auch sie etwas Neues zum Anziehen bekämen, spornte die Mädchen an, noch fleißiger zu arbeiten, denn sie wußten, daß Ma Palagada selbst für ihre niedrigsten Bediensteten gern kleine Überraschungen bereithielt.

Es geschah an einem Markttag. Nachdem Ma ihnen die einzelnen Arbeiten zugewiesen hatte, rief sie fast nebenbei: »Ijeoma, Ojebeta, kommt mit mir hinunter an den Fluß, dort legt gleich ein großes Dampfschiff von der Küste an.«

»*Yessima.*« – Das war eine der ersten Lektionen, die Diener oder Sklaven lernen mußten. Wurde man von einer Dame gerufen, entgegnete man nicht, wie im Dorf üblich, »Eh!«, nein, man mußte mit »Ma'am« antworten, und das hörte sich meist eher nach einer Ziege an, die nach Futter schrie. Männern antwortete man »Sir!«, was sich wie »Sa!« anhörte. In reichen Häusern also wiederholte sich den ganzen Tag lang der Refrain Ma, Sa, Sa, Ma.

Die Mädchen ließen die ihnen angewiesene Arbeit liegen und standen fast stramm, bereit, Mas weitere Befehle entgegenzunehmen. Daß sie hinunter an den Fluß gehen würden, war an sich schon aufregend genug. Ojebeta konnte nie genug davon bekommen, die vielen Dampfer, Barkassen und Boote anzuschauen, die am Flußufer anlegten. Nachdem sie Chiago noch einige Anweisungen erteilt und sie ermahnt hatte, jeden Penny, den sie einnahm, sicher in ihrem Geldgürtel, den sie umgebunden hatte, verschwinden zu lassen, sagte Ma zu den beiden ungeduldig wartenden Mädchen: »Gehen wir!«

Noch nie hatte Ojebeta so viele weiße Männer auf einmal gesehen wie an jenem Tag unten am Fluß. Sie hatten rote Gesichter und waren alle gleich gekleidet, mit kleinen weißen Mützen auf dem Kopf. Alle schienen sie beim Gehen etwas zu schwanken. Sie benahmen sich sehr laut und vergnügt und flirteten mit einigen der Mädchen, die mit ihren Besitzern gekommen waren, um auf den großen Schiffen Waren abzuholen. Ein weißer Mann gab Ojebeta sogar einen Klaps auf den Rücken, und als sie sich umdrehte und ihn ansah, blinzelte er ihr zu, was sein rotes Gesicht unter dem gelben Haar ganz merkwürdig aussehen ließ.

Ma wurde in das Innere eines der großen Schiffe gebeten, während die Mädchen am Ufer standen. Nachdem sie, wie es ihnen schien, eine Ewigkeit gewartet hatten, kam ein junger Matrose von Bord des Schiffes und trug einen riesigen Ballen mit hellblauem Stoff auf der Schulter. Ma trug eine viereckige Kiste mit irgend etwas, und die Mädchen beeilten sich eifrig, sie von der Last zu befreien. Ijeoma wurde aufgefordert, dem Matrosen den Stoffballen abzunehmen, und als sie die schwere

Last auf den Kopf nahm, zog sie unter dem Gewicht ein wenig den Hals ein.

Auf ihrem Weg zurück zum Stand machten sie kaum eine Pause. Als sie dort ankamen und Ma eine Schale frischen Palmwein erhalten hatte, fragte sie Chiago: »Hast du noch viele Kleider zuzuschneiden und zu nähen?«

»*Yessima* – wegen des Erntedankfestes. Ich weiß nicht, ob wir sie alle rechtzeitig fertigbekommen, denn bis dahin sind es nur noch drei Markttage. Vielleicht erlauben mir einige der Kunden, die Arbeiten mit nach Hause zu nehmen, dann können wir sie für den nächsten Markttag fertignähen.«

Ma dachte über diesen Vorschlag nach, wohl wissend, daß die Haushaltspflichten der Mädchen darunter leiden würden, wenn sie Näharbeiten vom Markt mit nach Hause brächten. Sie wußte auch, daß ihr Mann, von dem sie schon lange vermutete, daß er ein Auge auf Chiago geworfen hatte, die nun eine junge Frau war, wütend wäre. Er fand es angenehm, wenn die Mädchen Zeit hatten, sich jedem seiner Wünsche anzunehmen, wann immer er sie rief. Andererseits wußte Ma, daß es ein guter Plan wäre, wenn Chiago in Zukunft mit einem oder zwei anderen Mädchen zum Nähen zu Hause bleiben könnte. Und wenn die Arbeit zuviel würde, dann müßte sie sich eben umsehen und möglicherweise noch ein Mädchen einstellen oder kaufen. Sie zog es jedoch vor, jemanden zu kaufen, denn dann war man im Besitz der ganzen Person.

»Das müssen wir auf die Zukunft verschieben, denn ihr werdet jetzt alle vollkommen damit beschäftigt sein, eure eigenen Kleider zu nähen.«

Das erwartungsvolle Schweigen, das dieser Erklärung folgte, war fast greifbar. Amanna riß den Mund weit auf, Nwayinuzo legte ihre Arbeit in den Schoß und schaute ihre Herrin aufmerksam an.

»Ja, ihr werdet aus diesem Ballen mit blauem Musselin eure Kleider anfertigen. Ihr näht sie der neuesten Mode entsprechend, nicht in dem für die Kunden üblichen Stil. Macht etwas

Besonderes, so wie die Kleider der europäischen Ladies. Sie sollten lang sein, mit Volants am Saum und Spitzen an den Ärmeln. Wir werden dafür sorgen, daß ihr alle sehr hübsch ausseht.«

Die Augen der Mädchen waren nun vor Staunen so rund wie reife, rote Palmfrüchte. Amanna mußte die Hand auf den Mund legen, um nicht laute Freudenschreie auszustoßen. Sie würden wirklich wie richtige Ladies aussehen! Und Ojebeta hätte große Lust gehabt, um diese bemerkenswerte dicke Lady herumzutanzen, weil sie so freundlich war. In Augenblicken wie diesem war sie dankbar, daß sie von ihr gekauft worden war.

Natürlich sehnte sie sich noch immer danach, wieder nach Hause zurückzukehren, denn Ibuza war ihr für immer in Fleisch und Blut übergegangen. Gerade an jenem Vormittag war sie seltsam berührt gewesen, als sie zugeschaut hatte, wie einige ihrer eigenen Leute in einfachen Kanus aus ihren Dörfern gekommen waren. Anstatt daß sie normal redeten, schrien sie einander laut zu, sie waren schlecht gekleidet und mühten sich mit ihren Kanistern voll Palmöl ab. Ojebeta kannten sie nicht. Die Region von Ibuza war sehr groß, doch die Clanzeichen in ihrem Gesicht identifizierten sie eigentlich als eine Person, die aus einer Stadt des westlichen Igbolandes kam, auch wenn man nicht mit Sicherheit feststellen konnte, aus welcher. Ojebeta wußte jedoch, daß die Sache noch komplizierter würde, wenn sie zu sprechen anfinge. Verschwunden war ihr schroffer Ibuza-Akzent, sie sprach jetzt wie ein in Onitsha geborenes Mädchen, mit rundem *R* und jedes Wort langsam und gedehnt.

In Augenblicken wie diesem hatte es aber eher den Anschein, als kümmere es sie nicht, ob sie jemals nach Ibuza zurückkehrte oder nicht. Ihr kleiner, viereckiger weißer Korb – Ma hatte jeder von ihnen einen solchen gekauft – war fast voll mit Kleidungsstücken. Sie hatte genug zu essen, und sie besuchte die Sonntagsschule. Die härteren Aspekte des Lebens als Sklavenmädchen der Palagadas traten zeitweilig in den

Hintergrund. Sie kehrte aus ihren Betrachtungen in die Wirklichkeit zurück und schloß sich den anderen an, die Ma Palagada ihre Dankbarkeit ausdrückten: »Danke, Ma, daß du so freundlich zu uns bist. Möge Gott deinen Reichtum mehren!« Chiago trat zögernd vor, um den Stoff zu befühlen.

»Er ist sehr weich, wie die Haut eines Babys, und er glänzt auch«, sagte sie, »er gefällt mir sehr gut.«

Die anderen drängten sich um den Stoffballen, mit strahlenden Gesichtern befühlten und bewunderten sie den Stoff. Bei näherem Hinschauen sahen sie, daß ein unachtsamer Jemand eine gelbliche Flüssigkeit auf Teile des wunderschönen Stoffes verschüttet hatte, doch sie waren sich mit Chiago alle einig darin, daß es der beste Stoff war, den die Europäer bis jetzt hergestellt hatten.

»Deshalb heißt er ›Mossulu‹«, erklärte Amanna.

Und wieder stimmten sie dem alle zu. In einem Tonfall, der signalisierte, daß es Zeit war, an die Arbeit zu gehen, sagte Ma: »Der Stoff reicht für alle, auch wenn man den verschmutzten Teil wegschneidet.«

»*Yessima*, es ist mehr als genug.«

Ma Palagada war recht zufrieden mit sich. Sie hatte den Musselin bestellt, um einige Stühle mit hoher Lehne zu beziehen, die sie und ihr Mann vor einiger Zeit von den Leuten der *United Africa Company* gekauft hatten. Doch die Matrosen hatten irgendein Getränk darauf verschüttet, und es war durchgesickert. Sie hatten versprochen, ihr bei ihrem nächsten Besuch einen fehlerlosen, nicht verschmutzten Ballen mitzubringen, und sie hatte angeboten, ihnen diesen Ballen abzunehmen, da er für die Leute auf dem Schiff nutzlos geworden war. Sie wußte, daß der Stoff hübsche Kirchenkleider für ihre Mädchen abgeben würde.

Am Abend vor dem Erntedankfest gingen die Palagada-Mädchen zusammen mit Mädchen aus anderen Häusern in die Kirche, um dort die neuen Bänke zu polieren und den Fußboden glänzend zu wachsen.

Viele Bauern aus den umliegenden Dörfern hatten ihre dicksten Yamsknollen, ihre fettesten Hühner und Ziegen, ihre schönsten Bananen und Kochbananen und alles mögliche andere Eßbare gebracht und an die Reichen verkauft, die alles dann ihrem Gott als Erntegaben darbrachten. In jenem Erntejahr war Ma Palagada entschlossen, in keinster Weise hinter anderen zurückzustehen. Am Vorabend des großen Tages war ihr Hof angefüllt mit vielerlei Gemüse, Früchten und allerlei Tieren – von Schafen bis zu Tauben. Alle gaben ihre eigenen Laute von sich, so daß es für jemanden, der den Hof betrat, verzeihlich gewesen wäre, wenn er gedacht hätte, er befände sich in einer »Arche Noah« wie jener, von der in der Bibel der Christen geschrieben stand.

Noch nie zuvor hatte der Palagada-Haushalt solche Geschäftigkeit und Eile erlebt wie an jenem Sonntagmorgen. Ma hatte sich ganz in glänzenden, blauen Samt gekleidet und sich mit vielen Reihen auf Gold gezogener Korallenperlen geschmückt. Pa trug ein weißes *Popo*-Tuch, dazu ein strahlend weißes europäisches Hemd und eine über und über kunstvoll bestickte Filzkappe, in der eine Feder steckte – das Zeichen eines neu erworbenen Titels. Um den Hals trug auch er viele Reihen länglicher Korallenperlen. Seine Füße kleidete ein Paar handgenähte Sandalen von der Goldküste in der Form von Fischen. Sie waren mit Goldfäden geschmückt und über den Zehen kleine Goldplättchen aufgestickt. In der Hand hielt er einen riesigen Fächer, in derselben Art wie die Sandalen. Er sah wirklich großartig aus und wußte es auch, denn er hielt sich sehr aufrecht und war sogar nüchtern, damals bei ihm ein seltener Zustand.

Als es nur noch eine Stunde dauerte, bis das Fest begann, und die Kirchenglocken ihr Lied sangen, erschien Ma in ihrer Samtrobe bei den Mädchen, die sich eifrig gegenseitig bewunderten, und wies sie an, die Beine der Hennen und Hähne zusammenzubinden, die Yams und Bananen gefällig anzuordnen, den Ziegen einen Strick umzubinden und mit allem einen

Rundgang durch die Nachbarschaft zu machen, dabei sollten sie singen: »*Kai sua ani ...* – Wir pflügen das Land und streuen den Samen ...«

»Damit die Heiden erfahren, wie gesegnet wir sind«, sagte Ma Palagada. Bei sich dachte sie, daß das Schauspiel wohl einige dazu veranlassen würde, sich zu ihrer Art des Christentums zu bekehren.

»*Yessima!*« riefen die Mädchen einstimmig und begeistert.

Schnell suchten sie die Erntegaben zusammen und ordneten sie in großen Emailleschüsseln an. Diese Schüsseln dienten eigentlich als Wasch- und Badeschüsseln, doch viele Leute fanden sie sehr nützlich, um schwere Lebensmittel darin zu tragen. Das Geflügel trugen die Mädchen ebenfalls auf dem Kopf, dabei hoben sie ihre Musselinkleider mit einer Hand an, damit sie nicht den Boden berührten. Die männlichen Diener und Sklaven führten die größeren Tiere an Stricken, und so gingen sie durch die Straßen und sangen Erntelieder der Igbo.

Sie boten einen eindrucksvollen Anblick. Die Leute rannten aus ihren Häusern, um alles mit anzusehen und zu bewundern, wie schön und wie reich diese Familie doch war. Ja, selbst die Diener waren in Seide gekleidet!

Ojebeta und Amanna gingen voraus, jede trug zwei Hühner – die in Amannas Schüssel protestierten laut während der ganzen Prozession und schlugen böse mit den Flügeln, was ihre Trägerin sehr häufig veranlaßte, falsch zu singen! Ihnen folgten die größeren Mädchen und dann die Männer. Von ihnen bot Jienuaka den aufsehenerregendsten Anblick. Er trug ein Paar ganz eng anliegender Hosen, die er von Clifford erhalten hatte, so eng, daß sie sich überall seiner Anatomie anpaßten. Sein Hemd, von Chiago genäht, war mit denselben Volants besetzt wie die Kleider der Mädchen, dazu trug er einen breitkrempigen Strohhut und alte Stoffschuhe, die in ihren besseren Tagen Pa als Hausschuhe gedient hatten. Und Jienuaka führte die stärkste und fetteste Ziege. Er konnte jedoch nicht mitsingen, denn er kannte die Lieder nicht, und sie hörten sich in seinen

Ohren sehr seltsam an. Er fand es noch immer schwierig, sich im Alphabet der Igbo zurechtzufinden, aber sein Herr bedurfte dieser Fähigkeit bei ihm eigentlich gar nicht, und so stieß sich niemand daran.

Nachdem sie die Runde durch die Nachbarschaft zweimal gemacht hatten, kehrten sie zum Haupteingang ihres Hauses zurück und warteten dort auf die Palagadas. Und da kamen sie auch schon – die ganze Familie und sehr vornehm. Pa und Ma gingen voller Würde und Clifford mit jugendlichem Elan. Alle, die zuschauten, beneideten und bewunderten sie – die Christen der *Church Missionary Society*.

Niemand wußte später mit Sicherheit zu sagen, ob diese Art der Selbstdarstellung viele Heiden zu Christus bekehrt hatte, offensichtlich war aber, daß in vielen Igbostädten die Wohlhabenden und Erfolgreichen Mitglieder der *Church of England* wurden. Die Masse der einfachen Menschen dagegen tendierte eher dazu, zum katholischen Glauben überzutreten.

Bis Ojebeta und ihre Mitsklavinnen, die männlichen Sklaven und Diener schließlich hinten in der Kirche Platz genommen hatten, waren sie rechtschaffen müde. Ojebeta hörte den Predigten und Lesungen nicht sehr aufmerksam zu, doch voller Freude sang sie die neuen Kirchenmelodien, die sie von der weißen Frau in der Sonntagsschule gelernt hatte. Obwohl man ihnen einige Igbogesangbücher gegeben hatte, brauchten sie diese nicht, denn sie kannten alle Lieder auswendig.

Inmitten des lauten Singens und Jubilierens rief auf einmal der weiße Mann, der ein schwarzes Gewand trug und als Bischof bekannt war: »Die Palagadas!«

Zuerst bemerkte niemand vom ganzen Haushalt, daß der Mann sie meinte, denn so wie er *P* anstatt *kP* sagte, wie es eigentlich ausgesprochen wird, hörte sich der Name ziemlich seltsam an. Nachdem er ihn mehrere Male wiederholt hatte, merkte Ma, daß er sie meinte. In ihrer ganzen Majestät stand sie auf und ging, gefolgt von den bewundernden Blicken der Gemeinde – deren sie sich wohl bewußt war –, den Gang hinunter zu den hinteren Sitzen, wo ihre Bediensteten saßen, und bedeutete ihnen aufgeregt, sie sollten kommen. Es brauchte geraume Zeit, bis Jienuaka erwachte, doch schließlich gingen sie mit Hühnern, Ziegen und allem anderen nach vorn zum Altar. Der Bischof nahm die Geschenke entgegen, segnete die Arbeit ihrer Hände und ermahnte sie, ihren Herren gehorsam zu sein und mit Fleiß den ihnen aufgetragenen Pflichten nachzukommen. Und er bat Gott, die Gaben seiner Untertanen anzunehmen.

Die ganze Gemeinde, die mit Singen aufgehört hatte, sagte mit von Ehrerbietung erfüllten Stimmen »Amen«.

Glücklich darüber, den Segen empfangen zu haben, gingen die Sklaven und Bediensteten auf die für sie bestimmten Plätze zurück, hinten in der Kirche, weit weg von ihren Herren, und sangen weiter.

10

Zeichen der Veränderung

Wann immer Ojebeta in späteren Jahren auf jene Zeit zurückblickte, erinnerte sie sich nur noch daran, daß sich nach dem ersten und fröhlichen Erntedankfest in der Kirche viele Dinge sehr schnell zu verändern begannen. Damals lernte sie, daß nichts von Dauer ist, daß Menschen kommen und auch wieder gehen müssen.

Das erste Zeichen einer Veränderung war Ma Palagadas plötzliche Erkrankung. Ojebeta wußte nicht, wie es dazu gekommen war. Den einen Tag lief die Routine ihrer täglichen Pflichten problemlos und wie gewohnt ab – zum Markt gehen, nähen, verkaufen, Ma hielt mit schwarzen wie weißen Händlern ihre geschäftlichen Besprechungen ab. Am nächsten Tag wurden ihre Stände auf dem Otu-Markt gar nicht erst geöffnet, Ma war krank geworden.

Von ihrem Bereich des Hofes aus beobachteten die Mädchen, wie mehrere Ärzte, zumeist einheimische, kamen und gingen, aber Ma ging es immer noch nicht besser. Chiago und Ijeoma, beide nun erwachsene junge Frauen, schliefen abwechselnd bei Ma im Schlafzimmer, denn sie mußte mit einer besonders leichten Speise ernährt werden. Außerdem war es notwendig, ihren Nachttopf zu leeren und sauberzuhalten. Deshalb lag die schwere Pflegetätigkeit auf den Schultern der beiden Mädchen.

Die anderen Mädchen begaben sich jeden Morgen in Mas Schlafzimmer, um ihr guten Morgen zu wünschen, sich zu erkundigen, wie es ihr ginge, und sie wissen zu lassen, daß sie auf ihre baldige Genesung hofften und Gott darum baten.

»Möchtest du wirklich, daß sie wieder gesund wird?« fragte die noch immer ein wenig boshafte Amanna eines Tages Ojebeta, nachdem Ma nun schon seit zwei Markttagen hintereinander krank war.

»Ja, das wünsche ich mir wirklich«, antwortete Ojebeta. Und sie meinte es ehrlich. Denn nun, acht Jahre, nachdem sie ihre Heimatstadt verlassen hatte, stellte sich Ojebeta so manche Frage. Wenn ihre Leute wirklich um sie besorgt gewesen wären, hätten sie sich dann nicht zumindest erkundigen können, was aus ihr geworden war und wo sie wohnte? Nein, sie wollte nicht, daß Ma etwas Schlimmes widerfuhr, denn sie war sich noch nicht ganz darüber im klaren, ob sie tatsächlich nach Ibuza zurückkehren wollte.

»Wenn Ma etwas zustößt«, sagte Amanna halb zu sich selbst und halb zu Ojebeta, »dann muß ich wahrscheinlich zu ihrer Tochter nach Bonny gehen, bis man mich verheiratet.«

»Das wäre ja schrecklich, wenn man dich zu Mas Tochter nach Bonny schickte, um dort bei ihr zu wohnen. Und wer wird dich heiraten? Hast du schon dein Auge auf jemanden geworfen?« fragte Ojebeta lachend.

»Ist dir schon jemals eine Frau begegnet, die nie einen Mann bekommen hat?« gab Amanna zurück.

Darauf war keine Antwort nötig. Jede Frau, ob Sklavin oder Freie, mußte heiraten. Eine Frau gehörte während ihres ganzen Lebens immer einem Mann. Bei der Geburt gehörte sie der eigenen Familie, und wenn sie verkauft wurde, gehörte sie einem neuen Herrn. Wurde sie erwachsen, so hielt der neue Herr, der für sie bezahlt hatte, die Kontrolle über das ganze weitere Leben in der Hand. Es war eine bekannte Tatsache, daß die Mädchen letztlich Pa Palagada gehörten, obwohl Ma den Preis für sie bezahlt hatte, und was immer er sagte oder befahl, das galt.

Plötzlich stieß Amanna einen Seufzer aus und stand auf. Den ganzen Nachmittag lang hatte sie am Boden gehockt und Maniokknollen geschält. »Weißt du, was Ijeoma gestern zu mir sagte?«

Ojebeta schaute auf. Sie war nicht sehr glücklich, denn die unbeantwortete Frage, was aus ihr einmal würde, begann sich ihrer Gedanken zu bemächtigen. »Was hat sie denn gesagt?« fragte sie pflichtbewußt ihre Freundin, wohl wissend, daß sie es schließlich doch erführe, ob sie wollte oder nicht.

»Ijeoma hörte, wie sie im Großen Haus sagten, wenn es dem neuen einheimischen Arzt nicht gelänge, Ma Besserung zu bringen, dann müsse Mas älteste Tochter Victoria kommen, hierbleiben und ihr helfen, wieder gesund zu werden.«

»Nun, sie ist schließlich ihre Tochter«, erwiderte Ojebeta philosophisch. »Sie muß bei ihrer Mutter sein, falls ihr etwas zustoßen sollte. Aber ich habe das gute Gefühl, daß unserer Ma nichts Schlimmes zustoßen wird.«

»Eines Tages wird sie sterben.«

»Und du auch, du alte Hexe!«

In ihren jüngeren Tagen hatte Ma Palagada bei einem portugiesischen Mann gelebt, der sehr gut zu ihr gewesen war. Obwohl sie ihn nie offiziell geheiratet hatte, kam dieser weiße Mann regelmäßig und wohnte bei ihr, wann immer sein Schiff ihn an die Ufer des Niger brachte. Den beiden Töchtern, die Ma mit ihm hatte, gab sie die englischen Namen Victoria und Elizabeth. Viel später jedoch mußte der Mann endgültig Abschied nehmen, weil die Geschäfte ausliefen, die für sein Land hauptsächlich im Sklavenhandel bestanden hatten. Aber er hinterließ Ma großen Reichtum: Korallenperlen; Ohrringe, einige aus Silber, andere aus Kupfer; viele Kisten Gin und Schnaps; Stoffballen und eine Menge Geld. Damals hatte Ma ihr Geschäft auf dem Otu-Markt eröffnet, und aus diesem Grund hatten ihre Töchter nie Armut gekannt. Sie kannten nur eines: Man konnte Sklaven kaufen und sich außerdem Hausbedienstete halten, die noch schlechter behandelt wurden als Sklaven, denn damals galt, daß es Bezahlung genug sei, jemanden vor dem Verhungern zu bewahren. Es wäre ihnen niemals in den Sinn gekommen, daß Sklaven und Bedienstete ebenso Menschen waren wie sie selbst. Victoria gab sich sehr liebenswürdig

Leuten gegenüber, die sie als zu ihrer eigenen Klasse gehörend anerkannte, doch gegenüber den Bediensteten kannte sie kein Erbarmen. Wann immer sie zu ihrer Mutter auf Besuch kam, herrschte allenthalben der stechende Schmerz ihrer Stockschläge und unaufhörlicher Ohrfeigen vor. Nun, da sie mit einem Lehrer in Bonny verheiratet war und eigene Töchter hatte, war sie noch gemeiner und bissiger geworden. Sie glich einer Hündin, die Junge hatte.

Bei Ma trat keine Besserung ein, und innerhalb weniger Tage kam Victoria mit ihren beiden kleinen Töchtern nach Onitsha und nistete sich im Haus der Palagadas ein. Ojebeta wurde mit der besonderen Aufgabe betraut, sich um die Kinder zu kümmern. Es waren süße kleine Mädchen mit der hellen Haut ihrer Mutter. Ojebeta konnte sich an der dunkelbraunen Farbe ihrer Haare nie satt genug sehen. Was ihre Mutter anbelangte, so war sie, zumindest oberflächlich gesehen, bemerkenswert schön, noch größer sogar als Ma und mit einer Haut von der Farbe junger Kaffeebohnen und seidigem, dunkelbraunem Haar.

Gleich am ersten Abend nach ihrer Ankunft sagte sie zu Ojebeta: »Du mußt dich jetzt zweimal am Tag baden, abends und morgens, und du schläfst nicht mehr mit den anderen im Hinterhof, sondern im Flur vor unserer Schlafzimmertür, falls die Kinder in der Nacht zur Toilette müssen.« Und so wurde Ojebeta zum ersten Mal in acht Jahren von ihren Freundinnen und Genossinnen getrennt.

Sie war nun den ganzen Tag damit beschäftigt, sich um Victoria und die Kinder zu kümmern. Unaufhörlich mußte sie die Kleider der Kinder waschen, mit ihnen spielen, sie ausführen, sie bitten, ihre Mahlzeiten aufzuessen, und es blieb ihr kaum einmal Zeit, die anderen Mädchen zu sehen.

Eine solche Fülle Arbeit wurde Ojebeta aufgebürdet, und so viele Forderungen wurden an sie gestellt, daß sie immer apathischer wurde und an Gewicht verlor. Eines Abends, als sie das jüngere Kind fütterte, rief das andere, sie solle ihm Wasser zum Trinken holen. Kaum hatte sie sich umgewandt, um dem

Wunsch des älteren Kindes nachzukommen, nahm das zweijährige seinen Teller, stülpte ihn sich über den Kopf und begann laut zu lachen. Es war so komisch, daß auch Ojebeta lachen mußte. Doch in genau dem Augenblick betrat Clifford mit seiner Halbschwester das Zimmer, beide sahen besorgt und traurig aus. Offensichtlich waren sie gerade aus dem Zimmer ihrer Mutter gekommen.

»Was ist hier los?« schrie Miss Victoria gellend. »Sieh dir meine Babies an! Siehst du, was diese Sklavin ihnen antut? Hier«, – und damit schlug sie auf Ojebeta ein – »das und das und das steht dir zu! Mein Gott, wie soll ich das bloß ihrem Vater sagen?«

Ojebeta sah nur noch Sternchen. Sie war zu erschrocken, um zu weinen, und in dem instinktiven Versuch, ihr Gesicht vor den Schlägen der wütenden jungen Frau zu schützen, ließ sie eines der Porzellanschüsselchen der Kinder fallen, das sie gerade in der Hand hielt. Natürlich zerbrach das Porzellan in tausend Stücke, und das entfesselte den Teufel in Miss Victoria. Sie überfiel Ojebeta von neuem, schlug sie, packte sie, zerrte sie hin und her und spuckte sie an. Zwischendurch schrie sie: »Unnütze Sklavin! Buschsklavin!«

»Hör jetzt auf, Victoria! Ich sage, du sollst *aufhören!*«

Ojebeta wandte sich um und schaute Clifford an; sie sah Zorn in seinen Augen, und seine Stimme klang bedrohlich tief. Auch seine Schwester erschrak, war einen Augenblick lang so überrascht von dem Ernst in Cliffords Stimme, daß es ihr die Sprache verschlug. Dann faßte sie sich wieder und schrie ihn an: »Warum, sie ist doch nur eine Sklavin! Was bedeutet sie dir denn?«

Ojebeta, die am Boden kauerte, hatte sich währenddessen aufgerappelt, und plötzlich sah Clifford keine Sklavin vor sich, sondern einen Menschen. Und nicht irgendeinen Menschen, sondern ein Mädchen mit sehr dunkler Haut, die so schimmerte, daß es schien, als habe eine unsichtbare Hand sie zum Glänzen gebracht, ein junges Mädchen, dem die Rundungen der Kindheit noch immer ein wenig anzusehen waren. Die Augen in ihrem rundlichen Gesicht, nun mit Tränen gefüllt, waren von einem sehr dunklen Braun und die dichten Wimpern so dunkel, als hätte sie sie mit schwarzem *Otangele* gefärbt. Ihm entging auch nicht, daß sie gut entwickelt war, denn seine Schwester hatte ihr in ihrem unmäßigen Zorn die Bluse zerrissen, so daß der Ansatz ihrer kleinen festen Brüste zu sehen war. Sie atmete schwer vor Angst und Zorn.

Victoria beobachtete seinen bewundernden Blick und murmelte, als sie aus dem Zimmer ging: »Sie ist nur eine Sklavin. Mir ist egal, was du denkst.«

»Aber sie ist auch mit uns verwandt!«

»Wer möchte schon eine solche Verwandte – arm ist sie und mußte von ihren Leuten verkauft werden!« höhnte Victoria aus dem Flur, ehe sie in ihr Schlafzimmer ging.

Ojebeta hatte sich in all den Jahren daran gewöhnt, physischen Schmerz zu ertragen, und auch den seelischen Schmerz, als Sklavin von jedermann verachtet zu werden, hatte sie auszuhalten gelernt. Doch noch selten hatte sie jemand so unverblümt daran erinnert, daß sie von ihrem eigenen Bruder hierher verkauft worden war. In ihrem Denken hatte sie immer versucht, Okolie zu verteidigen. Zweifelsohne hatte er die Tat begangen, um sie vor dem Hungertod zu bewahren. Obwohl er ganz gewiß zumindest einmal hätte kommen können, um sich zu erkundigen, wie es ihr hier erging.

Er hatte nie nach ihr gefragt, er hatte ihr nie eine Botschaft geschickt. Auch ihr anderer Bruder, der die Heimat verlassen hatte, schon ehe die Mutter gestorben war, hatte sich nie mehr nach ihr erkundigt. Tränen stiegen ihr in die Augen, und sie hielt sie nicht zurück.

»Hör jetzt auf zu weinen, geh und wasche dir das Gesicht«, unterbrach Cliffords Stimme ihre Gedanken.

»Die Kinder – wer wird sich um sie kümmern?« fragte Ojebeta, und es erging ihr wie jedem unterdrückten Menschen, der, wenn er einen Augenblick der Freiheit eingeräumt bekommt, zuerst nicht weiß, wie er ihn nutzen kann.

»Ich bringe sie ihrer Mutter. Sie haben keinen Hunger.«

Ojebeta ging hinter das Haus und setzte sich unter den Zitronenbaum. Er spendete ein wenig Schatten, und die kleineren Pflanzen, die wild und nicht sehr hoch unter dem Baum wuchsen, genügten, um ein wenig Schutz zu geben. Sie warf sich auf die kühlen Blätter und kam zur Ruhe. Es wurde bereits Abend, und die glühende Hitze hatte etwas nachgelassen. Vom Fluß her strich eine leichte Brise über das Land. Ojebeta hatte aufgehört zu denken und sich Sorgen zu machen, sie weinte nicht einmal mehr, sie lag nur mit geschlossenen Augen da.

Sie mußte wohl eingeschlafen sein, denn sie hörte die Schritte nicht, die sich leise näherten, als bemühten sie sich, ein schlafendes Kind nicht zu wecken. Clifford hatte beobachtet, wie Ojebeta das Große Haus verließ, und war ihr durch das Fenster, das auf den Hof hinausging, mit den Augen gefolgt. Es wäre ihm nie eingefallen, daß das neue Interesse an ihr ihm einfach vom Mitleid eingegeben wurde oder sogar in gewisser Weise von einem Schuldgefühl. Ein kräftiges Mädchen, stark, gesund und beinahe schön. Eine Schande, daß ihre Familie ihr all diese Muster ins Gesicht hatte schneiden lassen, doch was machte es, ihre Haltung und ihr Gang waren vollkommen, und sie würde zu einer stolzen und schönen Frau heranwachsen. Und sie würde auch nicht irgendeine Frau sein, sagte er sich und begann den neuen Gedanken, der in seinem Denken Form annahm, auszuloten und weiterzuspinnen. In diesen sich verändernden Zeiten war eine Igbofrau, die nähen, kochen und zivilisiertes Essen servieren, ja, selbst lesen und ihren Namen schreiben konnte, ein großes Plus für ihren Ehemann. Nein, Ojebeta durfte nicht als gewöhnliches Sklavenmädchen gelten, nicht zuletzt auch, da sie verwandt waren.

Die Zeiten der Sklavenhaltung waren vorüber; die meisten der Sklavenmärkte, die er noch als Junge gekannt hatte, geschlossen worden. Er ging noch näher an Ojebeta heran und sah auf sie herab, wie sie, zusammengerollt wie ein Wurm, dalag und schlief. Sie mußte wohl sehr erschöpft gewesen sein, daß sie an einem derart unbequemen Ort so tief einschlafen konnte.

Er verspürte den Wunsch, sie aufzuwecken und mit ihr zu sprechen, obwohl er unsicher war, was er ihr sagen sollte. Vorsichtig hustete er kurz, und sie sprang sofort auf, als hätte sie gar nicht geschlafen. Sie erschrak, fühlte sich schuldig, daß er sie so gefunden hatte, am hellichten Tag schlafend, wo sie doch hätte arbeiten müssen.

Unerwarteterweise lächelte Clifford und sagte mit einem Ton in der Stimme, der sie seltsam anmutete, denn es waren viele Jahre vergangen, seit jemand mit ihr so lustig und sie hänselnd gesprochen hatte: »Jetzt habe ich dich aber erwischt. Was machst du jetzt?«

Ojebeta öffnete den Mund und schloß ihn sogleich wieder. Ihre Gedanken überschlugen sich. Was sollte das heißen? War er hergekommen, um sie zu schlagen, dort fortzufahren, wo seine Schwester aufgehört hatte? Sie schaute hin und her, wie ein gefangenes Tier, und betete, daß Gott ihr helfen möge, bitte.

In einer Art war auch für Clifford das Leben nicht ganz einfach, obwohl er ein erwachsener Mann von sechsundzwanzig Jahren war – fast doppelt so alt wie Ojebeta. Und er war sich seiner Unzulänglichkeiten durchaus bewußt. Eigentlich war er nach Lagos geschickt worden, um in den neuen europäischen Arbeitsverhältnissen Fuß zu fassen. Er hatte es jedoch vorgezogen, nach Hause zurückzukehren und seiner Mutter bei ihren Geschäften behilflich zu sein. Sein Vater war ungehalten gewesen, hatte gesagt, daß nur törichte Menschen alle Eier in einen einzigen Korb legen, und Clifford gedrängt, sich auf einem anderen Gebiet zu versuchen. Aber Clifford war es zufrieden, als Händler auf dem Otu-Markt tätig zu sein, die Abrechnungen zu erstellen und seinen Eltern die Reisen abzunehmen. Obwohl er in alledem sehr erfolgreich war, so fühlte er sich dennoch als Versager, da man ihm ja die Gelegenheit gegeben hatte, selbständig zu werden, und es ihm nicht gelungen war, auf eigenen Füßen zu stehen. In einer Weise hatte es ihm geholfen, ein besserer Mensch zu werden, ein Mann, der freundlicher und rücksichtsvoller war – nicht mehr der Jugendliche, der er noch vor einigen Jahren gewesen war, der Chiago angewiesen hatte, sich nackt auszuziehen, damit er sehen konnte, was sie zwischen den Beinen hatte. Nun bedauerte er sein damaliges Verhalten. Wenn er allein in seinem Zimmer war und sich die schändlichen Dinge ins Gedächtnis rief, die er früher den weiblichen Bediensteten und Sklavinnen angetan hatte, so verachtete er sich dafür. Und diese Selbstquälerei und Gewissensprüfung waren um so schmerzlicher für ihn, da er inzwischen ein praktizierender Christ geworden war.

Die Krankheit seiner Mutter war ein zusätzliches Problem. Sie mochte wohl wie jede andere Mutter sein – aber was für eine Frau! Es entspräche der Wahrheit, wenn man offen sagte, daß es in der Tat sie war, die den ganzen Reichtum der Familie besaß, doch wer würde es schon wagen, sich in dieser Richtung zu äußern, wo sein Vater, der alte Säufer mit seinem dicken Bauch, jedermann wissen ließ: »Palagada ist meine Frau, vergeßt das nicht!«

Angesichts all dieser Probleme sah er keinerlei Möglichkeit, vor ein Sklavenmädchen aus dem eigenen Haushalt hinzutreten und zu sagen: »Willst du mein Leben mit mir teilen?« Clifford war ratlos, wie er in dieser Sache vorgehen sollte, obwohl er selbst völlig überzeugt war, daß er in mancherlei Hinsicht viel schlechter führe, wenn er sie nicht zu seiner Frau machte.

Dann sagte Ojebeta: »Ich möchte jetzt gern gehen und nach den Kindern sehen. Miss Victoria wird sehr böse sein.« Langsam kam sie aus dem Gebüsch heraus und versuchte dabei, soweit es irgend möglich war, jeden Kontakt mit Clifford zu vermeiden.

Doch er spürte, daß dies eine der goldenen Gelegenheiten war, die man nicht vorübergehen lassen durfte. Er wies sie nicht an zu bleiben, obwohl er das hätte tun können – er hätte ihr befehlen können, was er wollte, aber das kam ihm nicht in den Sinn. Er hielt sie nur ganz leicht zurück, hielt sie sanft, aber so bestimmt am Arm, daß sie begriff, was er meinte.

Er sagte etwas zu ihr, doch Ojebeta war in diesem Augenblick unfähig zuzuhören. Voller Panik überschlugen sich ihre Gedanken, so wie der Schwanz eines Fisches um sich schlägt, den man aus dem Wasser nimmt.

»Du darfst nicht denken, du seist eine Sklavin wie die anderen Mädchen, verstehst du. Denn es könnte sein, daß du bei mir bleiben mußt. Gefiele dir das? Meine Mutter hätte es gern.«

Clifford war sehr höflich – noch mehr konnte er sich nicht demütigen, damit Ojebeta begriff, was er für sie empfand. Man ging nicht einfach zu einer Sklavin hin, die man gern hatte, und sagte geradeheraus: »Ich liebe dich, ich kann nicht ohne dich leben.« Das würde die Sache viel zu sehr dramatisieren und mehr Schwäche als Mut bezeugen.

»Ich?« fragte Ojebeta und preßte die Hand auf die Brust. Es schien nur eine einzige Erklärung für diese Aufmerksamkeit zu geben. »Natürlich werde ich für Sie arbeiten, wenn Sie das wünschen.« Eigentlich hätte sie gern hinzugefügt: *Lieber als für deine verzogene und jähzornige Schwester Victoria!* Doch sie hielt sich zurück. Was blieb ihr denn anderes übrig?

Clifford lächelte ein wenig und nickte, hielt sie noch immer fest, jetzt an der Hand. »Du sollst nicht nur für mich arbeiten, sondern mit mir zusammenleben. Oder möchtest du nicht, daß ich dich in einem oder zwei Jahren, wenn du ganz erwachsen bist, zu meiner Frau mache?«

»Mich?« wiederholte Ojebeta ganz benommen. Dann sagte sie: »Aber ich bin doch nur die Sklavin Ihrer Mutter.«

»Hast du denn noch nie gehört, daß Herren ihre Sklavinnen heiraten?«

Doch, Ojebeta hatte davon gehört. War das nicht, wovon ältere Sklavenmädchen träumten? Daß ihre Herren sie anziehend genug fänden, um sie, wenn auch nicht zu ihrer Ehefrau, so doch zu ihrer Geliebten zu machen, damit würde ihre Arbeit im Haus weniger, und sie hätten es im ganzen leichter. Ojebeta wollte nicht nach dem Grund für seinen plötzlichen Sinneswandel fragen oder in Frage stellen, was seinen Schritt verursacht hatte. Sie wußte, daß sie Glück gehabt hatte, daß sie überhaupt vorgewarnt wurde. Deshalb gab sie ihm eine höfliche Antwort und sagte, was er von ihr zu erwarten schien, nicht wissend, ob sie sich darüber freuen oder unglücklich sein sollte.

»Es würde mir sehr gefallen. Vielen Dank, daß Sie mich wollen. Darf ich jetzt gehen und mich um die Kinder kümmern?«

»Ja«, sagte Clifford stirnrunzelnd und ließ ihre Hand los. »Meine Schwester wird dich wieder brauchen. Aber denke an das, was ich dir gesagt habe, und sprich mit niemandem darüber, ehe Ma nicht wieder gesund ist. Dann sage ich es ihr und Pa.« Er wußte wohl, daß seine Eltern als Schwiegertochter eines der blaßgesichtigen Mädchen vorziehen würden, die von ihren umherziehenden weißen Vätern an den Ufern des Niger zurückgelassen wurden, besonders da die meisten von ihnen recht wohlhabend waren. Aber er wollte lieber ein unschuldiges Mädchen, ein Mädchen, das immer zu ihm aufsähe. Es stimmte, seine Mutter hatte für sie bezahlt, doch demgegenüber stand immerhin die Tatsache, daß sie eine entfernte Cousine war. Sie müßte vielleicht ein Jahr lang etwas Schliff bekommen, dann wäre sie für ihn bereit.

»Ojebeta!« rief er, diesmal im Befehlston, der ihm als Herr zustand, »sage niemandem etwas davon, bis die Zeit reif ist.«

Sie wandte sich um und nickte, ein Nicken, das besagte: »Mein Mund ist versiegelt.«

Ma ging es immer noch nicht besser, deshalb veranlaßte Victoria, daß sie in das neue Krankenhaus in Iyienu gebracht wurde, der kleinen, sich gerade neu entwickelnden Stadt, nur wenige Meilen von Onitsha entfernt. Der Vorteil lag darin, daß sie sich in der Obhut von Missionsschwestern befand und daß ein richtiger weißer Arzt sie regelmäßig aufsuchte, der alles in seiner Macht Stehende für sie tat. Die sorgfältige Pflege und die Tatsache, daß sie dort weit weg war von ihren geschäftlichen Sorgen und von der zunehmenden Besorgnis um Pa Palagadas ungezügeltes Verhalten, trug wesentlich zu ihrer Genesung bei, obwohl sie noch über die Zeit von drei Markttagen dort bleiben mußte.

Währenddessen bewies ihre Tochter, was sie zu leisten im Stande war, und jedermann lobte ihr Bemühen. Jeden Abend besuchte sie das Krankenhaus, und während sie dort war, überwachte sie die Zubereitung der Mahlzeiten für Ma, denn das Essen für die Patienten wurde nicht vom Krankenhaus bereitgestellt. Ijeoma mußte immer bei Ma bleiben und für sie kochen, und Miss Victoria kam jeden Abend, um nachzusehen, ob alles in Ordnung war. Der ganze Haushalt war so geschäftig und in Atem gehalten, daß niemand erübrigt werden konnte, um die Stände auf dem Markt zu öffnen. Und das, das wußten alle, würde das Familieneinkommen erschöpfen.

An einem der wenigen Tage, an denen Pa Palagada nach Iyienu gegangen war, um seine Frau zu besuchen, war er sehr erfreut heimgekehrt, weil sie sich schneller erholte, als sie alle angenommen hatten – obwohl er bei sich den Verdacht hegte, daß es noch sehr lange dauern würde, bis Ma nach ihrer Krankheit wieder so wäre wie zuvor –, und er beauftragte Chiago, ihm Clifford zu rufen.

»Ich wollte schon lange mit dir sprechen, Clifford«, begann er, um dann schnell zur Sache zu kommen. »Viele junge Leute steigen heutzutage direkt in die Geschäftswelt ein. Nur in Otu Onitsha denken die Leute noch, daß der Handel mit *Lappa*-Stoffen eine Sache der Frauen ist. Hast du Nwoba gesehen, diesen Kerl auf der anderen Seite des Marktes – er stammt aus Emekuku –, der näht jetzt Frauenkleider. Wenn wir nicht aufpassen, werden die ganzen Handelsgeschäfte und die Kunden deiner Mutter von anderen Leuten übernommen. Es sind alles Wölfe, die auf ihren Tod warten.«

»Nein, sie wird nicht sterben, sie wird noch lange leben und alt werden.«

»Darum bitten wir, doch zumindest müssen einige von ihren Marktständen wieder geöffnet werden. Selbst wenn sie sterben sollte – was wir dir und mir und allen, die sie lieben, nicht wünschen –, jene, die sie zurückläßt, müssen essen, oder etwa nicht?«

»Als ersten Schritt werde ich einen Stand wiedereröffnen«, sagte Clifford langsam, »dann kann ich von allen, die ihr noch Geld schulden, die Beträge eintreiben. Es sind viele, das weiß ich. Ich habe eine Liste von allen. Amanna muß bei dem Herbeiholen und Tragen auf dem Markt helfen. Wie du weißt, versorgt Ojebeta Victorias Kinder, deshalb muß Chiago wieder anfangen zu nähen.«

»Nein!« Der Ausruf war wie das Bellen eines Hundes, so laut und voll Ärger. »Warum immer Chiago? Das arme Mädchen ist überarbeitet. Warum können die anderen nicht nähen lernen? Warum muß es gerade dieses Mädchen sein?«

Pa Palagada war über sich selbst und seinen taktlosen Ausbruch überrascht. Clifford wußte nicht, was er sagen sollte. Er hatte schon immer angezweifelt, daß Chiagos lange Aufenthalte im Schlafzimmer seines Vaters nur dazu dienten, dort aufzuräumen und seine Fingernägel zu schneiden. Aber niemand hatte davon gesprochen, und er hatte die schlafenden Hunde nicht geweckt. Nun gab es ihm einen Stich ins Herz, als sich ein Verdacht in ihm regte. Angenommen, nur angenommen, während seine Mutter in Iyienu im Krankenhaus lag und sich von einer Krankheit erholte, die, wie er vermutete, mit ihrer Überarbeitung zusammenhing, vergnügte sich dieser sogenannte Vater mit einem der Mädchen? Er versuchte, Pa direkt in die Augen zu sehen, doch sein Gesicht glich einer leeren Maske. Trotzdem blieb der Verdacht.

Clifford dachte noch immer an Ojebeta. Er nahm es für selbstverständlich, daß sie, sobald er für sie bereit war, sein eigen würde. So geschickt er konnte, damit keine falschen Vermutungen aufkämen, unternahm er alles, um ihr das Leben leichter zu machen. Doch mit der Krankheit seiner Mutter, dem wiedereröffneten Marktstand und seiner Entschlossenheit, Erfolge zu verbuchen, hatte er zuviel zu tun, war sein Denken zu sehr in Anspruch genommen, als daß er viel an Ojebeta hätte denken können.

Der Marktstand war kein unumstrittener Erfolg, obwohl er zumindest Mas Namen auf dem Otu-Markt am Leben erhielt. Clifford konnte seinen Vater nicht dazu bringen, Chiago zu erlauben, jeden Tag auf den Markt zu gehen, doch an den Tagen, an denen sie die Erlaubnis hatte, zogen die Kunden ihren Stand noch immer allen anderen vor.

An einem dieser Markttage geschah es, daß Chiago krank wurde. Das Surren und Klappern der Singer-Nähmaschine, an der sie arbeitete, war wie üblich trotz des allgemeinen Marktlärms zu hören gewesen. Dann hatte Chiago plötzlich zu nähen aufgehört und sich mit nach unten gebeugtem Kopf über die Maschine gelehnt. Ijeoma hatte es zuerst bemerkt, doch nichts gesagt, weil sie dachte, Chiago mache sich über etwas lustig und versuche, ihr Lachen zu verbergen. Doch es dauerte sehr lange, und Chiago hob den Kopf noch immer nicht. Selbst Clifford, der gerade den Stand betrat, sah sie und fragte sofort: »Du wirst doch nicht mitten am Nachmittag schlafen, Chiago, oder doch?«

Chiago hob den Kopf. Ihre Augen waren rot unterlaufen, als habe sie geweint, doch keine Tränen waren zu sehen. Sie öffnete den Mund, als wolle sie etwas sagen, doch ihre Lippen schienen wie verschlossen.

»O nein, du wirst doch nicht ausgerechnet jetzt Fieber bekommen?« erkundigte sich Clifford, und in seiner Stimme vermischten sich Besorgnis und Ärger. »Meinst du, du kannst noch durchhalten und das *Lappa* fertigstellen, an dem du gerade arbeitest? Dann gehen wir alle zusammen nach Hause, und Pa gibt dir eine seiner Allzweckarzneien.«

Clifford war sehr freundlich, wenn er sie fragte, ob sie durchhalten könnte bis zum Abend, doch blieb ihr eine andere Wahl? Sie mußte einfach weitermachen. Chiago war zu einer vollendeten Schönheit von zweiundzwanzig Jahren herangewachsen. Hätte sie bei ihrer eigenen Familie gelebt, wäre sie längst verheiratet gewesen. Doch Ma und Pa Palagada hatten sie, aus Gründen, die nur ihnen bekannt waren, bei sich behalten. Sie arbeitete ungewöhnlich viel, und die Tatsache, daß Pa Palagada sie sehr mochte, war inzwischen allgemein bekannt. Chiago selbst sprach nur selten darüber. Nicht einmal jetzt, wo ihre Herrin so krank war und Pa sie viele Male mitten in der Nacht zu sich in sein Schlafzimmer rief, hörte man sie klagen. Zuerst hatte sie geweint und sich in ihrem Herzen gegen ihn gewehrt, doch bei wem sollte sie sich beklagen? Wer würde auf sie hören? Wenn er nicht betrunken war, konnte Pa sehr sanft und besorgt um sie sein. Am Morgen nach solchen Nächten war sie sehr müde und erschöpft. Trotzdem hatte sie sich noch nie so krank gefühlt wie jetzt.

Der vertraute Marktlärm hörte sich an, als hätte sie einen Bienenschwarm im Kopf. Ihre Augen brannten und schienen bersten zu wollen in ihren Höhlen. Wenn sie nicht augenblicklich mit Nähen aufhörte, würden ihr die Finger in die Maschine geraten. Ijeoma beobachtete sie eine Weile, dann heftete sie ihren Blick auf Clifford und wollte etwas sagen; statt dessen jedoch machte sie Nwayinuzo, die gerade Kunden bediente, auf die Situation aufmerksam. Nwayinuzo begriff sofort und hustete – es war ihre besondere, allen, die sie kannten, wohlbekannte Art, auf sich aufmerksam zu machen. Sie wollte damit Cliffords Aufmerksamkeit auf die Worte lenken, die sie zu sagen gedachte, doch sie fürchtete sich zu sehr, ihn direkt anzusprechen. Sie wußte, daß längst nicht alles gut stand um ihre Freundin und Zimmergenossin Chiago.

»Master Clifford, ich werde Chiagos Arbeit übernehmen, wenn ich darf. Sie muß nur dieses *Lappa* noch fertigstellen, und es sind nur gerade Nähte, das ist nicht schwierig. Es geht ihr nicht gut.«

Clifford runzelte die Stirn und schaute die beiden Mädchen an. Nwayinuzo zitterte nervös, weil sie endlich den Mut gefunden hatte, dem Herrn zu sagen, was sie dachte; ihr Blick flog hierhin und dorthin, und sie erweckte den Eindruck eines flüchtigen Tieres. Daneben hing Chiago auf ihrem Stuhl wie eine welkende Blume. Es schien, als sei ihr alles gleichgültig geworden, was er sagen würde, und als wünsche sie fast, in einen fiebrigen Schlaf zu fallen.

»Ja, nimm ihr die Arbeit ab. Und da Ijeoma jetzt nach Hause und dann ins Krankenhaus geht, um Ma zu versorgen, kann Chiago sich ihr anschließen.« Er warf noch einmal einen langen und fragenden Blick auf das älteste Mädchen. »Was ist los mit dir?«

»Mir ist sehr schlecht im Magen, und mein Kopf schmerzt«, murmelte Chiago voller Schuldgefühle.

»Nun gut, du gehst mit Ijeoma nach Hause, und dann suchst du Pa auf. Er ist heute früh nach Cable Point in Asaba zu einer Ratssitzung gegangen. Jetzt müßte er eigentlich wieder zurück sein. Sag ihm, was mit dir los ist, dann wird er dir etwas zu trinken geben.«

Clifford schmunzelte bei sich, als er dies sagte, denn er wußte, daß sein Vater den Sklaven und Bediensteten nie etwas anderes als Epsomsalz verabreichte. Hatte man als Sklave Fußschmerzen, so mußte man zu Pa gehen und bekam Epsomsalz in warmem Wasser. Selbst bei entzündeten Augen wurde diese Behandlung angewandt. Das Epsomsalz schmeckte entsetzlich. Alle haßten es, doch Pa bereitete es ein boshaftes Vergnügen, dafür zu sorgen, daß seine Opfer das Zeug in wenigen Schlukken und sehr schnell hinuntertranken. Wahrscheinlich dachte er, das würde sie davon abbringen, Krankheiten vorzutäuschen, um so eher, da die Dosen, die er verabreichte, so abführend wirkten, daß nichts mehr übrig zu bleiben schien außer den inneren Organen, und selbst diese wurden wahrscheinlich von dem aggressiven Gebräu ausgelaugt.

Clifford hatte sich getäuscht. Pa war noch nicht zu Hause, deshalb ließ Ijeoma ihre Freundin in Ojebetas Obhut, ehe sie sich auf den Weg machte, um das frische Obst vom Markt zu Ma ins Krankenhaus zu bringen.

Die Sitzung hatte Pa länger aufgehalten, als erwartet. Sie war einberufen worden, um gemeinsam zu beraten, welche Schritte unternommen werden konnten, um den unwillkommenen Vorschriften und Verfügungen entgegenzutreten, die die Weißen einzuführen gedachten. Und nun begannen seine Kollegen im Rat Pa vorzuwerfen, daß er mit den Europäern der *United Africa Company* viel zu freundschaftlich umgehe. Er mußte länger als vorgesehen bleiben und seinen Kollegen und Freunden aus dem Geschäftsleben klarmachen, daß sie dasselbe Schicksal erwartete, das den Oba von Benin ereilt hatte, wenn sie versuchten, die Europäer hinzumorden. Doch keiner hörte auf ihn. Statt dessen nannten sie ihn einen Feigling und Liebhaber des weißen Mannes. Ein Kollege ging sogar so weit und fragte, warum er die Weißen eigentlich nicht verteidige, war es denn nicht eine allbekannte Tatsache, daß seine sogenannte Frau von einem Weißen abgeschoben worden war? Anscheinend sei es ihm nie gelungen, ein einheimisches Mädchen für sich zu gewinnen!

Das war so schmerzhaft und so verletzend, daß Pa auf den Mann losging, als wolle er ihn umbringen; zum Glück für beide hielten einige von Pas Freunden ihn zurück. »Verstehst du denn überhaupt keinen Spaß?« fragten sie.

Trotz alledem kannte Pa das Igbosprichwort gut genug, in dem es heißt, daß ein Betrunkener oder einer, der Spaß macht, die Wahrheit sagt. Sehr verärgert nahm er das nächste Boot, das anlegte, setzte gemeinsam mit Jienuaka, seinem getreuen Sklaven, über den Fluß und machte sich mit langen und wütenden Schritten auf den Heimweg. Während er ging, schimpfte und brüllte er wie ein wütender Bulle. Er wollte einfach nicht einsehen, warum sie, die Geschäftsleute und Händler an den Ufern des Niger, sich nicht von Mann zu Mann mit den Europäern im Gespräch auseinandersetzen sollten. »Wenn wir sie umbringen und sie daraufhin das Land verlassen, mit wem sollen wir denn unsere Geschäfte machen? Sie werden alle unsere Reichtümer mitnehmen. Warum also sollen wir nicht vernünftig mit ihnen reden? Meine Frau und mich zu beschuldigen, in ihre Kirche zu gehen und nachmittags mit ihnen Tee zu trinken! Was hat das damit zu tun? Nichts als Eifersucht! Nur weil wir in die CMS-Kirche gehen!« Das waren die Gedanken, die Pa Palagada auf seinem Heimweg bewegten. Er wußte aber auch, daß er sehr behutsam vorgehen mußte – würden sich alle anderen gegen ihn und seine Frau wenden, konnte das Leben sehr schwer für sie werden.

»Ich wünschte, diese dummen Weißen forderten nicht auch noch unsere Frauen auf, Steuern zu bezahlen«, dachte er kompromißbereit. »Das wird das Problem mit den Weißen nur verschlimmern.«

Zu Hause schrie er alle an, bis man ihm seine Mittagsmahlzeit servierte. Dann kam er zu dem Schluß, daß er und Ma Palagada alles, was der Rat entschied, moralisch unterstützen, sie sich jedoch aktiv nicht beteiligen würden. Als er ganz in diese Gedanken vertieft war und sich dabei mit einem Zahnstocher die Zähne reinigte, klopfte Ojebeta an die Tür, um ihm von Chiago zu berichten.

Er hörte das erste Klopfen, so zaghaft, daß er daraus schloß, es müsse eines der Mädchen sein. Doch dann fiel ihm ein, daß sie alle auf dem Markt waren, und auf seine eigene Art und Weise, die der Person, die draußen stand, Furcht einflößen sollte, nahm er von dem Klopfen keinerlei Notiz. Es klopfte wieder, ein zweites und ein drittes Mal.

»Wer zum Teufel ist da?«

»Ich bin's nur«, antwortete Ojebeta und trat einige Schritte von der Tür zurück, als erwarte sie, bei ihrem Anblick würde der Tiger sie anfallen.

»Komm herein, was willst du? Los, Mädchen, sprich laut, was willst du?«

Ojebeta versuchte ihr klopfendes Herz zu beruhigen, dann holte sie tief Luft und schrie, als spräche sie zu einem tauben Riesen: »Chiago ist krank und braucht ein Medikament!«

»Was? Was für ein Medikament?«

»Chiago ist krank«, begann Ojebeta wieder, wurde jedoch von Pa Palagada unterbrochen; er war aufgestanden, und sein voluminöses *Lappa* hatte sich gelöst, daß sein überhängender Bauch zu sehen war.

»Ich habe dich gehört. Ich bin nicht taub. Geh und sage dem Mädchen Chiago, sie soll hierher kommen. Geh und ruf sie schnell. Steh nicht hier rum, geh jetzt!«

Als Ojebeta in ihr Schlafzimmer kam, sah sie, daß Chiago offensichtlich eingeschlafen war, gelegentlich murmelte sie etwas vor sich hin. Ojebeta wünschte, sie müßte sie jetzt nicht wecken. Sie sah so müde aus und als brauche sie nichts dringender als etwas Ruhe und Frieden. Trotzdem wagte Ojebeta es nicht, den Herrn zu verärgern.

»Wach auf, Chiago, Pa möchte dir ein Medikament geben. Wach auf!«

Ojebeta brachte Chiago bis an die Tür von Pas Zimmer, ließ sie dann aber allein eintreten. Horchend blieb sie hinter der Tür stehen – eine schlechte Angewohnheit, für die sie alle viele Male bestraft worden waren – und erwartete, daß Pa Chiago anschreien und sie fragen würde, warum sie die Frechheit habe, krank zu werden. Doch Ojebeta traute ihren Ohren kaum, als sie statt dessen hörte: »Was ist denn los mit meiner kleinen Mama? Komm her... wie heiß du bist...«

Ojebeta ergriff die Flucht. So redeten Leute mit ihren Ehefrauen. Was hatte das zu bedeuten? Sie wußte auch nicht warum, doch unwillkürlich dachte sie an die Unterhaltung zwischen Chiago und Nwayinuzo zurück, die sie einmal angehört hatte, und auch an das, was Clifford ihr erst vor wenigen Wochen gesagt hatte. Irgendwo gab es da eine Verbindung... Sie war verwirrt, ihr war ganz schwindlig. Es blieb ihr jedoch nicht viel Zeit, um weiter darüber nachzudenken, denn eine von Victorias kleinen Töchtern rief dringend nach ihr, damit sie ihr bei der *Akasi*-Suppe helfe; sie hatte ihre Kleider damit beschmutzt und wollte, daß Ojebeta alles saubermachte.

Bis sie die Suppe aufgeputzt, das Kind beruhigt und beide

Kinder für das Abendessen umgezogen hatte, war ihr wenig Zeit geblieben, um an Chiago zu denken.

Noch Tage danach machte sie sich Gedanken, was wohl geschehen war. Es fiel ihr ein, daß sie gesehen hatte, wie die streitsüchtige Köchin, Ma Basi, eine Schüssel voll heißer Suppe in den Teil des Hauses gebracht hatte, den Pa bewohnte, obwohl sie sich nicht vorstellen konnte, für wen diese Suppe an einem so heißen Nachmittag sein könnte. Auch wußte sie nicht, warum sie nicht gerufen worden war, um das lauwarme Wasser zu bringen, das üblicherweise zu dem Epsomsalz gehörte. Das Ganze war für sie um so rätselhafter, als sie nicht mehr im selben Zimmer mit ihren Freundinnen schlief, keine Zeit mehr mit ihnen im Hof zubrachte und außerdem viel zu beschäftigt war, als daß sie Muße gehabt hätte, mit ihnen dies alles zu bereden. Hinzu kam, daß alle davon auszugehen schienen, daß es das Natürlichste auf der Welt war, was sich hier abspielte.

Es verging eine sehr lange Zeit, ehe sie Chiago wiedersah. Und wie vieles hatte sich inzwischen verändert.

Zur Freude und Erleichterung aller war Ma Palagada aus dem Krankenhaus nach Hause zurückgekehrt, nachdem sie alles in allem fast zwanzig Tage lang fort gewesen war. Sie war nicht mehr so kräftig wie zuvor und auch nicht so fröhlich; aber sie war wieder da, und das machte eine Reihe von Festen erforderlich. Ma war wieder da, schwach, aber lebendig.

11

Frauensteuer

Über die Tatsache, daß Ma Palagada den Fängen des Todes
entkommen war, wurde viel geredet. Ihre Freunde freuten sich
mit ihr, ihre Feinde bedauerten, daß sie nicht gestorben war,
und die einfachen Leute taten alles mit einem Achselzucken ab
und gingen ihrer täglichen Arbeit nach. Doch im Haushalt der
Palagadas war es ein Anlaß zum Feiern.

Bald begann Ma ihre verlorene Kraft wiederzugewinnen.
Weithin war wieder ihr lautes Lachen zu hören, und viele ihrer
Freunde nahmen ihre Besuche im Haus erneut auf. Doch nicht
wenige, die die Familie vor Mas Krankheit gekannt hatten,
spürten, daß sich hinter all der Fröhlichkeit und den Glück-
wünschen zur Genesung Veränderungen verbargen, daß sich
vieles schneller veränderte, als es die Mitglieder des Haushalts
selbst wahrnahmen. Es überraschte Ojebeta, daß niemand ein
Wort über Chiagos Abwesenheit verlor.

Da Ma Palagada eine gute Christin und deshalb guten Wer-
ken immer zugetan war, wurde ein Dankgottesdienst für ihre
Genesung gefeiert. Es war nahezu eine Wiederholung des Erntedankfestes. Ojebeta und die anderen holten ihre Musselinkleider hervor, und sie bekamen noch manches modische Zu-
behör, um ihre glanzvolle Ausstattung zu vervollständigen.
Wie begeistert waren Ojebeta, Amanna und Nwayinuzo, daß
sie richtige Stoffschuhe zum Schnüren und mit Absätzen bekommen sollten. Es zeigte sich, daß es unmöglich war, ein Paar
in Ijeomas Größe zu finden; statt dessen erhielt sie ein Paar
silberne Ohrringe, die an ihren Ohrläppchen baumelten. Am
Vorabend des Dankgottesdienstes rief Mas Tochter Victoria
Ojebeta zu sich in ihr Schlafzimmer.

»Komm herein, ich möchte mit dir sprechen.«

Ojebeta wußte zunächst nicht, was sie von dieser Aufforderung halten sollte. Sie wußte, daß Victoria, wenn sie wollte, brutal und wirklich gemein sein konnte, doch aus einem unerklärlichen Grunde hatte Ojebeta überhaupt keine Angst mehr vor ihr. Sie spürte, daß Victoria sich bei Ma einschmeicheln wollte und daß sie kein Selbstvertrauen hatte wie ihre Schwester Elizabeth und ihr Bruder Clifford.

»Ich werde bald zu meinem Mann nach Bonny zurückkehren. Würdest du gern mit uns kommen? Die Kinder mögen dich sehr. Sie sind jetzt an dich gewöhnt. Mein Mann ist Lehrer, er könnte dich also unterrichten, und dann, wenn du bereit bist, wirst du dort heiraten und einen Mann und eigene Kinder haben.«

Ja, und man wird mich auf immer und ewig daran erinnern, daß ich Sklavin bin, und jedes Kind von mir wird ebenfalls Sklave genannt werden, sollte ich lange genug leben, um eigene Kinder zu haben, dachte Ojebeta und senkte den Blick auf den Raphiateppich, den sie an jenem Morgen gewaschen und glänzend gewienert hatte. Sie wagte nicht, den Blick zu heben und Miss Victoria in die Augen zu schauen, denn, dessen war sie sich durchaus bewußt, Victoria suchte ihren Blick und wollte aus ihrem Gesichtsausdruck ihre Gedanken lesen. Die Tatsache, daß sie überhaupt gefragt wurde, ob sie mitgehen wolle, machte ihr deutlich, daß sie aus irgendeinem Grund nicht dazu gezwungen werden konnte.

Also suchte sie einen Mittelweg und sagte: »Was immer Ma sagt, das werde ich tun.«

Victoria lächelte – zum ersten Mal sah Ojebeta sie lächeln – und nickte. »Ich wußte, daß du ein vernünftiges Mädchen bist und daß du genau das sagen würdest. Natürlich werde ich mit *meiner* Mutter darüber sprechen«, dabei betonte sie das Wort *meiner*, als sei es eine Vorwarnung für Ojebeta, daß über ihr Geschick bereits entschieden wäre.

Ojebeta spürte, wie Panik in ihr hochstieg, und betete in ihrem Herzen: *Bitte, lieber Gott, nein! Bitte, Gott, nein! Muß ich denn für alle Zeiten Sklavin bleiben?*

»Clifford war gestern in Port Harcourt und brachte zwei Paar von diesen Dingern hier mit. Du kannst ein Paar tragen, das andere bekommt eine deiner Freundinnen.«

»Oh, danke, Miss Victoria, vielen Dank«, sagte sie und kniete aus Dankbarkeit nieder, als sie die glänzenden, silbernen Ohrringe anlegte. Sie hatten die Form von Rosen, unten schaukelte ein großes Blatt. Es waren die ersten Ohrringe, die Ojebeta je besaß. Sie freute sich so sehr darüber, daß sie vergaß, sich zu fragen, ob das Geschenk nicht eher als Bestechung gedacht war.

Als sie das Zimmer verlassen wollte, rief Victoria sie mit kühler Stimme in die Wirklichkeit zurück: »Denk über das nach, was ich dir soeben sagte!«

Sollte sie ihre Worte als berechnende Maßnahme ausgesprochen haben, um Ojebeta zu erschüttern und ihre Freude augenblicklich zu zerstören, so war ihr das gelungen. Wäre Ojebeta nicht Sklavin gewesen, hätte sie vielleicht in diesem Bruchteil einer Sekunde die silbernen Ohrringe abgerissen und sie der arroganten Person in das Gesicht geworfen. Doch sie konnte nichts dergleichen tun. Mit einem erzwungenen Lächeln auf den Lippen nickte sie und eilte aus dem Zimmer.

Was brachte es schon, deswegen unglücklich zu sein? Um ihre Dankbarkeit für das Geschenk zu zeigen, müßte sie die Ohrringe tragen, ob sie ihr gefielen oder nicht. Aber sie gefielen ihr wirklich! Zusammen mit den Schuhen, die am vorangegangenen Markttag für sie gekauft worden waren – Ma nannte sie Segeltuchschuhe; sie waren mit weißer Wolle bestickt und an den Rändern mit etwas Weißem, Seidigem verziert –, machten ihr die Ohrringe große Freude.

Später am Abend, als das Haus voller Gäste war, die vorbeikamen, um die für das Fest am nächsten Tag vorbereiteten Gerichte und Getränke zu probieren, und Ojebeta einem Gast ein Getränk reichte und einem anderen Maniokscheiben, berührte Clifford sie leicht am Arm. Sie hielt inne und lächelte scheu. Sie sah, daß er getrunken hatte, das Glitzern in seinen Augen verriet ihn.

Er berührte ihre Ohren. »Ich freue mich, daß sie dir gefallen. Ich möchte gern, daß du sie auch morgen in der Kirche trägst.« Kaum hatte er das gesagt, besann er sich und wandte sich schnell einem seiner Freunde zu, der ihn beobachtete.

Also hat er sie für mich gekauft, dachte Ojebeta, *und diese Frau wollte mir weismachen, daß es ihr Einfall gewesen sei. Als käme es einer Person wie ihr jemals in den Sinn, irgend etwas zu verschenken!* Sie freute sich jetzt um so mehr, daß sie die Ohrringe Miss Victoria nicht ins Gesicht geschleudert hatte.

Am Tag des Dankgottesdienstes schien die Sonne seit dem frühen Morgen. Ma und Pa hatten ein unter dem Namen »Kalabars« bekanntes Orchester gemietet, das die ganze Nachbarschaft aus dem Schlaf weckte. Aus ganz Onitsha waren Verwandte gekommen, einige aus Mas Verwandtschaft waren sogar aus Asaba angereist. Eine riesige Menschenmenge tanzte mit Ma auf den Straßen zur neuen europäischen Musik der »Kalabar-Trommler«. Die Kirche war bis auf den letzten Platz besetzt. Als Ma nach vorn zum Altar ging, wo ein besonderes Gebet für sie gesprochen wurde, hätte man eine Haarnadel fallen hören können; dann erhob der Geistliche seine Singsangstimme und dankte Gott dafür, daß er das Leben dieser für die Gemeinde sehr nützlichen Schwester erhalten hatte. Er nannte Ma eine »Säule« der Kirche, und die ganze Gemeinde nickte beifällig.

Ojebeta riß die Augen weit auf und beobachtete alles genau von ihrem Platz hinten in der Kirche aus, wo sie mit ihren Freundinnen saß. Sie befreite ihre heißen Füße von den schönen Schuhen. Dann sah sie, wie Ma aufstand und auf den Teller, den der Geistliche ihr hinhielt, einen dicken Umschlag legte. Ojebeta bewunderte im stillen, wie schwer sich der Umschlag anhörte, als er auf den Teller fiel – es mußte eine Menge

Geld darin gewesen sein! Danach gingen alle Verwandten und Freunde in ihren vornehmen Samt- und Damastgewändern nach vorn, um dem Gott, der Ma von ihrer Krankheit befreit hatte, Geldgeschenke darzubringen.

Der Rest des Tages wurde mit Essen, Trinken und wieder Essen verbracht. Aus anderen Häusern waren mehrere Köchinnen gekommen, um Ma Basi, der Köchin der Palagadas, zu helfen. Selbst sie hatte es ausnahmsweise einmal geschafft, guter Laune zu sein. Auch Ma schien sehr froh zu sein, obwohl sich Ojebeta des Gefühls nicht erwehren konnte, daß es eine erzwungene Fröhlichkeit war.

Ojebeta vermißte Chiago, denn bei Anlässen wie dem heutigen Tag war sie Ma in ihrer ruhigen und gut aufgelegten Art immer eine große Hilfe gewesen. Ojebeta fragte sich immer wieder, wo sie wohl wäre. Sie betete, nicht mit Victoria nach Bonny gehen zu müssen, damit sie wieder ihrer früheren Arbeit nachgehen und im selben Zimmer mit ihren Mitsklavinnen schlafen könnte; dann würde sie erfahren, was Chiago widerfahren war.

Ma war entschlossen, am nächsten Markttag ihre Stände wieder aufzusuchen. Sie hatten alle viel zu tun und räumten gerade die neu angekommenen *Abada*-Stoffe in das kleine Zimmer, das als Lagerraum diente, als sie laute und wütende Stimmen aus dem Wohnbereich hörten, wo Ma Palagada ihre Zimmer hatte. Ijeoma und Ojebeta hielten mit ihrer Arbeit inne und horchten. Sie mußten ihre Ohren nicht sehr anstrengen, um zu hören, wie Ma wütend jemandem beschimpfte: »Du hast schon angefangen, meinen Besitz zu verteilen, ehe ich überhaupt tot und beerdigt bin, ihr habt nicht einmal gewartet, bis ich unter der Erde bin! Ihr alle wolltet, daß ich sterbe, das weiß ich wohl. Ich sehe ja, was Chiago widerfahren ist, kaum daß ich von der Bildfläche verschwunden war!«

»Mutter, Mutter, hör doch zu! Reg dich doch nicht so auf! Du bist immer noch nicht ganz gesund. Wenn du nicht willst, daß sie mit Victoria nach Bonny geht, warum sollte sie dann gehen? Sie ist vielleicht eine sehr arme Verwandte, aber ich mag sie, Mutter.«

Und so plötzlich, wie der Streit aufgeflammt war, so plötzlich sanken die Stimmen zu einem Flüstern herab. So sehr sie sich auch anstrengten, die beiden Mädchen konnten nichts mehr verstehen, sie hörten nur noch leises Gemurmel. Besorgt und stirnrunzelnd schauten sie sich an, sagten sich, daß sie aus dem Wenigen, das sie gehört hatten, keine Schlüsse ziehen konnten, taten schließlich alles mit einem Schulterzucken ab und fuhren fort, einen Stoffballen auf den anderen zu legen, bereit, sie zum Markt zu tragen.

Dann hörten sie eine Tür so laut zuschlagen, daß sie zusammenschreckten. Miss Victoria, schlank und elegant wie immer, verließ schnellen Schrittes das Haus und kam über den Hof in den kleinen Raum, wo die Mädchen noch immer mit den Stoffballen beschäftigt waren. Offensichtlich wollte sie Ojebeta etwas sagen, doch als sie Ijeoma erblickte, überlegte sie es sich anders und sagte nach einem Augenblick ganz unnötigerweise: »Beeilt euch mit dem Zusammenpacken. Wir müssen heute ein gutes Geschäft machen und viel verkaufen. Ich gehe morgen nach Bonny zurück, jetzt, wo es *meiner* Mutter soviel besser geht.«

»Yessima«, antworteten die beiden Mädchen wie aus einem Mund, wobei sie sich fragten, warum sie so ausführlich informiert wurden. Schließlich waren sie doch nur Sklavinnen und keine vollwertigen Menschen.

Ojebeta hegte eine ganz bestimmte Vermutung in Bezug auf das, was möglicherweise geschehen war – daß nämlich Ma Palagada böse war, weil Victoria wünschte, daß sie, Ojebeta, als Sklavin für die Kinder mit ihr nach Bonny ginge. Und vielleicht hatte Clifford seiner Mutter auch gesagt, daß er sie zur Frau haben wollte – zumindest als seine Küchenfrau, nicht als elegante Frau im Salon, denn in jenem Teil der Welt war es damals erlaubt, so viele Ehefrauen zu haben, wie man sich leisten konnte, ob man nun Christ war oder nicht. Tatsächlich erwies sich Ojebetas Vermutung als richtig.

»Aber mein Sohn, das ist sehr ernst«, sagte Ma zu Clifford. »Warum hast du mir das nicht längst gesagt? Ich hätte viel mehr für ihre Ausbildung und Erziehung ausgegeben; und außerdem, ich habe ja für sie bezahlt.«

»Nun, du kannst den Preis, den du für sie bezahlt hast, als ihren Brautpreis ansehen. Schließlich – so hast du mir einmal erzählt – hat ihr Bruder damals gesagt, du könntest sie, wenn sie einmal erwachsen wäre, jedem Mann deiner Wahl zur Frau geben und du solltest sie für alle Zeit als deine eigene Tochter betrachten.«

»Ja, darüber besteht gar kein Zweifel. Ich habe sie gekauft – mit Leib und Seele. Trotzdem denke ich, wir hätten ihr eine anspruchsvollere Ausbildung geben müssen.«

»Ist es denn dafür zu spät? Sie ist doch noch nicht ganz erwachsen. Wir haben immer noch ein paar Monate oder Jahre Zeit dazu.«

»Deinem Vater wird das nicht gefallen, aber ich persönlich bin sehr glücklich darüber. Ich möchte nicht, daß du eine dieser modernen, faulen, nichtsnutzigen Frauen heiratest, die im Luxus großgeworden sind und nichts anderes im Kopf haben, als sich von allen Seiten bedienen zu lassen.«

Clifford lächelte, denn er wußte, daß Ma Palagada dabei auf ihre eigenen Töchter anspielte, denen ein träges Leben inzwischen zur Gewohnheit geworden war.

Deshalb verschwendete Ma keine Zeit und begann, Ojebeta die besondere Ausbildung zu geben, die sie auf das vorbereiten würde, was sie neuerdings erwartete. Sie erachtete es nicht für klug, die Meinung des Mädchens einzuholen – der Gedanke, daß Ojebeta möglicherweise anderem nachträumte, wäre ein Schock für sie gewesen. Clifford war ihr einziger Sohn, und eines Tages würde das Große Haus ihm gehören, wie auch ihr gesamtes Geld und die Ländereien, die sie in Asaba und Bonny gekauft hatte. Ihre beiden Töchter würden ihren Schmuck und die gesamte Garderobe bekommen, aber ein Mädchen, das ihren Sohn Clifford heiratete, würde nicht einen kleinen Händler mit einem schäbigen Verkaufsstand heiraten, sondern einen etablierten Geschäftsmann. Sie hatte seinen Namen in die Liste der Anwärter für die neuen Läden eingetragen, die entlang der Hauptstraße gebaut werden sollten. Dort könnte er nicht nur Stoffe verkaufen, sondern auch Dinge von größerem Wert wie Nähmaschinen oder Wellblech für die neuartigen Gebäude, die zu jener Zeit im ganzen Igboland Mode wurden und wie Pilze aus dem Boden schossen. Nein, ihr Sohn würde ein wohlhabender Geschäftsmann sein, zudemhin hätte er eine Frau, die, im gleichen Geschäftsmilieu wie er aufgewachsen, ein großes Kapital für sie beide darstellte.

Ojebeta war keineswegs ein bescheiden aussehendes Mädchen. Ihre größten Pluspunkte waren zum einen ihre Haltung und ihr Gang – sie war geradegewachsen und ging aufrecht wie eine Palme, das hatte sie von ihren Eltern geerbt – und zum anderen ihre weißen Zähne, die bei jedem Lächeln blitzten. Sie hatte schön glänzendes schwarzes Haar, und Ma achtete sorgfältig darauf, daß es jede zweite Woche ganz kurzgeschnitten wurde, damit sie keine Läuse bekam. Ihre Haut war vom dunkelsten Braun, ohne jedoch schwarz zu sein. Auch die Haut in ihrem Gesicht wäre so glatt und schön gewesen wie am ganzen Körper, hätten ihr die Eltern nicht die Blattmuster auf die Wangen und die Stirn tätowieren lassen. Eine von Ojebetas größten inneren Qualitäten bestand darin, daß sie nicht lügen konnte – ja, manchmal war sie fast zu offen, um noch taktvoll zu sein. In dieser Beziehung glich sie den meisten Leuten von Ibuza, die sich damit brüsteten, ungeachtet der Konsequenzen geradeheraus ihre Meinung zu sagen. Alles in allem war sich Ma Palagada sicher, mit Ojebeta das bekommen zu haben, was ihr Geld wert war.

Ojebeta war überrascht, daß sie dazu befördert wurde, die Näharbeiten zu übernehmen, die früher, vor ihrem Verschwinden, nur Chiago ausgeführt hatte. Am nächsten Markttag erklärte Ma, die noch immer nicht zuviel arbeiten durfte, den Mädchen die Geheimnisse des genauen Maßnehmens, und Ojebeta nähte allein ihre erste Bluse. Und dann war sie wieder überrascht, als sie drei Markttage später erfuhr, daß sie die Bluse für sich selbst behalten durfte.

Miss Victoria war, wie sie gesagt hatte, abgereist, und einige Tage später schickte ihr Ma ein Mädchen, das sie aus Aba mitgebracht hatte, obwohl offiziell kein Geld für sie bezahlt worden war, denn inzwischen war es illegal und weitaus schwieriger geworden, in großen Städten wie Aba und Onitsha Mädchen zu kaufen. Von der ständigen Verantwortung für Victorias Kinder befreit, ging Ojebeta zu ihren früheren Zimmergenossinnen zurück und konnte endlich wieder vertraulich mit ihrer Freundin Amanna reden. Zu ihrer großen Enttäuschung wußten weder Ijeoma noch Amanna etwas über den Verbleib von Chiago, obwohl sie alles Mögliche mutmaßten. Nwayinuzo dachte, sie sei vielleicht verkauft worden.

»Wahrscheinlich hat man sie nachts als Opfer für eine Beerdigung getötet«, meinte Amanna.

»Aber so etwas wird doch ganz gewiß heute nicht mehr getan«, protestierte Ojebeta mit klopfendem Herzen, »auf keinen Fall in Städten wie Onitsha.«

»Selbst wenn ihr so etwas Schreckliches widerfahren wäre, wer gebote solchem Tun Einhalt? Wir haben niemanden, der sich für uns einsetzt. Unsere eigenen Familien wissen nicht einmal, daß es uns noch gibt. Ich habe immer und immer wieder darüber nachgedacht, aber ich finde keine Lösung auf diese Fragen.«

»Ojebeta und ich haben gehört, wie Ma etwas über Chiago sagte, nicht wahr, Ojebeta? Aber sie hat keine Einzelheiten erwähnt.«

Ojebeta wurde es zur Gewißheit, daß sie für etwas Besseres vorgesehen war, als sie in die »Akademie« aufgenommen wurde, die Mrs. Simpson in ihrem Wohnzimmer abhielt. Dort lernten die Mädchen, wie man aus Maismehl Kuchen backte und wie sie beim Gang zur Kirche anmutig ihre langen Kleider raffen mußten; sie lernten häkeln und mit Kettenstichen Muster sticken. Ojebeta war von alledem entzückt und stellte keine Fragen. Wenn Clifford ihr Ehemann werden sollte und Ma ihr Einverständnis dazu gegeben hatte, dann war es nur logisch, daß sie den Wunsch hatten, Ojebeta solle das alles lernen.

Doch im Gedanken an ihre eigene Familie blutete ihr Herz noch immer. Wäre nur ihre Mutter nicht gestorben! Wäre ihr Vater am Leben geblieben, um seine Tochter jetzt zu sehen! Aber sie waren beide tot, es gab niemanden, der auf ihre kleinen Erfolge und Fertigkeiten stolz war. Manchmal fand sie nur in dem Gedanken Trost, daß sie niemals ein Leben, wie sie es jetzt genoß, gekannt hätte, wäre ihr Vater am Leben geblieben.

Die Wahrheit dieser Überlegung kam ihr jedesmal wieder zu Bewußtsein, wenn sie nach Marktschluß hinunter zum Flußufer ging, um dort frischen Fisch für die Abendmahlzeit zu holen. Dann nämlich sah sie ihre eigenen Leute, die Menschen von Ibuza, in ihrer zerschlissenen Kleidung, die in schlecht passenden Farben zusammengeflickt war und sich in unterschiedlichen Stadien der Auflösung befand. Manchmal wagte es Ojebeta, »Willkommen« zu ihnen zu sagen, und ausnahmslos grüßten sie mit einem strahlenden Lächeln zurück. Der eine oder andere fragte sich, wer sie wohl sei, denn die Clanzeichen in ihrem Gesicht waren von der Art, wie man sie in Onitsha üblicherweise nicht fand. Sie hatte sie jedoch nicht ermutigt, ein Gespräch mit ihr anzufangen, für den Fall, daß jemand aus dem Haushalt der Palagadas sie dabei überraschte.

Ojebeta war eins der wenigen Palagada-Mädchen, die das Glück hatte, sich noch an ihre eigene Familie zu erinnern, und die alt genug gewesen war, um die Liebe im Gedächtnis zu behalten, mit der ihre Eltern sie überschüttet hatten. Im Laufe der Zeit hatte die Erinnerung daran ständig in ihr Raum gewonnen, bis sich jene Jahre, ehe sie verkauft worden war, in ihrem Kopf als eine vollkommene und goldene Zeit darstellten. Die anderen Mädchen wußten dagegen nicht einmal, woher sie stammten, und Ma verriet ihnen auch nicht, wo sie damals gekauft worden waren. Alle hatten sie vage Geschichten über ihre Herkunft gehört, doch wo genau sich ihre Heimatdörfer befanden, wußten sie nicht zu sagen. Ojebeta aber konnte das, und sehr zum Ärger der anderen tat sie es auch viele, viele Male; wäre sie also von einer von ihnen dabei erwischt worden, wie sie sich am Fluß mit den Leuten aus Ibuza unterhielt, so hätte sie das in Schwierigkeiten bringen können.

Eines Abends kam Ma Palagada sehr aufgeregt und traurig von einer der unzähligen Marktsitzungen zu ihren Ständen zurück. Ojebeta saß ihr gegenüber auf einem Hocker mit zahlreichen *Lappas* auf dem Schoß, die sie fertignähen mußte, während Ma auf ihrem mit Samt bezogenen Sitz saß und zu sprechen begann: »Ich werde mich an solchen sinnlosen Streitereien nicht beteiligen. Warum können die Männer das nicht allein regeln? Warum können wir denn mit den Weißen nicht vernünftig reden? Es ist alles so dumm und idiotisch!«

Als habe der Wind Mas Stimme zu Ma Mee hinübergetragen, kam diese in ihrer ganzen Großartigkeit zu den Palagadas herüber und sagte mit einem nicht allzu freundlichen Unterton in der Stimme: »Warum willst du dich nicht gegen diese sogenannten Weißen auflehnen? Weil du mit ihnen befreundet bist? Weißt du denn nicht, daß es auch dich betrifft, wenn wir Frauen Steuern zahlen müssen? Auch du mußt Steuern bezahlen. Hast du schon jemals von einem Land gehört, in dem Frauen für ihre Existenz bezahlen müssen? Nein, so etwas müssen wir im Keim ersticken!«

Die Frau vom Stand gegenüber, Madam Okeke – eine der sehr wenigen Händlerinnen aus Onitsha, die schlank war – kam ebenfalls herüber, sichtbar erregt und böse auf Ma Palagada. »Palagada, wir erwarten von dir und deinem Mann, daß ihr uns helft«, sagte sie ziemlich laut, »und nun bist du so lauwarm und willst nichts tun!«

Ma Palagada hatte genug von all diesen Anschuldigungen. Sie stand auf, reckte sich zu ihrer vollen Größe und ihrem vollen Umfang und fiel wortgewaltig über die beiden Frauen und die kleine Menschenmenge her, die sich vor ihrem Stand versammelt hatte: »Wenn ihr meint, ich sei ein Judas, ein Verräter, dann lügt ihr. Geht doch und bringt die Missionare und die weißen Händler um, los, geht doch! Ich sage nicht, daß wir Steuern bezahlen sollen. Mein Mann und ich sagen, wir sollten uns alle weigern, Steuern zu bezahlen. Dann können sie tun, was sie wollen!«

»Aber sie sind doch eure Freunde, die sogenannten Missionare. Pah! Die sogenannten Gottesmenschen!« höhnte Madam Okeke und kaute wie wild auf etwas herum. Sie war eine sehr bittere Frau, die sich ihr *Lappa* immer so fest um die Hüften band, als wäre sie zu jeder Zeit des Tages bereit, in den Krieg zu ziehen. Man sah, wie ihre Stirn nervös zuckte, als sie Ma Palagada in der Weise angriff. Mit wütendem Blick schaute sie sich um, registrierte alles in Ma Palagadas Stand und drückte damit beredt, doch ohne Worte aus: *Du schmeichelst dich bei den Weißen in unserer Mitte ein, wie sonst wäre es dir gelungen, solchen Reichtum anzuhäufen?*

Ohne Madam Okeke eines Blickes zu würdigen, spürte Ma Palagada, welche Gedanken sie und all die anderen Leute hegten. Die Geschäfte waren heutzutage nicht mehr so gewinnbringend wie früher in der Zeit des legitimen Sklavenhandels. Heute mußten sich die Menschen am Niger auf den Handel mit Palmkernen und mit Stoffen, hauptsächlich Baumwollstoffen aus Lancashire in England, verlassen. Diese neue Art des Handels erforderte große Kapitalinvestitionen und nicht allein physische Kraft. Wenn sich die Leute nur lange genug zurückerinnerten, wäre ihnen klar, daß Ma mit sehr guten Ressourcen angefangen hatte und ihr gegenwärtiger Wohlstand keineswegs auf der bloßen Tatsache beruhte, daß sie manchmal abends in das Haus der Simpsons ging, um mit ihnen Tee zu trinken. Und wenn sie sich die Mühe machen und ein wenig nachforschen würden, fänden sie bald genug heraus, daß Pa Palagada, obwohl er gelegentlich noch immer – wie es die Kirche den Ehe-

männern empfohlen hatte – am Abend mit seiner Frau spazie-
renging, ihr, genau genommen, nicht unbedingt treu war oder
sie gar liebte. Doch das Gedächtnis der Menschen war kurz,
und wenn sie nicht sehen wollten, dann waren ihre Augen mit
Blindheit geschlagen.

Sie erinnerte sich an ein Sprichwort der Leute von Ibuza,
wo ihre Mutter zu Hause gewesen war, in dem es heißt:
»Kochst du Essen für viele, essen sie alles auf und wollen noch
mehr, doch sollten die Vielen beschließen, Essen für dich, einen
einzelnen Menschen, zu kochen, kannst du es niemals aufessen.« Sie mußte sich auf einen Kompromiß einlassen, um sich
selbst und ihre Familie zu retten, und auch weil sie auf ihre Gesundheit achten mußte, die ihr immer noch Schwierigkeiten
bereitete.

»Also gut«, sagte sie einlenkend und beeilte sich, ihnen zu-
zustimmen, »wenn ihr bereit seid, bin ich es auch. Ich werde
keine Steuern bezahlen, das ist auf alle Fälle klar. Wenn sie
sehen, wie entschlossen wir sind, achten sie vielleicht, was bei
uns üblich ist: daß nämlich nur unsere Männer ihre Kopfsteuer
bezahlen, weil wir deren Eigentum sind.«

»E-hem, du hast gut gesprochen. Wenn wir ihnen jetzt nicht
Einhalt gebieten, dauert es nicht mehr lange, bis sie uns auffordern, wir müßten auch noch für die Babies in unserem Bauch
bezahlen«, sagte Ma Mee, um die Diskussion zu Ende zu bringen. Dann schaute sie Ma Palagada aufmerksam an und sagte
mit leiser, seidenglatter Stimme, aus der ein wenig Mitleid herauszuhören war: »Du bist noch nicht wieder ganz gesund, liebe
Freundin. Paß gut auf dich auf. Du weißt doch – vieles hängt
von dir ab!«

Ma Palagada lächelte traurig. »Wenn ich den Sandfloh von
meinem Körper verjage, will ich dann, daß er jemanden beißt?
Meine Töchter vielleicht? Meinen Sohn? Nein, es ist besser, er
beißt mich!«

Die anderen Frauen kehrten sehr nachdenklich zu ihren
Ständen zurück. Warum hatte Ma Palagada, die als große

Kämpferin bekannt war, so schnell nachgegeben? Viele mutmaßten, daß sie es nur getan hatte, um ihren Besitz und ihre Geschäfte zu schützen, denn nur wenige Händler auf dem Markt unterschätzten die Gewalt einer wütenden Menschenmenge.

Das war alles, was die Mädchen von dieser ganzen Angelegenheit wußten, obwohl die meisten der darauffolgenden Tage von heimlicher Geschäftigkeit erfüllt waren. Auch begannen Pa und Ma sich offen zu streiten, und Ma verlor dabei unweigerlich die Geduld und geriet in Zorn. Die ganze Arbeit, sich um Ma und ihre Angelegenheiten zu kümmern und ihr dabei sehr nahe zu kommen, fiel nun mehr und mehr Ojebeta zu. An vielen Abenden zog es Ma vor, ihr Abendessen in ihrem Schlafzimmer einzunehmen, und Ojebeta mußte sie dabei bedienen.

An einem solchen Abend sagte Ma einmal ganz unvermittelt zu ihr: »Du bist gewachsen, Ojebeta, und du paßt in dieses Haus. Dein Vater würde sich darüber freuen.«

»Danke, Madam«, antwortete Ojebeta und knickste, wie sie es bei Mrs. Simpson gelernt hatte.

»Ich möchte gern, daß du irgendwann einmal deine Familie besuchst – nachdem du dich bei Clifford ganz eingelebt hast. Und, Ojebeta, ich möchte dich daran erinnern, daß Bienen, die stechen, uns süßen Honig schenken. Deshalb versuche, deinem Bruder zu verzeihen. Nun, da du die Frau meines Sohnes werden wirst, bitte ich dich, gib ihm deine Fürsorge. Alles wäre nie so gekommen, wenn dein Bruder Okolie dich nicht an mich verkauft hätte. Und an dem Tag, an dem du meinen Sohn Clifford heiratest, wirst du aufhören, in diesem Hause Sklavin zu sein.«

»Ja, Madam«, war ihre Antwort und noch ein Knicks. Was sollte sie auch dazu sagen? Sie wußte, daß dies ein Glücksfall für sie war, und es wäre undankbar gewesen, hätte sie andere Wünsche zum Ausdruck gebracht. Gott sei Dank würde sie die Erlaubnis erhalten, ihre Familie wiederzusehen, das war etwas, worauf sie sich freuen konnte.

Auf dem Weg aus Mas Zimmer stieß sie fast mit Clifford zusammen. Sie grüßte ihn mit dem Willkommensgruß in Igbo: »*Nnua*« und ging schnell weiter.

Er blieb stehen und schaute ihr lange nach. Den Unterschied in ihrem Benehmen bemerkte er wohl.

»Ojebeta ist eine richtige kleine Miss geworden«, war sein Kommentar seiner Mutter gegenüber. »Ich glaube, es steht ihr gut an.«

»Sie ist ein sehr nettes Mädchen, sehr bescheiden. Und sie ist eine Cousine von dir – aber niemand aus ihrer Familie wird etwas dagegen einwenden, denn sie haben sich seit Jahren nicht mehr ums sie gekümmert. Hast du schon mit ihr geredet, um sie ein bißchen besser kennenzulernen?«

Clifford schüttelte verneinend den Kopf.

»Dann mußt du das sehr bald tun, wann immer du sie allein antriffst. Es gibt dem Selbstvertrauen einer Frau Auftrieb, wenn sie das Gefühl hat, daß bei der Entscheidung über ihre Zukunft ihr Einverständnis gesucht wird.«

»Ich weiß das, Mutter, aber wann hat sie jemals Zeit? Sie arbeitet ja immer nur.«

»Arbeit ist gut für sie; trotzdem brauchen wir mehr Bedienstete für dieses Haus. Wenn es mir wieder ganz gut geht, muß ich nach Aba gehen und sehen, ob ich ein paar gute Mädchen finde.«

»Man findet heutzutage bei den Efik keine kleinen, unerwünschten und ausgesetzten Mädchen mehr«, bemerkte Clifford. »Eine Missionarin – Mary Slessor heißt sie – hat eigenhändig viele der Kinder gerettet. Und die Frauen lernen jetzt auch, daß Zwillinge einer Familie nicht unbedingt Unglück bringen.«

»Ich möchte gar kein so kleines Kind. Ich bin jetzt zu alt, um die Kinder selbst großzuziehen. Ich möchte ein Mädchen, das wenigstens zehn Jahre alt ist und arbeiten kann. Eine Dienerin, keine Sklavin.«

»Dir geht es doch wieder ganz gut, Mutter, oder nicht?« fragte Clifford betroffen.

»Ja, es ist alles in Ordnung. Warum fragst du?«

»Nur so – du sahst eben sehr müde aus. Du solltest nicht zu der Protestdemonstration gehen, die du mit den anderen Frauen organisiert hast.«

»Ich verstehe, was du meinst. Nein, ich gehe nicht hin – nicht nur, weil ich nicht gutheißen kann, daß man sich mit Prügeln und Messern bewaffnet, sondern weil ich bei dem vielen Lärm immer starke Kopfschmerzen bekomme.«

Am Tag des Aba-Aufstandes, als sich die Marktfrauen gegen ihre Besteuerung auflehnten, lag Ma Palagada sehr krank in ihrem Zimmer. Diesmal schien die Hoffnung gering, daß sie mit dem Leben davonkäme.

12

Atem der Freiheit

Ma Palagadas zweite Krankheit griff sehr schnell um sich und zögerte nicht, es zum Schlimmsten kommen zu lassen. Mas rasende Kopfschmerzen wurden so unerträglich, daß sie stundenlang weinte. Dann erlöste sie die Natur von ihren Qualen und ließ sie in eine Art Koma fallen. Sie versäumte nur noch einen Markttag. Am Sonnabend darauf war Ojebeta bei ihr im Zimmer, räumte auf und erkundigte sich, ob Ma etwas brauche.

»Ogbanje Ojebeta!« rief Ma ganz leise.

Ojebeta erschrak, denn seit langer Zeit hatte sie niemand mehr bei ihrem vollen Namen gerufen.

»Du mußt bei meinem Sohn bleiben. Männer sind nicht so klug, wie sie aussehen. Sie brauchen immer jemanden, eine Frau, die für sie kocht. Kümmere dich um ihn – an meiner Stelle.«

»Ja, Madam. Aber Sie werden doch hier sein bei uns. Ich meine, Sie werden bei uns bleiben, bis ich eine erwachsene Frau bin.«

»Ich gehe auf eine lange Reise.«

Unerwartet betrat Clifford das Zimmer. Er schaute besorgt aus, doch sein Gesicht erhellte sich ein wenig, als er Ojebeta nahe am Bett seiner Mutter erblickte.

»Ich habe eben deiner Mädchenfrau gesagt, daß ihr gut füreinander sorgen sollt.«

»Mutter, sprich doch nicht so! Ich mag das nicht. Du machst Ojebeta nur Angst. Nach diesen schrecklichen Aufständen werden wir die Geschäfte auf dem Markt übernehmen, und du wirst dich ausruhen und mußt nicht mehr überall dabeisein.

Du mußt uns mit unseren Kindern helfen. Deshalb darfst du nicht solche Dinge sagen!«

Unabsichtlich kam Clifford näher und berührte Ojebeta. Er legte den Arm um sie, daß Angst, aber auch Erregung sie ergriffen. Sie konnte ihre Gefühle nicht deuten, obwohl etwas in ihr sie wissen ließ, daß Ma nicht mehr lange bei ihnen bliebe. Ojebeta löste sich von Clifford, schlug die Hände vor das Gesicht und weinte – ein Luxus, für den ihr bei ihrem üblichen anstrengenden Leben als Sklavin wenig Zeit blieb, und darüber hinaus hatten sie die Schläge, die Demütigungen und die Entmenschlichung, die sie in diesem Haushalt erfahren hatte, gelehrt, sich dergleichen nie zu erlauben. Selbst das für Ma Palagada charakteristische Wohlwollen den Mädchen gegenüber hatte es nie vermocht, die Auswirkungen der strengen Strafen zu kompensieren, die ihr Mann und ihre Töchter auszuteilen pflegten. Doch nun, zum ersten Mal seit neun Jahren, hatte Ojebeta das Gefühl, daß sie als Mensch behandelt wurde, und sie entdeckte, daß sie auch wie ein Mensch empfand und nicht wie eine verhärtete Sklavin, die emotionslos zuschaute, wie ihre Herrin starb.

»Es wird alles gut werden«, hörte sie Clifford ihr ins Ohr sagen. »Sie hat sich von ihrer ersten Krankheit noch nicht ganz erholt, deshalb ist alles so schlimm. Du wirst sehen, es geht ihr bald besser. Nicht wahr, Mutter?«

»Ja, bestimmt.«

Dann wurden draußen Stimmen laut, die ankündigten, daß Mas Tochter wieder einmal das Haus heimsuchte, und inmitten aller Willkommensgrüße hörte man unablässig die Kirchenglocken läuten.

»Was ist in der Kirche los?« fragte Ma.

»Ich weiß es nicht. Vielleicht werden besondere Gebete für dich gesprochen oder wegen des Aufstands, den unsere Leute angezettelt haben. Obwohl die Mission davon vermutlich nichts weiß. Sie haben ja nichts damit zu tun…« fügte Clifford noch leise hinzu, als frage er sich, ob das wirklich der Fall sei.

»Ich werde morgen in die Kirche gehen. Ich muß hin und will Gott bitten, die Herzen der Menschen zu ändern. Ojebeta, du mußt mir mein weißsamtenes Weihnachtskleid richten. Geh, Mädchen, beeil dich, daß du noch Sonne hast für deine Arbeit, ehe sie untergeht.«

Blind vor Tränen verließ Ojebeta das Zimmer, um das Kleid zu holen, wie Ma sie angewiesen hatte.

An jenem Sonntag ging Ma Palagada, wie sie es sich vorgenommen hatte, zur Kirche, doch nicht zu Fuß – sie wurde in einem Sarg hingetragen, der über und über mit unzähligen Tropenblumen geschmückt war. Noch nicht erblühte Pride-of-Barbados mit ihren zarten Blättern waren geschickt mit leuchtend roten Seerosen und ihren exotischen Blättern zusammengebunden, und Tausende von Hibiskusblüten hatte man auf die süßduftenden Blätter der Lantanapflanze geheftet oder gesteckt.

Für den Augenblick schien Mas Tod die Menschen ihre irdischen Sorgen vergessen zu lassen, so daß sie innehielten und sich in Erinnerung riefen, daß wir schließlich alle nur für eine kurze Zeit auf dieser Erde weilen.

Für die unschuldigen Mädchen jedoch, die Ma Palagada aus ihren verschiedenen Heimatorten hergebracht und ihnen in all den Jahren Unterkunft und ein Zuhause gegeben hatte, war der Kummer größer, als sie ertragen konnten.

Die Frage »Was wird nun unser Schicksal sein?« hing drohend über ihnen und sprach aus der trostlosen Leere ihrer Gesichter. Ijeoma weinte stille Tränen, als die vielen hundert Trauergäste, die gekommen waren, um Ma ein letztes Lebewohl zu sagen, sie herumkommandierten, dies und jenes zu tun, dies und das zu holen, das eine und andere zu waschen. Auch Nwayinuzo hatte soviel zu tun, daß ihr schwindelte.

Als es schließlich späte Nacht geworden war und nur noch wenige Stunden zum Schlafen verblieben, waren die Mädchen zu erschöpft und zu verängstigt, als daß sie sich über irgendwelche Pläne oder Absichten hätten Gedanken machen können. Die kleine Amanna sagte sehnsüchtig: »Ich wünschte, ich hätte einen Vater, der jetzt käme und mich zurückholte, jetzt, wo unsere liebe Ma nicht mehr da ist.«

»Das wünschten wir alle«, sagte Nwayinuzo in die Dunkelheit hinein. »Jetzt hängt alles von Pa ab und davon, was er von uns hält. O Gott, hilf uns!« schluchzte sie in ihr Nacht-*Lappa*.

»Ojebeta, bei dir ist ja alles klar oder nicht? Du gehst doch zu Miss Victoria?« erkundigte sich Ijeoma.

»Ich wünschte, ich hätte Gewißheit, wie alles werden wird. Ich kann es euch noch nicht sagen, weil ich es selbst nicht weiß.«

»Ma hat immer Gutes mit dir vorgehabt, weil ihre Eltern auch aus Ibuza stammten, oder nicht? Zumindest kennst du deine Familie.«

»Ja, ich weiß. Doch wie oft habt ihr hier jemanden von meinen Leuten gesehen, der nach mir gefragt hätte? Angenommen, ich muß dorthin zurück und es stellt sich heraus, daß mich niemand mehr will? Was wird dann aus mir? Soll ich hierher zurückkommen, in das einzige Zuhause, das ich in all den Jahren hatte?«

»Hm«, seufzte Nwayinuzo, »es ist alles so traurig. Ohne Ma Palagada ist hier alles anders geworden. Es ist das Ende einer langen Geschichte. Ab morgen beginnt das erste Kapitel einer neuen Geschichte. Vielleicht kommen wir darin vor, es kann aber auch sein, daß wir wie Fußläuse ausgerissen und weggeworfen werden. Besser, wir schlafen jetzt, damit wir zumindest genug Energie für die neue Ordnung haben.«

Sie hörten Amanna weinen und beneideten sie darum. Wenigstens sie konnte Erleichterung von dem tiefen Schmerz in ihrem jungen Herzen finden, indem sie den Tränen freien Lauf ließ. Die anderen vermochten das nicht.

Die von Nwayinuzo vorhergesagte neue Ordnung begann tatsächlich gleich am nächsten Tag. Von überallher aus Otu und den kleinen Städten und Dörfern der näheren Umgebung strömten weitere Trauergäste herbei. Miss Victorias Verwandte waren aus Bonny angereist. Elizabeth, Mas andere Tochter, verheiratet mit einem reichen Rechtsanwalt, einem Yoruba, war mit ihrem Mann gekommen. Er war sehr dick, hatte einen riesigen Bauch und seltsame Clanzeichen im Gesicht. Er trug nur traditionelle Kleidung und aß sehr viel. Tagelang war das Haus zum Bersten voll.

Die allergrößte Überraschung aber ergab sich gleich am Vormittag, als das Kochen und Essen und Singen der Kirchenlieder noch voll im Gange war. Ojebeta war zu Pa geeilt, der mit wütender Stimme nach ihr rief, und als sie sein Zimmer betrat, wen erblickte sie da? Niemand anders als Chiago, die einen kleinen Jungen auf dem Schoß hielt. Ojebeta war sprachlos. Sie blieb an der Tür stehen, als wäre sie zu Stein erstarrt. Chiago sah ihr Erstaunen und lächelte.

»Ojebeta, geht es dir gut? Und wie geht es den anderen? Ich komme bald und sage euch guten Tag. Wir sind eben angekommen, und mein Baby braucht ein wenig Wasser. Komm rein!«

»Willkommen«, stammelte Ojebeta und wollte weglaufen, denn der Blick, mit dem Pa sie anschaute, verhieß nichts Gutes. »Willkommen!«

»Beeil dich und hol dem Kind Wasser. Danach hilfst du ihnen auspacken!«

Innerhalb kürzester Zeit hatten alle im Haus begriffen, daß Chiago die neue Herrin war. Für eine geraume Zeit nach Mas Beerdigung gelang es Pa Palagada zwar noch, in allem den Anschein zu erwecken, als sei Chiago einfach zurückgekommen, um wie früher im Haushalt zu arbeiten, und letzteres schien auch der Fall zu sein. Die Täuschung war geschickt eingefädelt, so daß viele Leute Chiago nach wie vor als Sklavin ansahen und sie entsprechend behandelten, eine Sklavin, der das Mißgeschick widerfahren war, ein Baby zu bekommen. Aber natürlich wurde gefragt: »Wessen Kind ist es?«

Jene, die in das kleine Drama eingeweiht waren, schwiegen. Pa Palagada war immer unnahbarer geworden. Ma Palagadas Töchter erhoben Ansprüche auf den Besitz ihrer Mutter, aber ihnen wurde klargemacht, daß sie sich von dem Schmuck ihrer Mutter etwas aussuchen und auch einige der Bediensteten übernehmen könnten, Mas Ländereien und Geschäft jedoch ausschließlich Angelegenheit der Männer wären, mit denen sie ihr Leben geteilt hatte.

»Hat es je habgierigere Töchter gegeben? Sie trauern nicht einmal um ihre tote Mutter, alles, was sie im Sinn haben, ist ihr Besitz.« Das hatte Pa unter den Leuten verbreitet.

Chiago half bei der Führung des Haushalts und wußte von früher her genau, wo alles zu finden war und wo die Leute arbeiteten. Sie wußte so genau Bescheid, daß die Töchter, als sie am Abend vor ihrer Abreise Mas Schmuck, ihre Goldsachen und Samtroben durchsehen wollten, kaum etwas von Wert vorfanden. Victoria beschuldigte Pa, sie ihrer Rechte zu berauben, doch er leugnete jedwedes Wissen um den Verbleib der Wertsachen ihrer Mutter. Elizabeth, deren Mann Rechtsanwalt war, drohte, den Fall vor Gericht zu bringen. Tobender Lärm und Streit folgten, so beunruhigend und würdelos, daß die gesamte Dienerschaft drauf und dran war, das Weite zu suchen.

Auch Ojebeta dachte ernsthaft darüber nach, ob sie nicht fortlaufen sollte. Wenn ihr Leben in Zukunft in einem solchen Rahmen verliefe, dann wollte sie lieber gehen und diese habgierigen Menschen verlassen. Die häufige Abwesenheit Cliffords seit Mas Tod verwirrte sie und verletzte sie auch. Mied er sie und fand er es jetzt nicht mehr passend, sich mit ihr abzugeben? Oder nahmen ihn die Handelsgeschäfte so in Anspruch?

Sie saß hinten im Hof bei den anderen, als sie Miss Victoria eilig auf sich zukommen sah.

»Ojebeta, Ojebeta! Wo ist dieses dumme Mädchen? Ojebeta, komm sofort hierher! Du mußt dich fertigmachen. Wir nehmen morgen früh die erste Fähre nach Bonny. Ich will dieses Haus so schnell wie möglich verlassen. Hast du gehört?«

»Ja, Madam.« In einer Bewegung stand Ojebeta auf und knickste höflich.

Miss Victoria zögerte einen Augenblick, sich fragend, wer

dem Mädchen das gute Benehmen beigebracht hatte. Wäre sie nicht so wütend gewesen, hätte sie sich danach erkundigt. Doch wie die Dinge jetzt standen, sagte sie nichts. Das Mädchen mußte mit ihr kommen. Sie war sehr fleißig und konnte Victoria helfen, ein Geschäft wie das ihrer Mutter aufzubauen. Sie ging wieder weg, und die Mädchen begannen sofort lebhaft miteinander zu reden.

»Oh, Ojebeta, dies ist also der letzte Abend, den wir miteinander verbringen. Weine bitte nicht. Der liebe Gott, der dir hier geholfen hat, wird dir auch in ihrem Haus beistehen. Ihre Kinder sind doch so hübsch.«

Sie gaben sich große Mühe, ihr alles leichter zu machen, und sie verstand das. Doch in Wirklichkeit ging ihr das Mitgefühl der anderen zum einen Ohr hinein und zum anderen wieder hinaus. Wo blieb Clifford bei all diesen übereilten Entscheidungen? fragte sie sich unablässig.

Sie dachte an das, was Ma Palagada am Tag vor ihrem Tode zu ihr gesagt hatte: daß nämlich die meisten Männer sich nicht selbst versorgen könnten, geschweige denn jene, die in ihrer Obhut waren. Sollte sie ihn aufsuchen und ihn fragen, wozu er sich entschlossen habe, oder lieber nicht? Victoria wußte offensichtlich nichts von den Plänen, die Ma für Ojebeta gemacht hatte. Doch wenn es Clifford wirklich ernst wäre, hätte er sich dann nicht um sie gekümmert? Auch wenn Ma sie gekauft oder für sie bezahlt hatte – wie immer man die Transaktion interpretieren wollte, die an jenem Tag vor langer Zeit zwischen ihrem Bruder und Ma Palagada auf dem Otu-Markt getätigt worden war –, so war sie trotzdem ein Mensch mit Gefühlen wie andere auch. Nein, sie kehrte lieber zu ihren eigenen Leuten zurück, trotz der Zweifel, die sie gehabt hatte. Sie verspräche der Familie hier, daß, sollte sie jemals heiraten oder jemand anderem gehören, der Betreffende den Palagadas die Summe zurückerstatten würde, die Okolie damals von Ma für sie erhalten hatte. Am Morgen würde sie das ihren Besitzern sagen, dann die wenigen Dinge, die ihr Eigentum darstellten, zusammenpacken und, nachdem sie sich von allen verabschiedet hatte, das Haus endgültig verlassen.

Nachdem sie zu diesem Entschluß gekommen war, ging Ojebeta zu ihrem weißen Korb mit dem Überwurf, den Ma ihr und den anderen Mädchen gekauft hatte. Sie erinnerte sich an das Glücksgefühl jenes Tages und wie sie sich, mehr als die anderen, darüber gefreut hatte, daß sie nun ihren eigenen, ganz besonderen Platz hatte, um ihre Kleider aufzubewahren. Seitdem hatte Ojebeta einige wenige Dinge bekommen, die ihr Eigentum waren – die erste Bluse, die sie genäht hatte, ihr eigenes Tischtuch, auf das sie das Bild eines Fisches gestickt hatte, ihre beiden *Lappas* und die dazugehörigen Blusen und natürlich ihr wertvollster Besitz, die echtsilbernen Ohrringe und eine dazu passende Kette, die Ma ihr erst kürzlich geschenkt hatte. Dann war da noch ein Baumwollkleid mit einem Muster von grünen Blättern, am Hals und an den Ärmeln weiß eingefaßt. An ihrem ersten Sonntag in Ibuza würde sie dieses Kleid tragen, das hatte sie sich fest vorgenommen. Dann sah sie ihre Amulette.

Sie konnte sich nicht mehr erinnern, ob in ihrem Heimatdorf eine Kirche gestanden hatte. Jetzt gab es so viele Kirchen in Otu, und der Kirchgang war so sehr ein Teil ihres Lebens geworden, daß sie sich kein Dorf, wie abgelegen es auch sein mochte, ohne einen Ort für den Gottesdienst vorstellen konnte. Und daher schmerzte sie nun beim Gedanken daran, Otu Onitsha zu verlassen, am meisten, daß sie eben erst angefangen hatte, den Taufunterricht zu besuchen. Sie hoffte, sie hatte zu Hause in Ibuza Gelegenheit, den Unterricht fortzusetzen.

Danach schlummerte Ojebeta zur großen Überraschung ihrer Leidensgenossinnen friedlich ein.

Am nächsten Morgen ging sie wie immer mit den anderen an den Fluß, badete und holte Wasser für die Küche. Die übrigen Mädchen bemerkten wohl ihre gelassene Stimmung, stellten aber keine Fragen, denn sie selbst wußten ja auch nicht, was ihnen widerführe. Als sie zum Haus zurückkehrten, rief Ojebeta leise nach Amanna.

»Hast du noch meinen Anteil von dem Geld, das wir fürs Tanzen beim Erntedankfest erhalten haben?« fragte sie.

»Ja, ich habe es am gleichen Ort wie die Bambusstöcke vergraben.« Sie hatten es sich zur Gewohnheit gemacht, jene Stöcke verschwinden zu lassen, die ihnen die meisten Schmerzen zufügten. Pa vermißte nie einen, denn immer wenn er die Dörfer im Flußdelta besuchte, brachte er unweigerlich frisch geschnittene Stöcke mit. Und da die Mädchen wußten, wie schwierig es ist, jungen, grünen Bambus zu verbrennen, zogen sie es vor, die Stöcke zu vergraben.

»Du willst also deinen Anteil haben?« fragte Amanna leise, mit zitternder Stimme.

Ojebeta nickte. Nach einer Pause erklärte sie: »Ich möchte zu meiner Familie zurückgehen.«

Amanna schaute weg, als wolle sie ihr Gesicht verstecken. Sie würde Ojebeta sehr vermissen, aber wenn sie zu ihrer Familie gehen konnte, dann wäre es für sie das beste. Und das sagte sie ihr auch: »Wenn deine Leute dich wirklich nicht haben wollen, kannst du immer hierher zurückkommen, und vielleicht erlaubt man dir, für Lohn zu arbeiten, bis du soviel verdient hast, daß du alles Geld zurückzahlen kannst, das dein Bruder von Ma bekommen hat. Denn du kennst ja den Fluch, der auf jedem gekauften Sklaven liegt: Du wirst niemals frei sein, ehe du nicht zurückgezahlt hast, was für dich bezahlt worden ist, oder ehe die Person, die dich einst gekauft hat, dich freiläßt.«

»Ich weiß. Deshalb laufe ich auch nicht heimlich weg. Ich werde allen im Großen Haus Bescheid sagen und ihnen versprechen, daß ich sie eines Tages bezahlen werde. Mein Brautpreis wird dafür genügen, denn mein Bruder sagte Ma, sie solle mich freilassen, sobald mein zukünftiger Ehemann ihr mit meinen Brautpreis das Geld zurückerstattet«

Amanna riß die Augen auf und schlug vor Erstaunen die Hand vor den Mund. »Du willst sie davon in Kenntnis setzen, daß du gehst? Sie werden dich nicht gehen lassen!«

»Erinnerst du dich an das Gleichnis von Jesus, daß ein Haus, das in sich zerstritten ist, keinen Bestand hat? Nun, dieses Haus ist in sich zerstritten. Ma wollte nie, daß ich zu Victoria gehe, aber Victoria will jemanden, den sie ganz besitzen kann – mit Leib und Seele –, eine Sklavin für alle Zeiten. Pa tut alles, um Victoria zu verletzen, denn sie ist nicht seine Tochter. Und Clifford ist nicht so...«, sie hielt inne und suchte nach dem passenden Wort, »verläßlich, wie Ma gewesen ist. Deshalb meine ich, jetzt ist der richtige Augenblick für mich gekommen, bevor mich sonst jemand erbt.«

»Das ist sehr klug von dir. Gott wird dir helfen, das weiß ich«, sagte Amanna abschließend und schlüpfte aus dem Zimmer, um zu dem Lantanabusch im Hinterhof zu gehen, wo seit Monaten Ojebetas Anteil am Tanzgeld vergraben lag. Nicht nur das Tanzgeld, die kleinsten Beträge, die ihnen unter die Finger gekommen waren, hatten sie in diesem gemeinsamen Fonds beisammengehalten. Nach einem kräftigen Frühstück hatten sie oft ihr Geld, das sie für das Mittagessen erhielten, gespart, nicht unbedingt, weil sie nicht hungrig gewesen wären, sondern weil *Agidi-Accra*, obwohl für jene, die nur gelegentlich den Markt besuchten, eine Delikatesse, fade wurde, wenn man es zu oft aß. Sie vergruben also ihr Geld, einmal, damit es nicht gefunden wurde, und zum anderen hatten sie, wenn sie es so machten, die Gewißheit, daß keine die andere verpetzen konnte.

Amanna freute sich, als sie sah, daß Ojebetas Anteil in zehn englischen Shilling und zweieinhalb Pence bestand. Sie fragte sich, was mit Chiagos Anteil geschehen sollte, da sie damals fortgegangen war, ohne ihnen etwas davon zu sagen, und jetzt eine sehr geschätzte Dienerin mit einem eigenen Kind war. Amanna wünschte, sie könnte mit den anderen sprechen, ehe Ojebeta ging.

»He, du da! Ojebeta!« Miss Victoria stand rufend auf der rückwärtigen Veranda. »Beeil dich, wir müssen die frühe Fähre erwischen. Ojebeta! Ojebeta! Mein Gott, wo ist bloß das Mädchen!«

Ojebeta kam aus der Küche, wo sie mit Chiago gesprochen hatte, die ihren Plan, nach Hause zu gehen, gut hieß. Chiago hatte ihr auch erklärt, daß das Geschäftsimperium, das Ma aufgebaut hatte, zu groß war, als daß jene, die sie hinterlassen hatte, es erfolgreich weiterführen könnten. Die anderen Marktfrauen hatten ihr den Erfolg geneidet, sagten, sie sei zu freundschaftlich mit den Weißen umgegangen, ihr Sohn Clifford habe nicht genügend akademische Bildung und ihre Töchter wären habgierige, verwöhnte Frauen. Wenn Ojebeta merkte, daß Chiago kein kritisches Wort über Pa Palagada verlor, so hatte sie keinerlei Anlaß, darauf einzugehen. Und nun, da der Zeitpunkt gekommen war, wo sie Miss Victoria ihren Entschluß mitteilen mußte, schlug ihr Herz zum Zerspringen.

Als Miss Victoria sie ohne ihren Kleiderkorb kommen sah, schrie sie: »Hol sofort deinen Kleiderkorb, Mädchen! Meine Mutter hat dir doch einen gekauft! Los, geh und hol ihn, verschwende nicht meine Zeit!«

Ihr Ton war so arrogant und so befehlend, daß Ojebeta sich wie in Trance in ihr Zimmer begab und den Korb holte. Amanna war nicht mehr da, denn die Mädchen gingen ihren verschiedenen morgendlichen Pflichten nach. Ojebeta nahm den Korb, setzte ihn auf den Kopf und schritt über den Hof hinüber zum Großen Haus. Aber sie ging nicht in Miss Victorias Zimmer. Sie ging in den Teil des Hauses, in dem sich Pa Palagadas Räume befanden, und war nicht überrascht, Chiago dort vorzufinden, die ihr Baby auf der einen Hüfte festhielt und mit der anderen freien Hand Pas schmutzige Kleider aufhob.

Ojebeta holte tief Luft, dann sprach sie. »Pa Palagada, ich möchte gern zu meiner Familie zurückkehren, nun, da Ma nicht mehr lebt. Ich danke Ihnen beiden, daß Sie bis jetzt so gut für mich gesorgt haben. Ich möchte nicht mit Miss Victoria nach Bonny gehen. Ich kenne ja nicht einmal die Sprache von Bonny.« Ihre Stimme versagte fast, sie war den Tränen nahe.

Pa schaute sie lange und eindringlich an. Ojebeta hatte erwartet, er würde sie anschreien, wie er das zu Mas Lebzeiten immer getan hatte, aber seine Persönlichkeit schien sich gewandelt zu haben. Er war jetzt ruhiger, menschlicher, machte den Eindruck eines zufriedenen Menschen, der nicht wünschte, daß sein Frieden gestört würde. Er hatte Abrechnungen gemacht, hörte nun aber damit auf und fragte: »Bist du dir sicher, daß es in deiner Stadt Menschen gibt, die sich um dich kümmern?«

Ojebeta hielt den Atem an, um nicht die Besinnung zu verlieren. Eine solche Antwort hatte sie niemals erwartet. Chiago warf ihr einen verschwörerischen Blick zu, als wollte sie sie ermutigen, weiterzureden. Es war ein kostbarer Augenblick.

Sie nickte heftig. Ja, ihre Familie würde für sie sorgen.

»Dann gibt es nichts Weiteres dazu zu sagen. Wenn du einen deiner Leute dort heiratest, dann trage dafür Sorge, daß sie Mas Geld ihrem Sohn Clifford zurückgeben, denn ich glaube, sie wollte dich für ihn. Ich habe aber nicht den Eindruck, daß Clifford weiß, was er will.«

»Sir, darf ich etwas sagen? Nun, Ojebeta wird nicht gerade im Himmel dort leben. Wenn Clifford sie heiraten will, kann er zu ihren Leuten gehen und alles arrangieren. Sie ist ja nur in Ibuza, er kann leicht an einem Tag dorthin gehen und abends zurückkehren. Oder würdest du lieber auf ihn warten, Ojebeta, bis er nach Hause kommt? Er ist nach Aba gegangen, um dort während der Aufstände Mas Interessen zu vertreten.«

»Nein, Chiago, ich will heute gehen. Wenn Master Clifford wissen möchte, wo ich bin, kann er nach Ibuza kommen.« Sie wußte, daß sie sich beeilen mußte, ehe Miss Victoria zum Mittel der Gewalt griff, um sie zu bekommen.

»Du wirst Geld brauchen für die Fähre und damit du dir etwas zu essen kaufen kannst. Außerdem brauchst du Geschenke für deine Leute. Hier, nimm das«, sagte Pa und gab ihr zwei von den Münzen, die in jenen Tagen Dollars genannt wurden. Und so bekam Ojebeta die beträchtliche Summe von vier Shilling geschenkt.

Sie dankte Pa und verließ schnell das Zimmer. Sie trug ihren Korb und wollte in den Hinterhof gehen und sich von ihren Freundinnen verabschieden. Doch sie lief geradewegs Miss Victoria in die Arme, die diesmal wirklich außer sich geriet vor Wut.

»Wie kannst du es nur wagen, mich warten zu lassen? Weißt du denn nicht, daß wir die Fähre verpassen werden?« Sie hob die rechte Hand, um wie üblich zuzuschlagen, doch Ojebeta benutzte ihren Kleiderkorb als Schutz.

»Ich gehe nicht mit Ihnen nach Bonny«, rief sie trotzig. »Ich gehe zu meiner Familie. Ich gehe nach Hause!« Ihr Herz klopfte wie rasend, und ihre Augen waren groß und rund, in ihnen leuchtete die erste Freude der Freiheit. »Ich gehe nach Hause!«

»Das kannst du nicht. Wir haben dich gekauft. Du bekommst die Behandlung, die einer weggelaufenen Sklavin zusteht. Dafür werde ich sorgen. Du mußt mit mir kommen.«

»Nein, Miss Victoria, ich komme nicht mit Ihnen. Ich werde jeden Penny zurückzahlen, den mein Bruder von Ihrer Mutter, die jetzt nicht mehr da ist, geliehen hat, und ich werde Clifford das Geld zurückerstatten. Ihre Mutter wollte mich für Clifford, nicht für Sie. Und Clifford ist jetzt nicht hier, warum sollte ich also mit Ihnen gehen?«

»Und warum solltest du dann zu deinen Leuten gehen, wo Clifford nicht da ist?« gab Miss Victoria zurück und trieb sie in die Enge.

»Ich gehe dorthin, um auf ihn zu warten. Wenn er mich will, wird er mich holen.«

Victoria lachte laut. »Ich muß sagen, ihr Sklavenmädchen habt wirklich Ambitionen. Chiago, die den ganzen Haushalt übernehmen will, und du willst, daß mein Bruder dich heiratet! So sieht das also aus! Nun, laß dir eines gesagt sein, Sklavenmädchen aus Ibuza: Daraus wird niemals etwas! Du bist eine Sklavin! Komm mit mir, dann gebe ich dir in einigen Jahren die Freiheit, ohne daß du einen Penny dafür zahlen mußt.«

Ojebeta wich vor ihr zurück, hatte jedoch nicht den Mut, einer Herrin zu widersprechen. Sie überlegte noch fieberhaft, wie sie am besten wegrennen könnte, als Miss Victoria ihr plötzlich den Kleiderkorb aus der Hand riß.

»Gib mir alles zurück, was meine Mutter dir geschenkt hat, du undankbares Sklavenmädchen!«

Ojebeta sah, wie sie entschlossen in den Kleidern herumwühlte, die sie so liebevoll am Abend zuvor zusammengefaltet hatte. So groß war Victorias Zorn, daß sie die Kleidungsstücke herauszerrte und auf ihnen herumtrampelte, fluchte und schimpfte. Ojebeta stand mitten im Flur und mußte diese Tollheit mit ansehen. Hatte sie jemals einen Zweifel daran gehabt, diesem Haus den Rücken zu kehren, so war dieser jetzt verflogen. Wie konnte eine so freundliche Frau wie Ma Palagada eine derart böse wie diese hier zur Tochter haben?

Es zeigte sich sehr schnell, daß Victoria auf der Suche nach dem Schmuck war, den Ojebeta von Ma erhalten hatte. Sie nahm die Ohrringe, die silbernen Armreifen und die Kette. Ojebetas sorgfältig gehütete Kleidungsstücke ließ sie verstreut und zertreten auf dem Fußboden liegen. Im Weggehen schrie sie sie noch einmal an:»Wenn du den Silberschmuck zurückhaben willst, mußt du nach Bonny kommen!«

Ojebeta wußte, daß der Schmuck wertvoll war und Ma ihn ihr geschenkt hatte, weil sie darauf vertraute, sie würde eines Tages ihren Sohn Clifford heiraten. Hätte Ma gewollt, daß sie auf Dauer Sklavin bliebe, hätte sie ihr den Schmuck nicht geschenkt. Und nun nahm ihn ihre selbstsüchtige Tochter in einem Anfall von Ärger und Enttäuschung aus Rache an sich, weil sie nicht erbte, worauf sie gehofft hatte. Ojebeta tat das sehr leid, denn sie hing an den Schmuckstücken, aber sie wollte lieber frei sein, als ein zweites Mal gekauft werden.

Heiße Tränen der Trauer brannten in ihren Augen, als sie schnell die Kleider zurück in den Korb legte, denn sie wollte jetzt nicht Chiago begegnen, die eben aus Pas Zimmer trat. Über diese letzte Demütigung wollte sie mit niemandem sprechen. Sie konnte sich auch nicht dazu entschließen, sich richtig von ihren Freundinnen im Hinterhof zu verabschieden, und, verwirrt wie sie war, vergaß sie das Geld, das Amanna für sie bereithielt. Amanna merkte, was Ojebeta zu tun beabsichtigte, und lief ihr eilends nach.

»Ojebeta, du darfst nicht weggehen, ohne dich von deinen unglücklichen Freundinnen zu verabschieden! Wir haben gehört, was Miss Victoria sagte und was du beschlossen hast. Ich glaube, du tust genau das richtige. Geh zu deinen Leuten. Selbst wenn sie es sich nur leisten können, dir Pilze aus dem Wald anstatt Fleisch zu geben, dann weißt du wenigstens, es sind Pilze der Freiheit. Hier ist dein Anteil von dem Geld, das wir alle zusammen gespart haben, und Chiago sagte eben, wir könnten ihren Anteil unter uns aufteilen. Ich glaube, sie lebt jetzt für immer hier. Dagegen hätte ich überhaupt nichts einzuwenden!«

»Vielen Dank euch allen, grüßt auch die Männer und dankt ihnen von mir, Jienuaka und den anderen. Ich weiß eigentlich nicht, warum ich weine, aber glaubt mir, ich möchte lieber ein armes Mädchen in Ibuza sein als eine satte Sklavin in diesem Haus ohne Ma. Deshalb sollte ich mich jetzt freuen. Ich hoffe, es findet sich dort eine Arbeit für mich«, sagte sie und wischte sich die Tränen ab.

»Oh, du wirst genug zu tun haben. Deine Leute bringen viele Kanister Palmöl nach Otu zum Verkauf. Mit dem bißchen Geld, das du nun hast, mußt du das Öl nicht selbst pressen, du kannst es denen abkaufen, die zu Hause pressen, dann kommst du her und verkaufst es hier. So ist die Arbeit für dich nicht so schwer, sonst sähst du bald so abgearbeitet und mager aus wie die armen Leute aus Ibuza, die wir mit ihren Lasten von *Akpu* und Öl auf den Märkten in Asaba und Otu antreffen.«

»Ich werde daran denken. Und bitte, dankt Chiago von mir. Wann immer ich nach Otu komme, halte ich nach euch Ausschau.«

Nur einmal noch wandte sich Ojebeta nach dem Haus um, das ihr neun Jahre lang Heimat gewesen war. Sie bedauerte nichts, obwohl Mas Tod sie noch immer schmerzte, als sei sie ihre eigene Mutter gewesen. Das Haus stand da in seiner ganzen Herrlichkeit, mit den roten Fensterläden und dem großen Tor an der Seite. Von vorn waren die Wipfel der vielen Guavenbäume und der Papayabäume hinter dem Haus zu sehen. Schweren Herzens wiederholte sie immer wieder, was Amanna zu ihr gesagt hatte – diese unglückliche junge Frau, die von ihren Eltern ausgesetzt wurde, weil sie ein Zwilling war, dieses arme Geschöpf, das nicht einmal wußte, aus welchem Teil der Provinz Calabar sie stammte:

Geh zu deiner Familie und iß von den Pilzen der Freiheit, wenn sie es sich nicht leisten können, dir Fleisch zu kaufen.

Ja, sie zog es vor, zurück nach Ibuza zu gehen und von den wild wachsenden Pilzen zu essen, anstatt in diesem Haus zu bleiben und Fleisch zu essen in der Sklaverei.

13

Wieder zu Hause

Die Leute von Ibuza, die ihren Lebensunterhalt von dem bestritten, was das Land hergab, waren arm. Aber wenn es darum ging, verloren geglaubte Verwandte wieder aufzunehmen, so gäbe es wohl wenige Nationen dieser Erde, die mit einem herzlichen Willkommen großzügiger sein könnten als die Menschen von Ibuza.

Die Tatsache, daß sie erst sieben Jahre alt gewesen war, als sie ihre Heimat verlassen hatte, würde der Wärme, mit der ihre Landsleute sie empfingen, keinen Abbruch tun, das wußte Ojebeta. Und sie behielt recht. Nachdem sie den Fluß überquert hatte, fragte sie nach den Marktständen der Leute aus Ibuza. Sie waren nicht schwer zu finden, denn dort wurde hauptsächlich Palmöl verkauft und *Akpu*, eine aus eingeweichtem Maniok hergestellte Masse, aus der später Grieß gemacht wurde. Die Clanzeichen in ihrem Gesicht taten ein übriges. Gleich dort auf dem Markt fand sie Dutzende von Verwandten. Frauen aus ihrem eigenen kleinen Weiler Umuisagba kamen herbei und schlossen sie in die Arme. Die einfache Alltagskleidung, die sie trug, war wie Samt und Seide, verglichen mit den Lumpen und verblichenen Stoffen, in die sich diese Frauen bei ihrem Gang zum Markt gekleidet hatten. Ein weiterer großer Unterschied lag in der Art und Weise, wie sie redeten – in Ojebetas Ohren klang ihre Sprache jetzt schroff und laut. Auch ihre Haut, selbst die der jungen Mädchen, schien von der Sonne verbrannt, dunkel und rauh oder ausgetrocknet, als fehle ihr jede Feuchtigkeit. Ihre offenen Herzen jedoch glichen diese kleinen Mängel zur Genüge aus.

Sie kauften und schenkten ihr alles Mögliche zum Essen, und obwohl sie ihnen mehrere Male versicherte, daß sie keinen Hunger habe, wurde sie gedrängt, ungeschälte, im Feuer gebackene Yams zu essen, die in Palmöl getaucht wurden, daß sie tropften. Doch zumindest um der alten Frau willen, die die Yams für sie gekauft hatte, lernte Ojebeta schnell, sie zu mögen. Die Frau hatte sich als die Hauptfrau von Ukabegwu vorgestellt – ihr Gesicht war sehr runzlig, ihre Zähne vom Tabak dunkel gefärbt, und ihr Hals glich einem Reliefbild unzähliger Muskeln und Sehnen. Sie erinnerte Ojebeta daran, was sie für Ojebeta getan hatte, als sie noch ein kleines Kind gewesen war, und mit einem ziemlich unangenehmen, harten Lachen erzählte sie ihr vieles von ihrer Mutter Umeadi.

»Sie hätte sich gefreut, ihre Tochter von *Olu Oyibo* wiederkehren zu sehen – von der Arbeit bei den Weißen. Du wärest ihr Stolz und ihre Freude gewesen mit deiner weichen Haut und deinem so bescheidenen und höflichen Benehmen. Oh, deine Tante wird verrückt vor Freude sein. Oh, wie sie sich freuen werden, wenn sie sehen, daß die *Felenza* wohl schlimm gewütet, aber nicht alle unsere Leute umgebracht hat.« Und so redete sie immer weiter. Dann lachte sie und sagte: »Ogbanje Ojebeta, wo sind deine *Ogbanje*-Amulette geblieben?«

»Ich habe sie bei mir. Sie haben mich begleitet und mich immer an meine Heimat erinnert.«

Und die Hauptfrau von Ukabegwu sagte hocherfreut: »Du bist deinen Freunden aus der anderen Welt entwachsen. Sie werden dir keine Sorgen mehr bereiten. Aber die Amulette solltest du behalten. Dein Vater hat dem Tod ins Auge geschaut, um sie für dich zu beschaffen.«

Sie zeigten keinerlei Bereitschaft, Ojebetas Aufenthalt bei Ma Palagada anders als gut zu heißen. Kam sie doch jetzt mit schönen Kleidern und feinem Benehmen zurück, genau wie die älteren Männer, die fortgegangen waren, um ihr Glück in der Arbeit für die Weißen – *Olu Oyibo* – zu suchen! Nein, nein, auch sie war *Olu Oyibo* nachgegangen, sie hatte nicht einfach nur in Otu Onitsha gelebt, das wäre ein Understatement.

Damals gab es in Ibuza weder Zeitungen noch das Buschradio, aber die Menschen hatten ihre eigenen Mittel und Wege, um Neuigkeiten schnellstens zu verbreiten. Deshalb stellte es keine Überraschung dar für die kleine Gruppe, unterwegs auf dem Heimweg von Asaba, daß ihnen fünf junge Männer und vier Frauen entgegenkamen. Die beiden Gruppen begegneten sich vor einem großen Haus, einer sogenannten Missionsstation, erst kürzlich von Leuten erbaut, die sich zur *Church Missionary Society* bekannten und von einem neuen Gott mit dem Namen Jesu Christi redeten.

Uteh, die älteste Tochter des Obi Okwuekwu, ließ ihre Zunge nicht stillstehen. Sie sang Preislieder auf alle ihre Vorfahren bis hin zu Ogbanje Ojebeta, der Tochter des Okwuekwu Oda. Sie hatte ein Stück *Nzu* – Opferkreide – in der Hand; bei jedem Anwesen, an dem sie vorüberkamen, streute sie etwas davon aus für die Götter und Göttinnen der Hausaltäre, auch legte sie ihnen Kolanußstückchen als Opfergabe hin. Als sie Umuodafe erreichten, ein Dorf in den Außenbezirken von Ibuza, sprach sie zu deren Gott: »Afo, nimm diese Kreide, und iß dieses Stück Kolanuß, denn meine Tochter, die ich totgeglaubt hatte, ist wieder da. Afo, iß diese Kolanuß!«

Und so fuhr sie fort, bis sie schließlich in Ojebetas Dorf gelangten. Da wurde Ojebeta klar, daß sie ihre Heimat niemals vergessen hatte. Sie erkannte den Markt, obschon viel kleiner, als sie ihn in Erinnerung behalten hatte. Dort, wo ihres Vaters Häuser gestanden hatten, sah sie jetzt andere Gebäude und wußte, daß Verwandte das Grundstück übernommen hatten. Für ihr Volk war Land Gemeinschaftsbesitz. Zu Lebzeiten baute man sein eigenes Haus, war man gestorben, wurden die Häuser abgerissen und verbrannt, und aller Besitz ging mit ins Grab. So wurde das Land frei für die nächste Generation. In Ibuza kamen und gingen die Menschen, aber das Land im Besitz der Gemeinschaft blieb. Derjenige jedoch, der sich nicht um das von den Vorfahren überkommene Anwesen seines Vaters kümmerte, war töricht, denn dorthin würde er selbst schließlich zurückkehren. Niemand besaß Land, denn wie sollte man Land besitzen können, wo man nicht einmal die Luft besaß, die man atmete, und das Wasser, das man trank?

Und da fragte sie: »Okolie, mein Bruder, wo ist er?«

»Okolie ist vor langer Zeit auf die Suche nach *Olu Oyibo* gegangen, wie auch schon vor ihm dein älterer Bruder Enuha. Sie leben in einer Stadt, die Lagos heißt. Dein älterer Bruder arbeitet auf einem großen Schiff – so groß wie ein ganzes Dorf – und hat jetzt vier Söhne und eine Tochter. Okolie... Okolie, wir wissen nicht viel von Okolie, aber«, fügte Uteh kurzangebunden hinzu, »Okolie lebt. Leben ist wichtiger als alles andere.«

»Dann kann ich nicht hier in Umuisagba bleiben, wenn Okolie nicht mehr da ist und mein älterer Bruder bei den Weißen arbeitet.«

»Komm und wohne bei uns. Weißt du denn nicht, daß der Urgroßvater deines Vaters und mein Urgroßvater dieselben Eltern hatten?« sagte der alte Ukabegwu, dessen runzlige Frau ihm von die Ankunft der neuen Verwandten erzählt hatte. »Warum also denkst du, du hättest keinen Vater, wo ich doch da bin? Ich bewahre den *Ofo* eurer Familie bei mir auf, das Symbol eures Gottes. Und sollte dein Bruder Enuha sterben, so bekomme ich deinen Brautpreis.«

»Nichts dergleichen«, sagte Uteh, »ich weiß wohl, daß ich in dieser Stadt eine Frau und Tochter bin, aber ich bin die einzige lebende Tochter des Obi Okwuekwu. Ojebetas Vater und ich hatten dieselbe Mutter und denselben Vater.«

»Aber du bist eine Frau«, rief Ukabegwus Hauptfrau. »Warum willst du deshalb das Mädchen erben? Dazu hast du kein Recht.« In Ibuza waren die Frauen weitaus konservativer als die Männer.

Uteh wußte, wenn sie sich jetzt mit Gewalt und im Streit durchsetzte, würde sie Ojebeta zum zweiten Mal verlieren.

Also sagte sie mit leiser Stimme: »Ich will ihren Brautpreis nicht. Ich möchte nur, daß sie zu mir kommt und sich eine Weile bei mir ausruht. Aber solltet ihr während dieser Zeit ihre Hilfe benötigen für etwas, das ihr tun wollt, so kommt sie natürlich und hilft euch. Denn wer ist ihr Vater, wenn nicht Ukabegwu?«

»Unser Volk sagt, Streit gleicht einem alten Lappen: Wirft man ihn hierhin, bleibt er da, wirft man ihn dorthin, bleibt er dort. Du hast gut gesprochen, Uteh, Tochter des Obi Okwuekwu. Das Mädchen soll bei dir wohnen. Wenn ihre Pflicht sie ruft, uns irgendwie behilflich zu sein, dann möge sie sich beeilen und kommen.«

Dieser kleine Streit, zu dem nur Gutgemeintes Anlaß gegeben hatte, hätte Ojebetas Ankunft trüben können, doch er wurde auf taktvolle Weise beigelegt, und auch die strittigen Punkte bezüglich der Ansichten von Okwuegwus Hauptfrau waren beantwortet, obgleich nicht zu ihrer vollen Zufriedenheit. Denn es gab ein Sprichwort in Ibuza, in dem es hieß, daß jene, die Menschen ihr eigen nennen, reicher sind als jene, die Geld besitzen. Ein junges, sechzehnjähriges Mädchen im besten Alter, attraktiv und stark, wäre für eine Familie wie die Ukabegwus ein großes Plus gewesen. Sie hätte Wasser aus dem drei Meilen entfernten Fluß holen, das Haus neu mit Lehm verputzen und das für die Familie benötigte *Akpu* herbeischaffen und, ehe man sie verheiratete, auch ein wenig Handel treiben können. Und wenn sie dann heiratete, bekäme die Hauptfrau, die sich um sie gekümmert hatte, einen kleinen Anteil von ungefähr einem Pfund für ihre Mühen. Nahrungsmittel waren nicht im Überfluß verfügbar, aber wenn man fleißig arbeitete, verhungerte man in der Trockenzeit nicht. Und was die Erntezeit anbelangte, so wurden mehr Yams weggeworfen und mehr Bananen den Ziegen verfüttert, als die Menschen je verzehren konnten. Die Schwierigkeit bestand darin, daß die Leute keine Möglichkeit hatten, verderbliche Nahrungsmittel aufzubewahren, damit sie das ganze Jahr über genügend Vorräte hätten.

Eze, Utehs Mann, machte diese Entscheidung überglücklich. Ganz abgesehen von der Arbeit, die Ojebeta tun konnte, liebten sie Ojebeta aufrichtig, und die erfreulichste Zeit ihres Erwachsenwerdens sollte sie in ihrem Haus verbringen. Es gab so vieles, das sie neu erlernen mußte.

Gleich am nächsten Tag nach ihrer Ankunft freute sich ihre Tante, als sie sah, daß Ojebeta bereits am Fluß gewesen war, genauso, wie sie es vom Haushalt der Palagadas her gewohnt war. Uteh rief sie liebevoll.

»Ma'am«, antwortete Ojebeta, die sich auf der anderen Seite des Hauses aufhielt.

»Was sagst du da?« rief Uteh ganz schockiert. »Wir waren vielleicht nicht in *Olu Oyibo*, aber wir sind hier immerhin Menschen, nicht Ziegen! Warum antwortest du mir so, wenn ich dich rufe? Was heißt das? Und als mein Mann dich gestern abend rief, sagtest du ›Sah!‹, als wolltest du eine Schlange verjagen. Was meinst du damit?«

Ojebeta erklärte ihr geduldig, daß dies bei den Menschen, wo sie in den vergangenen neun Jahren gelebt hatte, üblich war. Das verstand Uteh, doch trotzdem gefiel es ihr nicht. Sie bat Ojebeta, damit aufzuhören und, wie es üblich sei, »Eh!« zu antworten, wenn sie gerufen würde. Aber Ojebeta fand es schwierig, eine so lange eingeübte Gewohnheit abzulegen, besonders weil sie diese Anreden schon als Kind hatte lernen müssen. Bald machten die Leute Witze darüber, und Ojebeta wurde bekannt als Tochter von Uteh, die, wenn gerufen, »Mah« und »Sah« antwortete.

Gemessen an den Maßstäben von Ibuza und ihrem Alter, war Ojebeta ein reiches Mädchen. Sie gab ihrer großen Mutter Uteh zehn Shilling von ihrem Geld, daß sie es für sie aufbewahrte. Dann kaufte sie für dreieinhalb Shilling viele Liter Palmöl. An Markttagen brachten manche ihr Öl hinüber nach Otu auf die andere Seite des Niger, dort verkauften sie es unten am Ufer für fünf Shilling. Zwei Pennies bezahlten sie für die

Überfahrt, ein Shilling wurde für *Esusu* – eine Art Sparkasse – beiseite gelegt, und von dem Rest kauften sie Seife, Fisch für ihre Eltern und Tabak für die Alten. An Eke-Tagen gehörte es zu Ojebetas Aufgaben, die schmutzige Wäsche an den Fluß zu bringen und sie zu waschen, indem sie die Kleidungsstücke gegen die Holzpfosten schlug, die dort im Wasser lagen.

Alles in allem entwickelte sie sich in Ibuza zu einer klugen und erfahrenen jungen Frau, die es nicht nötig hatte, für ihren Lebensunterhalt das schreckliche *Akpu* auf den Markt zu tragen. Bisweilen ging sie zum Fluß, um *Akpu* als Nahrungsmittel einzukaufen, aber um leben zu können, mußte sie es nicht verkaufen. Der Verkauf von Palmöl war gar kein so schlechtes Geschäft. Viele Leute konnten es sich nicht leisten, den Handel mit Palmöl zu betreiben, denn man benötigte dazu eine kleine Anfangssumme, um das Öl der Frau, die es gepreßt hatte, abzukaufen, dann den *Galawa*, den leeren Kerosinkanister, in dem das Öl aufbewahrt wurde, und einige saubere Kleidungsstücke zu kaufen. Deshalb stellten die Palmölverkäufer eine Klasse für sich dar – die ganz Jungen und die Unabhängigen, die zum Überleben nicht viel Profit machen mußten.

Akpu war etwas ganz anderes. Jeder Bauer betrieb Mehrfelderwirtschaft, und wenn ein Bauer auf ein anderes Feld wechselte, so wurde auf dem alten unweigerlich Maniok angebaut. Maniok gedieh auf fast jedem Boden und brauchte praktisch keine Pflege. Die Frau ging auf das Feld und grub die Maniokknollen aus, trug sie dann ungefähr eine Meile weit zum Fluß, wo sie in abgeteilten, extra den Frauen für diesen Zweck vorbehaltenen Vierecken im Wasser eingeweicht wurden. Die Knollen blieben drei oder vier Tage lang dort, bis sie zu fermentieren begannen und weich wurden. Danach schöpfte die Frau den Maniok in eine geflochtene Tasche und trug ihn schwer und naß und milchig tropfend nach Hause. Am Abend vor dem Markttag füllte sie die Maniokmasse, die noch immer sehr naß war, in einen besonderen *Akpu*-Korb, den sie hoch auffüllte, mit geräucherten Bananenblättern abdeckte und mit

Bananenfasern zuband. Die Frauen aus Ibuza, die ihr *Akpu* zum Markt nach Asaba trugen, wirkten klein und verkrümmt unter der Last ihrer *Akpu*-Körbe; einige trugen sogar zwei oder drei dieser schweren Körbe auf dem Kopf. Nach einer Weile rochen die Frauen so sehr nach *Akpu*, daß es nicht schwierig war, eine gewohnheitsmäßige *Akpu*-Trägerin von den glücklicheren Frauen zu unterscheiden, die mit Palmöl, Palmkernen oder leichteren Waren wie *Ogili*-Streichhölzern und Zigaretten handelten. Der Vorteil beim *Akpu* lag darin, daß man keine Anfangssumme brauchte, jede, die genug Kraft hatte, konnte damit Handel treiben. Und der Handel war auch ganz einträglich, denn in Asaba konnte man für einen Korb einen ganzen Shilling bekommen, trug man also drei oder vier Körbe, dann brachte das den reinen Gewinn von vier Shilling, einfach so.

Bald nachdem Ojebeta nach Ibuza zurückgekehrt war, fand sie auch ihre Altersgruppe – man sagte ihr, sie gehöre zu der Gruppe, die *Ogu Aya Okolo* hieß – »Okolos Krieg«. Dieser Gruppe, die während Okolos Krieg geboren worden war, galt der Verkauf von *Akpu* als altmodisch. Doch die älteren, verheirateten Frauen gaben zurück: »Ihr werdet bald dasselbe tun wie wir!« – und damit hatten sie wahrscheinlich recht. In einem Sprichwort aus Ibuza hieß es, daß junge Menschen denken, sie könnten den Himmel berühren und die Sterne, doch nach einer Weile würde ihnen klar, wie weit entfernt der Himmel sei.

Ojebeta war noch immer begeisterte Anhängerin des Christentums. Viele Mädchen von Ibuza besuchten damals die CMS-Kirche, angezogen vor allem von dem Gesang und ganz besonders von den ins Igbo übertragenen Liedern. Ojebeta war so fromm, daß der weiße Geistliche sie ermutigte, den Taufunterricht zu besuchen. Und das war ein Punkt, der immer wieder Anlaß zu kleineren Meinungsverschiedenheiten zwischen ihr, Uteh und Eze gab.

Eines Tages, als Uteh lange zugeschaut hatte, wie Ojebeta mit geschickten Händen etwas nähte, sagte sie: »Ojebeta, was für einen Mann willst du eigentlich eines Tages heiraten? Du kennst dich nicht aus mit Feldarbeit, und wenn die Leute dich rufen, antwortest du noch immer wie eine Ziege. Und jetzt gehst du zu dem merkwürdigen Ort, den du Kirche nennst. Was ist verkehrt mit der Religion deiner Väter? Was ist Schlechtes daran, deiner toten Mutter, deinem Vater und deinem persönlichen Gott Opfergaben zu bringen?«

Eze unterbrach sich plötzlich beim Essen – geräuschvoll hatte er eine Schale Suppe zu sich genommen, die seine Frau ihm hingestellt hatte – und meinte: »Oh, sie ist noch jung. Wenn Menschen jung sind, denken sie, es sei etwas Neues, Besonderes, jung zu sein. Warte, bis sie eine Frau ist, dann wirst du ihr ein oder zwei Dinge zu sagen haben. Sei nur sehr vorsichtig mit der neuen Religion, sonst schneidet dir noch ein alter Bauer eine Haarsträhne ab, und dann mußt du ihn heiraten!«

»Das einem Mädchen anzutun, ist sehr schlimm. Angenommen, ich wollte ihn nicht heiraten! Ich möchte unbedingt in der Kirche heiraten und am Tag meiner Hochzeit ein langes, weißes Kleid tragen. Und außerdem hätte ich gern eine Blaskapelle, die mich an meinem Hochzeitstag mit ihrer Musik in die Kirche geleitet.«

Uteh lachte laut auf. »Vor einiger Zeit war ich in Onitsha«, erzählte sie, »und ich sah eine Gruppe Leute, die eine seltsame Trommel schlugen und in glänzende Dinger bliesen – ist es das, was du mit Blaskapelle meinst? Und das junge Mädchen im weißen Kleid, das wie ein Gespenst aussah und wie eine Schlafwandlerin daherkam – war das womöglich die junge Braut? Was ist verkehrt an unserer eigenen Musik und der uns eigenen Art, wie eine Braut in das Haus ihres Mannes geht?«

»Das ist ein Werk des Teufels. So steht es in der Bibel und im Katechismus. Ich muß in der Kirche heiraten.«

»Die Sache mit der Kirche stört mich nicht allzu sehr«, sagte Eze kompromißbereit. »Aber wenn ich schon zur Kirche gehen müßte, dann ginge ich in die der ›Väter‹. Sie veranstalten mehr Zauber, und wenn sie ihre Zeremonien ausüben, tragen sie ähnliche Kleider wie unsere höchsten *Dibia*-Priester. Sie sehen wirklich sehr beeindruckend und achtungsgebietend aus. Und am Ende ihrer Aufführung bekommt man einen Schluck Alkohol – manche Leute sagen, es sei das Blut von irgend jemandem, aber die Väter trinken eine ganze Menge davon. He, Ojebeta, warum gehst du nicht dorthin anstatt in die ärmliche Kirche in Umuodafe, wo die Leute in der Igbosprache singen? Die Väter sprechen eine fremde Sprache der Götter. Man versteht sie zwar nicht, aber wenn einer der Väter seinen magischen Gesang beginnt, spürst du sofort, daß dein *Chi*, dein persönlicher Gott, ganz nahe ist.«

»So, so, du hast sie also beobachtet, Eze! Es hört sich ja ganz so an, als hättest du auch von dem Getränk probiert«, tadelte ihn Uteh. Dann wandte sie weiter an Ojebeta: »Es wird schwierig sein, einen Bauern für dich zu finden, der mit dem ganzen Kirchenkram einverstanden ist. Nicht viele von hier gehen nach *Olu Oyibo*, und die hingegangen sind, haben immer ihre Frauen mitgenommen. Deshalb mußt du dein Augenmerk auf die jungen Bauern richten, denen du auf deinem Weg von oder nach Asaba begegnest.«

Ojebeta hatte solche Angst, daß alles, was sie bei Ma Palagada gelernt hatte, umsonst gewesen sei, daß sie Gott bat, ihr einen Mann aus Ibuza zu schicken, der Erfahrung hatte mit der Arbeit des weißen Mannes und dem, was sie gelernt hatte, den richtigen Wert beizumessen vermochte.

In der Zwischenzeit fühlte sie sich, zusammen mit einigen ihrer Freundinnen, den anderen Altersgruppen, die *Akpu* trugen und nicht zur Kirche gingen, immer noch sehr überlegen; und selbst schon ehe sie getauft waren, fanden sie es modern, sich europäische Namen zuzulegen. Also fügte Ogbanje Ojebeta ihrem Namen noch den englischen Namen Alice hinzu. Wenn sie jetzt Ogbanje oder Ojebeta gerufen wurde, antwortete sie nicht, aber wenn man Ogbanje Alice rief, lachte sie jeden an, daß ihre perlweißen Zähne schimmerten, und grüßte höflich. Bei denen, die zeigen wollten, wie modern sie waren, wurde diese Praxis zu jener Zeit in Ibuza gang und gäbe. Es war ziemlich komisch, wenn selbst junge Leute, die nicht zur Kirche gingen, sich so exotische Namen zulegten, daß sie sie kaum aussprechen konnten. Es kam vor, daß ein Mädchen sagte, ihre Namen seien »Kilisi Ngbeke« – was »Christy« heißen sollte und, nicht sehr passend, ihrem Igbonamen zugefügt wurde, der »am Eke-Tag geboren« bedeutete. Diese Angewohnheit verbreitete sich dermaßen, daß die Leute sich bald nicht mehr trauten, ihre traditionellen Namen zu benutzen.

Die Ironie lag darin, daß sich der ganze Prozeß schließlich umkehren und die Menschen ihre englischen Namen wieder ablegen würden. Das sollte jedoch erst in ferner Zukunft Wirklichkeit werden – in den Tagen des Unabhängigkeitskampfes und nach dem Ende der Kolonialzeit.

14

Der Fremde

Der Sonntagvormittag war in Ibuza zur interessantesten Zeit der Woche geworden. Jeder Mann und jede Frau waren auf den Beinen und gingen ihren jeweiligen Beschäftigungen nach: Die Nichtchristen gingen auf ihre Felder; Marktfrauen eilten zu ihren Verkaufsständen; die Jugend, die das Christentum in seinen verschiedenen Erscheinungsformen angenommen hatte, ging nach Umuodafe, wenn sie an einen Gottesdienst nach den Regeln der *Church of England* glaubte, oder nach Afieke, wenn ihr der Katholizismus gefiel, den irische Priester und Nonnen nach Ibuza gebracht hatten.

Eine festgelegte Zeit für den Kirchgang gab es nicht. Manche von denen, die sich sehr früh dem Katholizismus zugewandt hatten, gingen zur Kommunion, sobald der letzte Hahn am Morgen gekräht hatte; für diese Kirchgänger, meistens die ganz Alten und die Schuljungen, war die Frühmesse eine Verpflichtung, die sie sehr ernst nahmen. Und wenn dann die spätere Messe stattfand, so gegen neun Uhr, wenn die Sonne schon hoch am Himmel stand, nutzten alle die Gelegenheit, um ihr neuestes *Lappa* zur Schau zu stellen und der Welt zu zeigen, daß sie zur Kirche gehörten.

An diesem Sonntag, der auf einen Eke-Tag fiel, ging Alice Ogbanje Ojebeta, wie sie sich jetzt gern nannte, sehr früh an den Fluß, badete und salbte ihren Körper mit Kokosöl, dem sie ein paar Tropfen von dem neuen Blumenparfüm beigab, das sie bei einem Haussa-Händler in Asaba gekauft hatte. Der Duft war so angenehm, daß Freundinnen und Verwandte sie auf dem Heimweg unablässig um ein bißchen von ihrem »Öl oder

Seife oder was immer es ist, das so gut riecht« baten. Sie überließ dieser oder jener einen Tropfen, und es war sehr gut, daß sie nur ganz wenig mitgenommen hatte, da sie die Angewohnheit der Leute inzwischen zur Genüge kannte. Für alle, die sich die Mühe gaben, zuzuhören, hatten sie rührende Geschichten über ihre Sorgen und Nöte bereit, nur um etwas für sich dabei herauszuschlagen. Als ihr Ukabegwus junge Tochter begegnete, schenkte sie ihr das ganze Fläschchen, das allerdings fast leer war, und bat sie darum, sie möge ihr die Flasche zurückgeben, denn diese hatte ihr schon in Onitsha gehört.

Bisweilen überfiel sie Nostalgie, wenn sie an ihre Zeit in Otu Onitsha dachte, besonders an Amanna und die anderen, obwohl sie nicht daran zweifelte, daß sie jetzt viel lieber in Ibuza lebte, wo sie ihrer Familie willkommen war und sie als die Tochter eines berühmten Mannes etwas galt. In gewissem Sinne war sie auch jetzt noch nicht frei, denn keine Frau und kein Mädchen in Ibuza war frei, ausgenommen jene, die die unsägliche Sünde der Prostitution begingen oder die von ihrer Familie verstoßen worden waren, weil sie diese oder jene Sitte mißachtet hatten. Ein Mädchen gehörte zuallererst seinem Vater oder einer Person an des Vaters oder des älteren Bruders statt, und darüber hinaus gehörte es ganz allgemein seiner Großfamilie und deren Anwesen. Aber wenngleich sie aufgrund des Geburtsrechts Eigentum dieser Menschen war, würde niemand es wagen, ein Mädchen Sklavin zu nennen, denn das war sie wiederum nicht.

Gelegentlich dachte Ojebeta auch an Clifford, verbannte ihn aber schnell wieder aus ihrem Denken. Zugegeben, zuerst hatte sie sich ein wenig verlassen gefühlt, weil er so offensichtlich alles Interesse an ihr verloren hatte, doch nun wurde ihr bewußt, daß sie eigentlich sehr dankbar dafür war, daß die geplante Verbindung bis jetzt nicht zustande gekommen war. Trotz der Tatsache, daß die endgültige Entscheidung bezüglich eines Ehemanns von der Familie getroffen wurde, stand ihr in Ibuza die Möglichkeit offen, im privaten Gespräch zu protestieren; und wenn das Mädchen aus einer guten Familie kam, in der Geld nicht die Hauptrolle spielte, würde man auf sie hören und gewisse Zugeständnisse machen, was den in Frage kommenden Mann betraf. Meistens kannte das Mädchen den Mann vorher schon, besonders wenn er Bauer war, und den beiden wurde auch erlaubt, sich an den Abenden und in mondhellen Nächten miteinander zu vergnügen. Ojebeta wußte, daß es in der neuen christlichen Religion gegen Gottes Willen war, den jungen Männern oder zukünftigen Ehemännern zu erlauben, mit den Mädchen herumzuspielen und sich den ausufernden Liebesbezeugungen der jungen Männer von Ibuza hinzugeben. Dazu im Widerspruch stand die Sitte ihres Volkes, die einem zukünftigen Ehemann so die Möglichkeit gab, festzustellen, ob das Mädchen sympathisch war und schüchtern, ob sie Schmerzen ertragen und trösten konnte. Wie alle Mädchen ihres Alters wurde auch Ojebeta ermutigt, dem heftigen Werben nachzugeben, obwohl sie einem Mann niemals erlauben durfte, seinen Willen letztlich durchzusetzen. Ein Mädchen, das vor der Ehe seine Jungfräulichkeit verlor, wäre besser gestorben. Alles in allem hatte Ojebeta hier in Ibuza doch zumindest die Freiheit, das Leben zu genießen. Hätte sie sich für Clifford entschieden, wäre es eine befohlene Heirat gewesen. Sie war glücklich, daß sie nicht darauf hereingefallen und der Versuchung erlegen war, in Otu zu bleiben, das war ihr jetzt klar geworden.

»Olisa bewahre uns!« hatte ihre Tante Uteh ausgerufen, als ihr Ojebeta erzählte, was sich hätte ereignen können, wenn sie auch nur einen einzigen Tag länger dort geblieben wäre. »Der Geist deiner toten Eltern hat dich nach Hause geführt. Über Okolie und das Geld, das er für dich erhalten hat, sprichst du am besten nicht, denn es ist eine zu große Schande. Ich weiß, daß du dich gut verheiraten wirst, mit einem sympathischen Mann, der das Geld zurückzahlen kann. Jetzt verstehe ich, warum Okolie im Leben nie vorankam und auch nie vorankommen wird. Dein toter Vater hätte ihm diese Greueltat nie verziehen. Trotz all dem Geld hat es Okolie hier als Bauer nicht geschafft, und seine Frau wartet noch immer auf ihn im Haus ihrer Eltern. Sie haben keine Kinder. Er ist jetzt in Lagos und fällt deinem älteren Bruder Enuha und seiner Frau zur Last. Sie sagen, er halte es bei keiner Arbeit lange aus. Ich wäre nicht überrascht, wenn er demnächst hier auftauchte.«

Sie seufzte, dann musterte sie Ojebeta mit einem Blick aus ihren dunkelbraunen Augen, die durch den schweren Lidstrich mit *Otangele* noch dunkler und größer schienen. Man konnte die Sache nur noch von der philosophischen Seite her betrachten, alles andere hatte keinen Sinn. »Eine Frau ist niemals frei. Es ist eine große Ehre, einem Mann zu gehören. In gewisser Weise hat also dein Bruder nicht ganz falsch gehandelt. Er hat allerdings das Geld genommen, das von rechts wegen dem ältesten Sohn der Familie zustand, deinem Bruder Enuha – er allein, und nicht Okolie, hat das Recht, dich zu verkaufen, sich auf deinen Kopf Geld auszuleihen oder über deinen Brautpreis zu verfügen. Alles in allem gesehen, mußt du Okolie verzeihen. Denn solltest du einen Mann heiraten, der dich schlecht behandelt, wird Okolie dich verteidigen. Hast du Brüder hinter dir, achtet dich ein Mann um so mehr, weil er sich fürchtet, dich schlecht zu behandeln. Vergiß also die Vergangenheit. So etwas kann immer mal vorkommen.«

Für letztere Ermahnung hatte Ojebeta keinerlei Bedarf. Sie war glücklich, daß sie wieder frei war. Sie genoß das Leben in der Heimat, verfolgte aufmerksam, wie ihr kleines Sparguthaben wuchs, ging mit den Freundinnen aus ihrer Altersgruppe auf den großen Markt, um *Abada*-Stoffe für dieses oder jenes Fest auszusuchen.

Als die Mädchen wenige Monate, nachdem Ojebeta Onitsha verlassen hatte, ihre ersten *Esusu*-Ersparnisse abgeholt hatten, war Ojebeta entschlossen gewesen, sich hinüber auf die andere Seite des Flusses, auf den Otu-Markt, zu begeben, um dort ihre früheren Freundinnen aufzusuchen. Aber sie war von Leuten davon abgehalten worden, die ihr erzählten, daß in Aba ein ganz großer Aufstand ausgebrochen sei, wobei die meisten der

Stoffe anbietenden Verkaufsstände in Otu geplündert worden und viele Weiße umgebracht worden seien. Außerdem seien jene Marktfrauen von Onitsha, die heimlich die Weißen unterstützt hätten, vor den Richter gebracht und ihre Stände abgerissen worden. Etwas in ihrem Inneren sagte Ojebeta, daß die Palagadas davon betroffen waren, und ihre Überzeugung wuchs in dem Maße, wie die Monate vorübergingen und Clifford niemals auftauchte. Nicht, daß sie sich auf sein Kommen gefreut hätte – tatsächlich verfolgte sie diese Aussicht wie ein Alptraum –, und je mehr Zeit verging, desto unwahrscheinlicher wurde es, daß er kommen würde. Allein der Gedanke daran, frei zu sein und jemanden aus Ibuza heiraten zu können, machte ihre Freude vollständig.

Auf ihrem Rückweg vom Fluß an jenem Sonntagmorgen hatte diese Freude ganz von ihr Besitz ergriffen. Schnell wärmte sie sich das Essen vom Abend zuvor auf und aß es mit Heißhunger, denn der Weg zum Fluß, den Berg hinauf und auf der anderen Seite wieder hinunter, konnte sehr ermüdend sein, besonders, wenn man vor dem Frühstück losgegangen war. Während sie die eisernen Töpfe abwusch und einige der neuen Lieder, die sie auswendig gelernt hatte, vor sich hinsummte, hörte sie, wie die Kirchenglocken zu läuten begannen. Eins der Vorrechte hier in Ibuza, das sie am meisten genoß, bestand darin, daß sie die Freiheit hatte zu singen, wann immer sie wollte, und nicht in der Furcht lebte, jemanden dadurch aufzuwecken. Dieser Sonntag war ein ganz besonderer Tag. Erstens war es ihr gelungen, nach neun Monaten strengsten Sparens, sich eine neue *Abada*-Ausstattung zu kaufen. Und zweitens wollte es der Zufall, daß der Sonntag auf einen Eke-Tag fiel. Wenige Sonntage fielen auf die Tage des größten Marktes, den sie in Ibuza hatten, und so wurden diese seltenen Tage gleich zu einem doppelten Fest. Zuerst würde sie zur Kirche gehen, um danach ihren Leuten in Umuisagba einen Besuch abzustatten, dem sich ein Rundgang auf dem Markt anschlösse. Dort würde sie sich die Tänze verschiedener Gruppen ansehen, hier ein bißchen *Otangele* für die Augen kaufen, dort ein wenig Wäscheseife, und sie würde einfach herumschlendern und fast alle begrüßen, denen sie begegnete. Es gefiel ihr, wenn die Leute fragten: »Ist das nicht die Tochter von Okwuekwu Oda, deren Eltern während der *Felenza* starben?« Dann ließ sie ihre weißen Zähne blitzen und antwortete: »Ja, ich bin ihre Tochter.« In Ibuza gab es sehr wenig Fremde.

An diesem Eke-Sonntag zog Ojebeta ihre neuen Kleider an, bürstete ihr Igbogesangbuch und die Bibel, bis sie glänzten. Dann band sie die beiden Bücher in ein Sonntagstüchlein, das sie für diesen Zweck genäht hatte. Ein anderes weißes Taschentuch hielt sie in der Hand, doch nur an einem Zipfel, damit niemand seine volle Schönheit übersähe, wenn sie jetzt zum Haus ihrer Freundin ging und ihr sagte, es sei Zeit für den Kirchgang, hatte sie denn nicht die Glocken läuten hören?

Uteh und ihr Mann bewunderten sie und sagten: »Du bist so schön, du könntest den Oba von Idu heiraten!«

Ojebeta lachte und machte sich stolz auf den Weg, nur um der Freundin zu begegnen, die sie eben abholen wollte.

»Ifenkili Angelina!« rief sie voll Freude. »Ich wollte dich gerade abholen!«

»Aber das wollte ich auch, Ojebeta Alice!«

Als sie dann auf ihrem Weg zur Kirche in Afia Eke angelangt waren, hatte sich um die beiden eine bunte und fröhliche Gruppe junger Menschen geschart, die im Stolz darauf, jung zu sein, ihre Jugend fröhlich genossen. In der Kirche sangen alle, die wie Ojebeta lesen konnten, im Chor und führten unter den heftigen Armbewegungen des Lehrers das allgemeine Singen an.

Eine gewisse Aufregung herrschte heute in der Kirche, aber Ojebeta konnte die Ursache dafür nicht in Erfahrung bringen, denn der Musiklehrer, der auch der Pastor war, wartete schon, daß die Kirche sich füllte und er anfangen konnte. Als sie auf ihren Platz eilte, fiel ihr Blick auf einen Mann, der flüsternd ein paar Worte mit dem Pastor wechselte. Aus seiner europäischen

Kleidung schloß sie, daß dieser Fremde von *Olu Oyibo* kam. Er hatte eine sehr dunkle Hautfarbe und trug ein weißes Hemd, einen Schlips und eine Jacke, außerdem eine Brille, genauso wie einer der Weißen in Otu. Ojebeta war beeindruckt, denn ihr langer Aufenthalt bei den Palagadas hatte sie gelehrt, die fremde Kleidung richtig einzuschätzen. Sich auf das Singen zu konzentrieren, wurde zu einer Herkulesaufgabe, denn sie fragte sich unablässig: *Sind unsere Leute wirklich so zivilisiert geworden? Sieht so also das Leben aus, wenn sie dort in der Ferne bei den Weißen arbeiten?*

Ihre Neugierde wurde bald befriedigt, denn der Pastor sagte: »Liebe Brüder und Schwestern, es geschieht nicht alle Tage, daß wir die Ehre haben, von einem unserer erfolgreichen Söhne aus den großen Städten besucht zu werden. Heute ist ein solcher Sohn unter uns – Jacob Okonji. Er wurde von Bischof Onyeaboh, dem großen Bischof des gesamten Nigergebietes, ausgebildet, ehe er nach Lagos ging, um dort zu arbeiten. Er ist nun hier und wird uns das Wort Gottes lesen.«

Sofort wurde deutlich, daß Jacob Okonji kein großer Redner war. Er erhob sich, schaute selbstbewußt die vor ihm versammelte Gemeinde an, lächelte kurz und sagte: »Brüder und Schwestern, seid willkommen. Ich freue mich, hier unter euch zu sein und mit euch Gott zu loben.« Dann las er den Text.

Er konnte gut lesen und war ein gebildeter Mann, trotzdem stotterte er ziemlich oft, und er tat Ojebeta leid. Als sie ihn dort sitzen gesehen hatte, hatte sie vermutet, er sei nicht sehr groß, und sie hatte recht gehabt. Er war auch sehr schlank und sprach und benahm sich eher zurückhaltend. Nach dem Gottesdienst war es üblich, daß die halbe oder auch die ganze Gemeinde blieb, um sich mit Neuankömmlingen zu unterhalten. Viele gingen auch in das Dorf der Gäste, um sie dort zu besuchen.

»Kommt, wir stehen doch nicht hier in diesem Gedränge herum«, sagte Angelina. »Gehen wir lieber zu ihm nach Hause.«

»Kennst du ihn denn?« fragte Ojebeta vorsichtig.

»Ja, vor drei Jahren kam er auf seinem Weg nach Lagos, wo er Arbeit suchen wollte, hierher nach Hause. Dies ist sein erster Besuch, seit er Arbeit gefunden hat. Er ist sehr clever. Man nennt ihn Jacob den Weißen, weil er alles wie ein Weißer macht und sich entsprechend benimmt.«

»Beim letzten Erntedankfest hat er der Kirche eine riesige Spende zukommen lassen«, erklärte ein anderes Mädchen. »Er schickte das Geld durch jemanden, der auch Mitglied der CMS ist und in Lagos wohnt.«

»Ich wußte nicht, daß es solche Leute in unserer Stadt gibt«, sagte Ojebeta.

»Aber ja, die gibt es. Warte nur, bis du einige der wirklich reichen Familien mit all den Ehefrauen siehst, die nach Hause kommen, wenn sie Urlaub haben. Die Frauen haben schöne und biegsame Körper, weil sie nicht einmal mehr für das, was sie selbst zum Kochen benötigen, *Akpu* tragen müssen. Ich möchte auch gern nach *Olu Oyibo* gehen, um von hier wegzukommen«, seufzte Angelina Ifenkili.

Die anderen lachten und erinnerten sie daran, daß viele gerufen, aber wenige auserkoren wären – nicht alle, die nach Lagos und in die großen Haussa-Städte gingen, wurden reich. Rebecca erzählte die Geschichte eines Verwandten, der sich an einem dieser fernen Orte niedergelassen und nur eine Stelle als Wäscher gefunden hatte, wie die meisten der des Lesens und Schreibens unkundigen Menschen aus dem Ibuza jener Zeit; sie erzählte, diese Leute seien so arm gewesen, daß die Frau, wenn sie ihr einziges *Lappa* wusch, zu Hause bleiben mußte, bis es getrocknet war, ehe sie auf den Markt gehen und Essen für ihre Familie einkaufen konnte.

»Ich habe von einigen gehört, die überhaupt keine Arbeit fanden und wieder nach Hause kamen, um auf ihren Feldern zu arbeiten.«

Sie stimmten dem allesamt zu und waren sich einig darin, daß Gott sie gelehrt hatte, sich mit ihrem Los zufriedenzugeben.

Als sie nach Umuodafe kamen, dem Heimatdorf des Besuchers aus Lagos, fanden sie dort bereits eine ganze Menge Leute vor, die ihn begrüßen wollten. Er selbst kam kurze Zeit später aus der Kirche. Anstatt seinen Besuchern nur Kolanuß mit scharfem Pfeffer anzubieten, reichte er ihnen schmackhafte Plätzchen. Solche Plätzchen hatte Ojebeta zuletzt bei Mas Beerdigung gegessen; ihre Freundinnen nahmen einige für ihre Eltern mit nach Hause, Ojebeta auch.

Jacob machte die Runde und begrüßte jeden Gast und wollte alle kennenlernen. Als er zu Ojebeta kam und sie fragte, wer sie sei, erzählte sie ihm, daß sie einen Bruder namens Enuha habe, der mit seiner Frau wie er in Lagos lebte.

»Oh, die kenne ich gut«, erwiderte Jacob, »sehr gut sogar. Sie wohnen auf der Insel und ich auf dem Festland, aber wir sehen uns jeden Monat einmal bei dem Treffen derer, die aus Ibuza stammen.« Regelmäßige Versammlungen aller, die aus demselben Gemeinwesen stammten, bildeten, wo immer sie stattfanden, einen wichtigen Bestandteil im Leben der Igbo, die ihre Heimat verlassen hatten.

»Geht es ihnen gut?« fragte Ojebeta besorgt.

»O ja, es ging ihnen ziemlich gut, als ich sie vor ungefähr einem Monat zuletzt sah. Die Frau deines Bruders stammt aus meinem Dorf, wir sind verwandt, verstehst du. Aber sie haben mir nie erzählt, daß sie eine gebildete und wohlerzogene hübsche junge Schwester wie dich haben. Kommt man nach Ibuza zurück, lernt man tatsächlich immer etwas Neues hinzu.«

»Vielen Dank. Ich bin lange von hier fort gewesen«, sagte Ojebeta und zog sich etwas zurück. Sie war ein wenig verlegen, denn der Fremde schien den ganzen Nachmittag damit verbringen zu wollen, sie auszufragen. Wie hätte sie so jemandem erzählen können, daß der eigene Bruder sie fortgeschickt hatte, weil er Geld für seinen *Oloko*-Tanz und für Yamsknollen zur Aussaat brauchte? Zum Glück rief der Pastor nach Jacob, und alle versammelten sich im Anwesen seines älteren Bruders, Obamdi, und sangen Kirchenlieder.

Noch mehr Plätzchen wurden verteilt, und die Erwachsenen tranken einen Schluck Palmwein. Dann mußten sie gehen, denn weitere Verwandte kamen, um den Besucher zu begrüßen und zu sehen, ob er ihnen Geschenke mitgebracht habe oder Neuigkeiten aus Lagos. In jenen Tagen waren Postämter selten, und die wenigen, die es gab, so unzuverlässig, daß man ihnen nicht trauen konnte. Wenn also jemand, der in Lagos lebte, einen Besuch zu Hause plante, gab er das bei dem monatlichen Treffen bekannt. Die Gelegenheit wurde dann reichlich genutzt, und die Leute gaben dem Reisenden alles Mögliche mit, von Geldbeträgen bis zu kleinen Paketen; es war fast unmöglich, sich diesem Dienst zu verweigern, ohne jemanden zu beleidigen und ohne es herauszufordern, als selbstsüchtig zu gelten. Auch verlangte niemand für derlei Dienste eine Bezahlung, wohl wissend, es konnte sich jederzeit ergeben, daß man selbst diese Dienste in Anspruch nehmen mußte. Deshalb stand auch die Familie des Gastes bereit, bis zum letzten Augenblick vor seiner Abfahrt Besucher zu empfangen, die alle erdenklichen, für die verschiedensten Leute in Lagos bestimmte Lebensmittel anschleppten.

Jacob verschwendete nicht viel Zeit darauf, sich zu erkundigen, wo Ojebeta wohnte, denn er hatte von der neuen Eisenbahngießerei, wo er zum Gießer ausgebildet wurde, nur zwei Wochen Urlaub bekommen. Er gehörte jetzt zur Elite seines Volkes, denn er konnte lesen und schreiben und mußte nicht als Hausangestellter, Wäscher oder Tagelöhner arbeiten. Er setzte großes Vertrauen in seine Arbeit, denn sie hatte Zukunft, wie seine feste Anstellung bewies; außerdem sollte es später eine Art Pension geben. Viel Zeit war darüber vergangen, dies alles zu erreichen.

Mehr als zwölf Jahre lang hatte er bei Bischof Onyeaboh als Hausdiener gearbeitet, bis dieser schließlich beschloß, daß ihm eine Ausbildung für sein zukünftiges Leben nützlich sein könnte. Er war zwanzig gewesen, als er mit dem Schulunterricht begann, und weil er ein intelligenter Schüler war und aufgrund der Disziplin, die er im Hause des Bischofs gelernt hatte, nutzte er die fünf Jahre Schulzeit ebenso gut, als hätte er eine moderne Universität besucht. Er machte seinen Schulabschluß nach der Klasse, die damals als »Standard Six« bekannt war, und wäre gern in der kirchlichen Arbeit geblieben, wo er allerdings als Bote hätte anfangen müssen. Doch hatte man ihm geraten, lieber ein Handwerk zu erlernen, weil das größere Sicherheit bot. Bald darauf bekam er den Ausbildungsplatz – die glänzende Empfehlung des Bischofs genügte, um die Kolonialherren, die die Eisenbahn von Nigeria betrieben, davon zu überzeugen, daß hier ein junger Mann einer neuen Generation bereitstand. Er enttäuschte sie nicht.

Und nun, da er beinahe dreißig war und die meisten aus seiner Altersgruppe, die auf dem Land arbeiteten, bereits mehrere Kinder und manche auch mehrere Ehefrauen hatten, suchte er ein Mädchen, das er heiraten konnte. Er war nach Hause gekommen, um sich umzusehen, und hätte sich mit jeder Tochter eines intelligenten Bauern einverstanden erklärt, solange das Mädchen seinem Wunsch nachgekommen wäre, Christin zu werden und in der Kirche zu heiraten. Nach allem, was er an jenem Sonntag gesehen hatte, wußte er nun, daß er keine Schwierigkeiten hätte, die Richtige zu finden. Von Natur aus schüchtern und sich außerdem bewußt, daß er nicht mehr der Jüngste und sein Urlaub kurz war, begann er gleich, nachdem Ojebeta gegangen war, sich bei seinen Leuten nach ihr zu erkundigen. Was er hörte, gefiel ihm nicht wenig. Er konnte nicht umhin zu denken, wie klug es von Ojebetas Familie gewesen sei, sie zu den reichen Verwandten zu schicken, um sie dort in allen Dingen, die der heutigen modernen Zeit entsprachen, ausbilden zu lassen. Wo doch viele Familien es vorzogen, ein solches Mädchen als Hilfe auf den Feldern zu Hause zu behalten. »Es zeigt einfach, wie klug manche Menschen zu urteilen vermögen«, sagte er sich. »Und ihre beiden Brüder in Lagos haben nie auch nur ein Wort über sie verloren!«

Jacob besuchte Ojebeta zusammen mit seinem Neffen, dem einzigen Sohn seines Bruders, der noch zur Schule ging, obwohl er fast zwanzig war – damals besuchten sogar verheiratete Männer die Schule, um sich für die neuen Arbeitsplätze zu qualifizieren, die viele Bauern von ihren Feldern weg in die überfüllten Städte lockten. Uteh und ihr Mann hießen Jacob und seinen Neffen willkommen, Ojebeta bot ihnen Kolanuß und frische grüne Früchte an. Sie unterhielten sich ganz allgemein, doch nach einer Weile fiel Uteh und ihrem Mann auf, welchen Gang die Unterhaltung nahm, und sie merkten, daß Jacob nicht gekommen war, um ihnen als Mitbürger von Ibuza einen Besuch abzustatten, sondern daß sich sein Interesse vielmehr darauf bezog, mehr über Ojebeta zu erfahren.

Auf dem Heimweg war Jacob sehr glücklich. Ojebeta gefiel ihm außerordentlich gut. »So ein intelligentes Mädchen«, bemerkte er nachdenklich zu seinem Neffen.

»Ja, sie ist die einzige hier, die Igbo lesen kann, außerdem kann sie sehr gut nähen. Sie hat viel gelernt, und ich mag sie.«

Bald wurde es Jacob zur Gewohnheit, Ojebeta jeden Abend zu besuchen. Nach nur einer Woche wußte sich Ojebeta nicht zu erinnern, daß es je Zeiten gegeben, in denen sie nicht an Jacob gedacht hatte. Dann, eines Abends, fragte er sie, ob er mit ihrer Familie sprechen und sie fragen solle, ob sie mit ihm einverstanden wären.

»Sie sind ja nicht meine eigentliche Familie. Eze ist nur mein angeheirateter Onkel. Aber sie könnten große Schwierigkeiten machen, falls sie dich nicht mögen.«

»Aber Ojebeta, magst du mich denn? Liebst du mich? Wenn deine Familie mich akzeptiert, möchte ich dich gern heiraten.«

»Ich würde dich auch gern heiraten! Aber die Entscheidung liegt natürlich bei meinem älteren Bruder in Lagos. Ihm gehört das Geld, das meine Person bringt.«

»Ich werde mit ihm sprechen«, schloß Jacob und berührte Ojebeta zögernd. Er hatte in der Vergangenheit so diszipliniert gelebt, daß ihm schien, er sei im Umgang mit dem anderen Geschlecht, und besonders mit den jüngeren Mädchen, ganz aus der Übung geraten.

Sie schob ihn weder weg, noch lachte sie ihn aus, was er fast erwartet hatte, sondern sie ließ seine Hand auf ihrem Arm ruhen. Er zog sie sanft an sich, und sie legte den Kopf auf seine Schulter.

»Es eilt alles so, und mir bleibt nicht viel Zeit. Meinst du, wir können deine große Mutter Uteh davon überzeugen, daß sie dich mit mir nach Lagos gehen läßt? Ich werde gut für dich sorgen und den Brautpreis dort aushandeln. Uteh bekommt ihren Anteil. Wir lassen ihn ihr von Leuten überbringen, die nach Hause reisen.«

Plötzlich war Ojebeta, als habe sie ein Leben lang auf diesen Mann gewartet. Das Zusammensein mit ihm war so ermutigend, und sie fühlte sich bei ihm sicher. *So kommt jetzt alles zu einem guten Ende,* dachte sie. *Daß ich diesen zivilisierten Menschen heirate, der sich sogar die Mühe macht, mich zu fragen, ob ich ihn mag; daß ich nach Lagos zu meinen Brüdern gehen und dann ein eigenes Zuhause haben werde – all das auf einmal!* Wie gern hätte sie geweint, um dem Schmerz dieses Glücks Erleichterung zu verschaffen, doch sie konnte es nicht. So vieles, das sie ihm erzählen mußte – aber wo sollte sie beginnen? Es würde eine sehr lange Geschichte werden.

Statt dessen nickte sie nur wie betäubt mit dem Kopf und vertraute ihm in allem. Ja, sie würde gern mit ihm gehen, wirklich gern.

Nur, wie könnten sie Uteh und ihren Mann Eze davon überzeugen?

15

Sklavin eines neuen Herrn

Uteh und ihr Mann stimmten Ojebetas Wunsch, sie zu verlassen, nicht zu. Eze erwies sich dabei als der durchaus schwierigere.

»Nein«, sagte er beharrlich, »wenn ich es verhindern kann, geht Ojebeta nicht nach Lagos. Das arme Mädchen ist jetzt erst seit zwei Jahren wieder in Ibuza. Sie muß noch vieles von dem lernen, was bei uns von alters her üblich ist, und dann kommt einer in Hosen statt mit einem Hüfttuch daher und will sie uns vor der Nase wegschnappen. Nein, sie geht nicht. Woher wissen wir denn, daß er nicht einer von denen ist, der seine Frau schlägt? Woher wissen wir, ob er nicht irgendwelche Krankheiten hat? Was wissen wir überhaupt von ihm?«

In einer Art war das Ganze ziemlich komisch – nicht nur, weil Eze nur ein angeheirateter Verwandter war, der in der Entscheidung über Ojebetas Zukunft eigentlich nichts oder nur wenig zu sagen hatte, sondern, weil ausgerechnet Eze, mit seinen tränenden Augen und seinem krummen Rücken, sich so genau nach den Defekten eines anderen erkundigen zu müssen glaubte. Aber Ojebeta hatte gelernt, ihre Gedanken für sich zu behalten. Da sie eine Waise war, ohne Geschwister in ihrer Nähe, wußte Ojebeta, daß alle, Gute wie Böse, Gesunde wie Kranke, reichlich Ratschläge für sie bereithielten. Sie lächelte und stimmte allen zu.

Durch puren Zufall erfuhr sie eines Abends, warum Eze so sehr gegen eine Heirat mit Jacob war. Sie waren alle schlafen gegangen. Uteh und Eze lagen auf dem breiten Schlafplatz neben dem Feuer, das noch immer hell brannte und Licht auf ihre Gesichter warf. Es war eine ziemlich kühle Nacht, denn die Jahreszeit des kalten Harmattan kam näher.

Ojebeta lag auf der anderen Seite des offenen Raumes. Sie war jung, deshalb brauchte sie kein Feuer. Sie hatte sich in eines der alten *Lappas* gewickelt, die sie zum Schlafen benutzte, lag auf ihrer weichen Matte, die sie von Onitsha mitgebracht hatte, und dachte über alles nach – wie ihr Bruder Okolie sie verlassen hatte und daß diese Episode jetzt doch noch ein gutes Ende finden könnte. Seltsamerweise fühlte sie sich Okolie noch immer sehr nahe. Noch immer erinnerte sie sich, wieviel Wärme er ihr als Kind gegeben und wie er sie – die wenigen Male, als er sich zu diesem Gang entschloß – auf den Schultern hinaus zu den Feldern getragen hatte. So wie die menschliche Seele beschaffen ist, hatte sie die Erinnerung an den erlittenen Schmerz, als er sie auf dem Markt von Otu verlassen hatte, ausgelöscht, obwohl ihr noch deutlich die Demütigung im Gedächtnis war, die sie empfunden hatte, als sie zum ersten Mal Sklavin genannt wurde. Auch hatte sich die Erinnerung daran verloren, wie einsam und verlassen sie sich gefühlt hatte, als man ihr ihre Identität nahm, ihr die Amulette brutal weggeschnitten hatte. Wichtig war ihr heute nur noch eines: Okolie hatte sie nach Otu gebracht, wo sie erzogen worden war und das Neue erlernt hatte, weswegen Jacob sie jetzt heiraten wollte. Dafür war sie dankbar.

Sie machte sogar der Vorsehung Vorwürfe für das, was diese Okolie angetan hatte. Sie wußte, daß er noch immer ohne eine gutbezahlte Arbeit war, obwohl er Ibuza bereits vor sechs Jahren verlassen hatte. Manchmal hatte sie sogar mit dem Gedanken gespielt, ihn nach Ibuza zurückzuholen, auf daß alles wieder so wäre wie früher, ehe sie nach Onitsha gegangen war. Ihre Eltern konnte sie nicht zurückhaben, denn eine der Grausamkeiten des Todes bestand in seiner Endgültigkeit. Aber ihr Bruder Okolie – wie sehr sehnte sie sich danach, ihn wiederzusehen, ihm von der schrecklichen Freude wegen Jacob zu erzählen, ihn sagen zu hören, daß sie sich richtig entschieden habe, seine Fürsorge zu verspüren und seine Stimme zu vernehmen. Dann hörte sie auf, über sich selbst und ihren Bruder nachzudenken, denn sie wurde darauf aufmerksam, daß sich zwischen Uteh und Eze ein Streit entspann.

Sie mußten sich wohl schon eine ganze Weile unterhalten haben, aber Ojebeta war so in ihre eigenen Gedanken versunken gewesen, daß sie nichts gehört hatte. Und nun glichen ihre Stimmen einem immer lauter werdenden Lied, das ganz leise und tief begonnen und immer lauter geworden war, bis es die höchsten Töne erreichte. Offensichtlich dachten sie nicht daran, daß Ojebeta noch wach sein und mit anhören könnte, wie sie ihre Gedanken lautstark zum Ausdruck brachten. Sie waren von der Heftigkeit ihres Streits so vollkommen gefangengenommen, daß Ojebeta nichts anderes übrig blieb, als zuzuhören.

»Warum willst du nicht, daß sie geht? Warum, warum bloß bist du so dagegen? Viele Leute verdienen sehr viel Geld dort, das weißt du doch.«

»Ja«, lachte Eze, und seine Stimme klang wie ein heiserer Frosch, »ja, das glaubte dein Neffe Okolie auch. Er ging hin, um in einem Tag reich zu werden, und wir haben ihn nie wiedergesehen. Für seine Frau hat er noch immer nicht bezahlt. Die arme Frau vergeudet ihr Leben damit, auf ihren Mann zu warten, daß er das große Geld macht.«

Ojebeta hörte die Matte rascheln, als Uteh aufstand. Sie war nun sehr aufgebracht, und ohne sich darum zu kümmern, ob Ojebeta sie hörte, schrie sie, so laut sie konnte:

»Laß Okolie aus dem Spiel. Er hat eben kein Glück gehabt, das ist alles. Sein Bruder Enuha ist ja schließlich kein Versager, oder? Er hat eine gute Arbeit und ein Haus voll eigener Söhne – warum sprichst du nicht von ihm und läßt Okolie aus dem Spiel? Und überhaupt, was könnte denn unsere Familie grundsätzlich gegen diesen Mann Jacob aus Umuodafe einzuwenden haben? Er ist auch kein Versager, das siehst du ja. Was steckt eigentlich dahinter? Ich habe noch nie erlebt, daß du wegen etwas, das dich eigentlich gar nichts angeht, so aufgebracht bist.«

»Mir ist egal, was du sagst, auch wenn es mich nichts angeht.

Ich habe gesehen, wie Ojebeta zu einer jungen Frau erblüht ist. Sie wird unser Dorf nicht verlassen, denn sie wird meinen Vetter heiraten. Alles, was sie erlernt hat, vergeuden, wieder gehen lassen, nur weil da ein gewisser Jacob auftaucht, der Hosen trägt.«

»Von welchem Vetter redest du, Eze?«

»Von meinem Vetter Adim. Er wird ihr ein guter Ehemann sein. Er ist stark und fleißig und war noch nie verheiratet. Er würde Ojebeta zu seiner Hauptfrau machen.«

»Oh«, erwiderte Uteh jetzt ein wenig besänftigt. »Ja, Adim ist ein guter Mann, aber warum hat er nicht schon längst etwas gesagt? Warum das lange Warten, bis Jacob aus Lagos kommt und Ojebetas Herz gewinnt?«

»Er spart für den Brautpreis. Er sagt, nach dem Yamsfest, wenn er seine Ernte verkauft hat, will er Ukabegwu einen Teil des Brautpreises bezahlen.«

»Ich glaube nicht, daß Ojebeta ihn haben möchte, denn er singt nicht in der CMS-Kirche.«

»Nun, wir wissen ja, welche Mittel einem Mann zur Verfügung stehen, um sie für immer zu seiner Frau zu machen.«

Utehs Stimme, die fast wieder eine normale Lautstärke angenommen hatte, erhob sich jetzt erneut, und sie schrie Eze so heftig an, daß Ojebeta sicher war, sie würden sich noch ihretwegen prügeln.

»Was sagst du da? Ojebeta eine Haarsträhne abschneiden? Du bist böse und gemein, Eze! Und ich habe mit einem Mann gelebt und geschlafen, der solche Gedanken im Kopf hat! Ausgerechnet du willst meiner einzigen weiblichen Verwandten so etwas antun – Ojebeta, der einzigen Tochter von Umeadi und Okwuekwu Oda! Oh, du bist einfach gemein!«

Ojebeta war so erschüttert von dem, was sie gehört hatte, von der puren Erwähnung dieses monströsen Komplotts, daß sie von ihrem Lager, wo sie vor sich hingeträumt hatte, aufsprang und zitternd, wie eine Wasserlilie im Wind, aufrecht dastand. Plötzlich schien ihre ganze Zukunft davon abzuhängen, daß es ihr gelänge, diese beiden wütenden Stimmen zum

Schweigen zu bringen und der Gewalt Einhalt zu gebieten, die jeden Augenblick zwischen Uteh und Eze aufflammen konnte. Und sei es nur, um Zeit zu gewinnen – sie mußte einschreiten, sie mußte diesen beiden Erwachsenen sagen, sie sollten sich um sie nicht so viele Gedanken machen, sie mußte sie beruhigen, ja, sie sogar anlügen und behaupten, es mache ihr nichts aus, Ezes Verwandten zu heiraten – irgend etwas, das der Sache den Stachel, den Schmerz nähme, zumindest für eine Weile. Sich von ihrem Schrecken erholend, gelang es ihr, ihnen lachend zu versichern – wie künstlich doch ihr Lachen war –, daß alles in Ordnung käme, daß sie Jacob noch nicht endgültig verpflichtet sei.

Daraufhin legten Eze und Uteh ihren Streit bei und schliefen bald ein.

Aber nicht so Ojebeta. Ihre Nachtruhe war dahin. Sie war schon einmal gegen ihren Willen jemandes Sklavin geworden, und wenn sie nun der Sitte ihres Volkes entsprechend heiraten und das Eigentum eines Mannes werden sollte, so beabsichtigte sie, dieser Angelegenheit mit offenen Augen entgegenzutreten. Sie hatte keine Eltern, die für sie entscheiden konnten, also lag die letzte Entscheidung wahrscheinlich bei ihren beiden Brüdern in Lagos. Doch fand sie, sie habe in dieser Angelegenheit auch ein Wort mitzureden. Sie schlich sich deshalb dahin, wo Eke sein Rasiermesser aufbewahrte, und rasierte sich jedes letzte Härchen vom Kopf. Dann ging sie in den Hof hinter dem Haus und verbrannte alles. Das tat sie nur sehr ungern, und es machte sie traurig, denn sie war auf ihr tiefschwarzes Haar, das sie bei Ma Palagada nie hatte wachsen lassen dürfen, sehr stolz gewesen. Der Friseur auf dem Otu-Markt hatte ihr Haar immer ganz kurz geschnitten. Erst als es sich abzeichnete, daß sie für Clifford vorgesehen war, durfte sie es ein paar Zentimeter länger wachsen lassen. Seit sie wieder in Ibuza weilte, hatte sie sich sogar den Luxus gestattet, es zu flechten, und sie freute sich auf jeden Eke-Tag, weil sie sich dann auf dem Markt das Haar waschen und neu flechten ließ.

Nun hatte sie alles verloren. Wie die *Ogbanje*-Amulette war

239

wohl auch ihr Haar ein Symbol ihrer Freiheit. Würde sie jemals ganz frei sein? Mußte sie ihr Leben lang Sklavin sein, würde sie nie das tun dürfen, was ihr gefiel? War dies das Schicksal aller Frauen in Ibuza oder nur ihr eigenes? Trotzdem wäre es noch vorzuziehen, Sklavin bei einem Herrn zu sein, den sie sich selbst aussuchen konnte, anstatt bei jemandem, dem sie ganz gleichgültig war oder der sie nicht einmal kannte. Jacob wäre die weitaus bessere Wahl, besonders, wenn sich ihre Brüder mit ihm einverstanden erklärten.

Wie Ojebeta trotz der wenigen Tage ihrer Bekanntschaft sehr schnell gemerkt hatte, hatte Jacob neben allen seinen guten Eigenschaften einen großen Fehler. Er war ein sehr konventioneller Mensch und würde nie etwas tun, das gegen Sitte, Tradition oder örtliche Gepflogenheiten verstieß. »Nein«, sagte er stets zu ihr, »deine Familie muß mit deinem Mann einverstanden sein. Hast du je von einer Ehe gehört, die ohne Zustimmung der Eltern geschlossen wurde und sich als Erfolg erwies?« Deshalb war Ojebeta um so überraschter, als Jacob, nachdem sie ihm von Eze und seiner Absicht erzählt hatte, tief Luft holte und vorschlug: »Ich glaube, die beste Lösung ist das, was wir bereits beschlossen haben: Ich bringe dich zu deinen Brüdern nach Lagos. Doch wie die Dinge jetzt stehen, mußt du Stillschweigen bewahren und darfst deiner großen Mutter Uteh nichts davon sagen.«

Ojebetas allererste Reaktion war eher zurückhaltend. Sie durfte sich nicht zu sehr freuen, denn solch ein kühner Beschluß war ganz und gar nicht charakteristisch für Jacob. Dann wurde ihr bewußt, daß der Vorschlag ein Beweis für die Tiefe seiner Gefühle für sie war, und außer sich vor Freude stimmte sie dem Plan zu. Sie sorgte sich jedoch um Uteh. »Es bricht ihr das Herz, und sie wird mich so sehr vermissen. Wer wird ihr beim Wasserholen und -tragen helfen?«

»Laß es dich nicht bekümmern. Sobald wir fort sind, schicke ich ihr durch jemanden von meiner Familie eine Nachricht. Was das Wasserholen anbelangt, so hättest du Uteh ja früher oder später auf jeden Fall verlassen, oder nicht? Selbst wenn du hier einen Bauern heiraten würdest, könntest du das alles nicht mehr für sie tun, denn dein Mann brauchte gewiß deine Hilfe auf den Feldern.«

Der nächste Nkwo-Markttag, an dem Ojebeta und ihre Freundinnen ihr Palmöl nach Asaba zum Verkauf brachten, war ein sehr nasser Tag. Trotz des schlechten Wetters waren viele Leute aus der Ecke von Ibuza, wo Jacob wohnte, gekommen, um ihm Lebewohl zu sagen. Der Neffe trug Jacobs Holzkoffer, zwei Frauen die Taschen mit den Geschenken, Büchern und landwirtschaftlichen Erzeugnissen aus Ibuza. Wie Pferde trabten alle durch den Regen, wobei sie sich angeregt unterhielten. Bald hatten sie die Gruppe der Mädchen, die nach Asaba unterwegs waren, eingeholt, die, obgleich sie schnell gingen, mit der Geschwindigkeit von Jacob und seinen Trägern – meistens Männern – nicht Schritt halten konnten. Und den Mädchen, wohl wissend, daß sie schnell wieder trocken wären, sobald sich Sonne zeigte, machte es nicht das geringste aus, naß zu werden. Ganz im Gegenteil, sie empfanden den kühlen Regen als erfrischend, er wusch allen Schmutz von ihnen ab, von den Blättern am Wegrand und vom Weg, auf dem sie einherschritten. Dank des Regens hatten sie das Gefühl, sich in einer sauberen Welt zu bewegen.

Als Jacobs Gruppe sie eingeholt hatte, fragte Ifenkili Angelina lachend: »So, du fährst also heute zurück nach Lagos?«

»Ja«, erwiderte Jacob und wischte sich den Regen von der Stirn. Es war ein ziemlich heftiger Platzregen, einer, der in ungefähr einer Stunde wieder nachlassen würde. Wenn er aber das Ende des Regens abwartete, würde er das Lastwagen-Taxi, das ihn nach Lagos brachte, verpassen. »Ich muß jetzt zurückfahren, sonst bekomme ich von den Weißen kein Essensgeld mehr«, lachte er.

»Wir wünschen dir viel Glück und eine gute Reise. Möge dir kein Unfall widerfahren«, wünschten ihm die Mädchen wie aus einem Mund. »Wir hoffen, du wirst immer mehr Geld verdienen, daß du nach Hause kommen und deinen Leuten davon abgeben kannst.«

Er nickte und sagte »Amen« – und nicht *Ise*, das Wort, das er gebraucht hätte, wenn er Ibuza nie verlassen hätte.

Er warf Ojebeta nur einen einzigen Blick zu und folgte dann schnell den Leuten, die seine Habseligkeiten trugen.

Am Ende jenes Markttages, der, obwohl er mit einem solchen Platzregen begonnen hatte, ein schöner, trockener Tag geworden war, ging Ifenkili Angelina zu einer Freundin und fragte: »Denk dir, ich war an dem Stand, an dem Ojebeta gern ihr Öl verkaufte, aber sie ist nicht da. Ich weiß nicht einmal, ob sie ihren Kanister Öl verkauft hat. Ich fragte ihren Stammkunden aus dem Osten, ob Ojebeta ihm ihr Palmöl verkauft habe, und er antwortete mir, er habe den ganzen Tag auf sie gewartet und weil sie nicht auftauchte, habe er sein Öl bei einem anderen Mädchen kaufen müssen. Ich traf ihn beim Einpacken an. Er machte sich bereit, auf die andere Flußseite nach Otu zurückzukehren, als ich mit ihm sprach.«

»Was kann ihr denn widerfahren sein?« fragte Rebecca Mbeke. »Sie ist doch nicht etwa krank geworden und nach Hause gegangen, ohne uns Bescheid zu sagen? Wir müssen sie suchen. Ruf du lieber die anderen zusammen, wenn sie fertig sind. Ich gehe schnell hinunter ans Wasser und wasche meinen Kanister aus, dann komme ich auch und suche mit euch.«

»Ja, und wenn du sie findest, sag ihr, daß wir auf sie warten, sie soll sich beeilen.«

Rebecca Mbeke überlegte, was Ojebeta wohl drunten am Flußufer zu suchen hatte, sollte sie sie wirklich dort finden, aber vielleicht machte sich Angelina auch zu viele Sorgen und war durcheinander. Gab es nicht ein Sprichwort, in dem es hieß, daß eine Mutter, die ihr Kind verloren hat, an allem und jedem etwas auszusetzen findet?

Am Abend des Tages, als sie Ojebeta überall gesucht hatten und keine andere Erklärung mehr übrigblieb, daß sie entweder, ohne ihnen Bescheid zu sagen, nach Hause gegangen oder aber, daß ihr etwas Ernsthaftes zugestoßen war, machten sich die Mädchen schweren Herzens und mit unglücklichen Gesichtern auf den Heimweg.

Anstatt zu sich nach Hause gingen sie alle zu Ojebetas Tante Uteh, um ihr zu berichten, was geschehen war. Zu ihrer großen Überraschung erfuhren sie, daß Ojebeta nach Lagos gereist war, und zwar für immer, und daß sie mit Jacob gegangen war, der sie durch jemanden aus seiner Familie hatte benachrichtigen lassen, damit sie sich nicht beunruhigte und sich keine Sorgen machte. Doch Uteh machte sich Sorgen, und nicht nur das – sie würden Schritte unternehmen, um Ojebeta zurückzuholen.

Gleich am nächsten Morgen wollten sie jemanden nach Asaba schicken, der den Auftrag hatte, allen Lastwagen-Taxis, die am Tag zuvor Asaba in Richtung Lagos verlassen hatten, ein Telegramm – eine dringende Botschaft – zu übermitteln mit der Bitte, Jacob und Ojebeta aufzuhalten. Eze versicherte den erstaunten Mädchen, daß er selbst diesem besonders erfahrenen Boten nach Asaba folgen wolle. Sie waren sich ganz sicher, daß sie Ojebeta am nächsten Tag wieder zurückbekämen. Etwas erleichtert kehrten die Mädchen nach Hause zurück.

In jenen Tagen brauchte man für die Reise von Ibuza nach Lagos vier ganze Tage. Unterwegs gab es unzählige Haltestellen, außerdem brauchten die Lastwagen eine Menge Treibstoff, mußten immer wieder repariert und angeschoben werden, damit sie überhaupt funktionierten. Es gab Aufenthalte in Warri, Benin, Ifo und Ibadan, bis man schließlich Lagos erreichte. In Benin und Ibadan übernachteten die Passagiere.

Noch nie in ihrem Leben war Ojebeta so eng mit vielen anderen Menschen irgendwo eingepfercht gewesen. Sie mußte sich nicht nur an die Gerüche dieser Menschen gewöhnen, sondern auch den Platz in dem stickigen gedeckten Lastwagen mit getrocknetem Fisch, Fleisch, Stoffen und sogar lebenden Hühnern teilen. Zuerst war sie sehr besorgt und ziemlich ängstlich, doch nach einem kurzen Aufenthalt in Agbor, wo sie sich an dem klaren Wasser des Flusses erfrischen konnten, faßte sie neuen Mut. In Benin hatte Jacob, der an vieles Reisen gewöhnt war, einen bequemen Schlafplatz für sie beide ausgehandelt. Er bestärkte sie immer wieder in dem Gedanken, den richtigen Schritt getan zu haben, denn die Zeit, wo sie ihre Familie, Uteh und Eze und Ibuza verlassen müßte, wäre unabwendbar gekommen. War sie nicht in der neuen europäischen Art erzogen und ausgebildet worden? Für ein Mädchen wie sie war Ibuza zu eng. Wenn ihre Brüder mit ihm als Ehemann einverstanden waren, würden sie in Lagos eine weiße Hochzeit feiern, sie würde nie auf dem Feld arbeiten müssen und so leben, wie sie bei Ma Palagada gelebt hatte – mit nur einem Unterschied: Sie würde für ihr eigenes Zuhause sorgen und für ihre eigenen Kinder.

So ruhig und liebevoll, wie er ihr zugesprochen hatte, erzählte er ihr die Geschichte seines eigenen Lebens: wie er gezwungen worden war, sein Zuhause zu verlassen und sich auf die Suche nach Arbeit bei den Weißen zu machen. Zu jener Zeit hatte in Ibuza eine große Hungersnot geherrscht, und sein Bruder Obamdi – der Vater des Neffen, der sie in Asaba verabschiedet hatte – fand plötzlich an allem, was er tat, etwas auszusetzen. Eines Tages spitzte die Situation sich zu, als Jacob in seiner kindlichen Vergeßlichkeit das Stück Yamsknolle, das sie draußen auf dem Feld essen wollten, zu lange im Feuer liegengelassen hatte. Die Yamsknolle war verbrannt, und es blieb ihnen kaum mehr etwas für ihre Mittagsmahlzeit. Seinen Bruder ergriff mörderischer Zorn. Jacob lachte bitter auf, als er wieder daran dachte, und drückte unbewußt Ojebetas Hand. Sie schloß daraus, daß es für einen Jungen in Jacobs Alter eine sehr schmerzhafte Erfahrung gewesen sein mußte.

»Ich wurde mit erhobenem Buschmesser vom Feld gejagt. Damals konnte man töten, ohne dafür bestraft zu werden. Dort, wo das Messer meinen Arm streifte, ist noch immer die Narbe zu sehen. Ich habe nicht gewartet, bis mein Bruder noch einmal zuschlug, und rannte um mein Leben.«

»Und trotzdem bist du zurückgekommen und hast in seinem großen Haus gewohnt?« Ojebeta begriff langsam, von welcher Charakterstärke der Mann war, den sie in einigen Monaten heiraten wollte.

Jacob lachte wieder und beantwortete ihre Frage: »Ich wurde Christ, und ich habe alles überstanden.« Kurz darauf erklärte er: »Es ist alles schon so lange her. Damals war mein Bruder jung und stürmisch. Heute hat er silbernes Haar, und schließlich sind wir Brüder.«

Ojebeta wußte wohl, daß er sehr viel Glück gehabt hatte, überhaupt am Leben zu bleiben, denn die Wälder waren damals voll wilder Tiere, voller Löwen und Elefanten – die noch nicht wegen ihrer Stoßzähne ausgerottet waren -; auch hatte er Glück gehabt, der größten aller Gefahren, den Kopfjägern in und um Benin, zu entkommen. Schließlich war er aber doch von Vertrauten des Königs von Benin, Akenzua, gefangengenommen worden, die ihn zwangen, der Hinrichtung einiger Wegelagerer beizuwohnen, die in einem nahegelegenen Dorf unschuldige Menschen getötet hatten. Zur gleichen Zeit stattete Bischof Onyeaboh dem Oba von Benin einen Besuch ab, und Jacob wurde ihm als Geschenk überreicht, denn der Bischof war auch ein Mann der Igbo, wie Jacob.

»Also sind wir beide Waisen«, schloß Ojebeta.

»Ja«, stimmte ihr Jacob zu. »Wir haben beide unsere Eltern verloren. Wenn wir verheiratet sind, wirst du meine Mutter sein, und ich hoffe, ich kann die Aufgabe eines Vaters für dich übernehmen.«

»Ja, das hoffe ich auch«, sagte Ojebeta ganz leise. Still betete sie darum, daß ihre Brüder keinen Grund fänden, Jacob abzulehnen. Er war so lieb. Nicht von hohem Wuchs wie die Männer ihrer Familie, eher mittelgroß, aber so gut erzogen, daß er nie grob oder unhöflich sprach, nicht einmal, wenn er aufgebracht war. Man merkte ihm an, daß er gelernt hatte nachzudenken, ehe er sprach, und zusammen mit seiner zögernden Redeweise machte das aus ihm einen sehr stillen Mann. Stundenlang saß er ohne ein Wort zu reden neben ihr, doch sein Benehmen ihr gegenüber sprach Bände.

Als sie sich am nächsten Morgen, ausgeruht und erfrischt von der Nachtruhe, wieder bei ihrem Taxi einfanden, kam ein Bote des örtlichen Postamtes in den Wagen und fragte nach einer gewissen Alice Ojebeta. Instinktiv wollte sich Ojebeta melden, als ihr Name genannt wurde, doch ihr Vertrauen in Jacob und die Achtung, die sie vor ihm hatte, waren so groß, daß sie, ohne weiter nachzufragen, dem Zeichen, den sein Blick ihr gab, gehorchte. Als niemand antwortete, lief der Bote weiter zum nächsten Lastwagen, um seine Suche nach einer Alice Ogbanje Ojebeta fortzusetzen, die nach Hause, nach Ibuza, zurückgerufen wurde.

Nach monatelangem Streit, nach vielen Diskussionen und ausdauernden Verhandlungen mit Ojebetas Familie wurde Jakobs Wunsch tatsächlich wahr. Er heiratete Ojebeta, und sie wurde seine Ehefrau mit dem besonderen Titel einer Mrs. Okonji, was ihre Leute als »Misisi« übersetzten. Es fiel den Leuten so schwer, den fremden Glauben und alles, was dazugehörte, zu begreifen, daß sie Ojebeta, nachdem die Feierlichkeiten der weißen Hochzeit in der Kirche vorüber waren, einem richtigen Verhör unterzogen. Sie wollten wissen, warum es ihr denn so wichtig sei, in einer Kirche zu heiraten, wo so viele seltsam fremde Worte zu ihr gesprochen wurden, nur weil sie in das Haus ihres Mannes überwechselte, wo doch all die traditionellen Gebete bereits gesprochen und ihren toten Eltern und der Flußgöttin von Oboshi die notwendigen Opfergaben dargebracht worden waren; außerdem war der Brautpreis bezahlt. Mrs. Ogbanje Ojebeta Alice Okonji, Tochter des Okwuekwu Oda, war selbst ein wenig verwirrt gewesen und hatte auf derart schwierige Fragen nur zu antworten gewußt: »Nun, es hat die gleiche Bedeutung, wie wenn ein Mann einem Mädchen eine Haarsträhne abschneidet: Die Ehe ist endgültig, bis einer von beiden stirbt. Doch anders als beim Abschneiden der Haarsträhne ist auch dem Mann Einschränkung auferlegt. Er darf nur eine einzige Frau heiraten, so, wie es in der Bibel steht.«

»Angenommen, du würdest ihm keine Kinder gebären, was täte er dann? Was würde dir seine Familie in diesem Fall sagen, wenn du ihren Sohn so festhältst?«

Darauf wußte Ojebeta nun wirklich keine Antwort.

Jahre später fanden die nigerianischen Männer von ganz allein eine Antwort auf diese Frage. Eine Frau konnte zur Kirche geführt werden, wo ihr ein Ring an den Finger gesteckt wurde; das ging leicht, wie man ein Stück Bindfaden um das Anwesen eines Mannes legte, um sein Eigentum von einem anderen Eigentum abzugrenzen. Doch es bedeutete noch lange nicht, daß der Mann nur sie zur Frau haben konnte. Was geschah, wenn er reich genug war, um sich mehrere Frauen zu leisten, oder wenn die Erste, die er in der Kirche geheiratet hatte, keine Kinder bekam? In solchen Fällen nahmen sich die Männer einfach zusätzliche Frauen; die Frauen hingegen durften nur einen Mann haben, einen einzigen. Doch nur eine dumme Frau erwartete, daß ihr Mann allein mit ihr verheiratet bliebe. Was war sie denn schon? Doch nur eine Frau!

Wie auch immer, es dauerte nicht lange, bis Ojebeta ihrem Mann Kinder schenkte. Man fragt heute nicht mehr danach, ob sie sich für alle Zeit liebten und ehrten und füreinander sorgten – solche Worte bedeuten in einer derartigen Situation wenig. Da war ganz gewiß eine Art endgültiges Gefühl des Zusammengehörens zwischen Mann und Frau, eine Zusammengehörigkeit, geschaffen vielleicht von jahrhundertealten Traditionen, Tabus und seit neuestem vom christlichen Dogma. Sklave, gehorche deinem Herrn! Ehefrau, ehre und achte deinen Mann, der dein Vater, dein Haupt, dein Herz und deine Seele ist! Und so blieb wenig Raum für Ojebeta, daß sie ihre eigene Individualität hätte ausleben können und ihre eigenen Gefühle, denn alles bezog sich auf Jacob. Dabei hatte sie noch Glück, denn wenn Jacob sich auch als ein sehr eifersüchtiger Ehemann herausstellte, so war er doch vor allem Christ. In ihrer eigenen Art war Ojebeta zufrieden und wünschte sich nicht mehr vom Leben; sie war glücklich mit ihrem Mann, glücklich, ihm untertan zu sein, ja, es sogar hinzunehmen, daß sie gelegentlich geschlagen wurde, denn man hatte sie gelehrt, daß eine Frau genau das zu erwarten hatte. Jacob seinerseits arbeitete fleißig und versorgte seine Familie gut.

Eines jedoch bereitete ihnen noch Sorgen. Okolie hatte endlich bekannt, daß er seine Schwester für acht Pfund verkauft hatte und daß sie der Tradition zufolge noch immer Eigentum der Palagadas war. Das war eine sehr schmerzhafte Erkenntnis für Jacob, und ihm war klar, daß die Schuld um ihres eigenen Seelenfriedens willen beglichen werden mußte. Er wollte auch unter keinen Umständen, daß andere Leute davon erfuhren – es mußte im Geheimen erledigt werden, denn es war eine schandbare Sache. Enuha hatte mit einer Flut unangenehmer Beschimpfungen seinem jüngeren Bruder Okolie Vorhaltungen gemacht, vielleicht hatte er auch erkannt und Vorwürfe an sich selbst gerichtet, daß er so früh von zu Hause fortgegangen war. Doch trotz aller gegenseitiger Beschuldigungen war der Schaden nicht wieder gutzumachen. Jacob hatte die volle Wahrheit erst nach der Hochzeit erfahren, und auch Enuha hatte nicht gewußt, daß Ojebetas Aufenthalt in Otu das Ergebnis dieser finanziellen Transaktion gewesen war. Für den Augenblick hatten sie alle beschlossen, Schweigen zu bewahren, bis die Angelegenheit auf ehrenhafte Weise bereinigt werden konnte, und sie beteten dafür, daß in der Zwischenzeit keine widrigen Umstände einträten.

Nach drei Jahren hatte Ojebeta ohne Probleme ein kleines Mädchen und dann einen Jungen geboren, und es hatte den Anschein, als sei sie bis dahin von dem Schicksal, das nicht freigekauften Sklaven vorhergesagt wurde, verschont geblieben. Doch dann begannen tatsächlich die Schwierigkeiten. Ojebeta erlitt eine Fehlgeburt nach der anderen, und von da an hatte Jacob nichts anderes mehr im Kopf als das Problem mit Ma Palagadas Geld. Viele Male flehte er Gott um Hilfe an, doch sein Gebet blieb ohne Antwort. Und so besuchten er und Ojebeta in ihrer Verzweiflung schließlich einen *Dibia* in Lagos, und dieser traditionelle Heiler bestätigte ihre Befürchtungen. Er versicherte ihnen, daß Mas Sohn Clifford noch am Leben sei und sie über kurz oder lang auffordern würde, ihm seine acht Pfund zurückzuzahlen.

Inzwischen erlitt Ojebeta eine erneute Fehlgeburt, und Jacob wurde fast wahnsinnig vor Sorgen.

In Otu hatte Ma Palagada im Handel mit Stoffen ein ausgedehnteres Unternehmen geschaffen, als ihre Hinterbliebenen aufrechterhalten konnten. Niemand – weder ihre Töchter, noch ihr Mann, noch ihr Sohn – konnte es sich mehr leisten, ein Haus mit Dienerschaft zu unterhalten, und aller Wahrscheinlichkeit nach würde die Familie über kurz oder lang wieder im Dunkel des Vergessens verschwinden. Es mag sein, daß der Name noch eingemeißelt an Kirchenwänden in Otu zu sehen ist oder auf einem teuren Grabstein, die Wahrheit war aber, daß die Familie Palagada nichts anderes mehr darstellte als eine ganz gewöhnliche Familie wie alle anderen auch. Clifford war nicht fähig gewesen, aus seinen Geschäften einen Erfolg zu machen. Seit Mas Tod hatte sich alles in nichts aufgelöst. In seiner Enttäuschung sah er damals nicht ein, warum er nach Ibuza reisen und nach Ojebeta Ausschau halten sollte, an der er sowieso nicht mehr hing. Ihr Gesicht war durch zu viele Clannarben verunziert, als daß sie eine solche Reise gerechtfertigt hätte. Er konnte sich kaum erinnern, was er an einem Sklavenmädchen je hatte attraktiv finden können.

»Aber was ist mit deinem Geld?« fragte Pa. »Deine Mutter hat für das Mädchen bezahlt, sie gehört unserer Familie.«

Clifford konnte das nicht abstreiten.

Im Laufe der folgenden Jahre benötigte er jeden Penny, der ihm unter die Finger kam, um sich selbst zu versorgen und um seinen Vater bei der Erziehung seiner vier Söhne zu unterstützen, die dieser mit Chiago hatte. Pa Palagada wurde jetzt schnell alt, und Clifford war sich bewußt, daß die Last der Ausbildung seiner Halbbrüder letztlich ihm zufallen würde.

Die Geschäfte in Otu waren für eine solche Verantwortung zu unsicher, er brauchte ein regelmäßiges Einkommen, und ganz gewiß mußte er alles ausstehende Geld eintreiben, das seiner Mutter noch geschuldet wurde.

Schließlich suchte er eine Stellung in der Armee – glücklicherweise brauchten die Engländer jedes Paar Hände, um sie in dem großen Krieg, den sie in Europa ausfochten, zu unterstützen. Während eines Urlaubs fand er Ojebetas Spur in Lagos und sandte sofort eine Botschaft, daß er kommen und sie besuchen wolle. Es brauchte keiner weiteren Worte, alle Beteiligten hatten begriffen, daß er wegen seines Geldes kommen würde.

Okolie bettelte Jacob an, erklärte ihm, daß er die acht Pfund ja bereits vor Jahren ausgegeben hätte und nicht in der Lage sei, sie nun zurückzuzahlen. Enuha, mit seiner eigenen Familie großen finanziellen Belastungen ausgesetzt, war einfach nicht in der Lage, das Geld aufzubringen, obwohl er Mitleid verspürte mit Jacob, der ja auch den geforderten Brautpreis bezahlt hatte. Jacobs beide Schwäger waren sympathisch und jeder hatte eine plausible Entschuldigung. Jacob hatte begriffen. Ojebeta war seine Frau, die Kinder, die nicht leben konnten, waren die seinen. Wollte er also, daß in seinem Haus wieder Normalität einkehrte, so mußte er bezahlen.

Mit offenen Armen empfingen sie deshalb Clifford, der in seiner tadellosen braunen Khakiuniform erschienen und höchst überrascht war, daß er in Ojebetas Haus als wichtiger Gast willkommen geheißen wurde. Er hatte erwartet, daß ihr Mann, wenn er ihm nicht offene Feindschaft zeigen, so sich ihm gegenüber doch zumindest aggressiv verhalten würde, aber statt dessen wurde er herzlich begrüßt: »Willkommen, willkommen. Sie und Ihre Familie sind die Ursache meines Glücks und meines Stolzes.« Jacob war nervös, als er so redete, ganz im Gegensatz zu seiner sonst ruhigen Veranlagung. »Ojebeta, Ojebeta! Unser Gast ist da. Clifford, Mas Sohn, ist gekommen. Komm schnell und heiße ihn willkommen!«

Ojebeta eilte aus der Küche im Hinterhof herbei, wo sie extra für Cliffords Besuch ein schmackhaftes Huhn mit Soße vorbereitet hatte. Sie fuhr mit einem Zipfel ihres *Lappa* über ihre glänzende Nase, dann band sie das *Lappa* fest um ihre noch immer schmalen Hüften.

Clifford stand da und war vollkommen sprachlos vor Erstaunen.

Ojebeta hatte sich verändert. Sie war magerer geworden und viel älter, als er sich vorgestellt hatte. Sie war auch sehr nervös und unsicher in ihrem Benehmen und wegen ihrer nicht gerade attraktiven Kleidung. Noch immer konnte er in ihr einen Funken des Mädchens erkennen, das sie vor so vielen Jahren einmal gewesen war – in der Art, wie sie den Kopf hochhielt, und an ihrer dunklen Haut, die noch immer ein wenig schimmerte. Aber die alte Ojebeta – die energiegeladene, lachende Ojebeta – war für immer verschwunden. Er hatte nur noch den Wunsch, dieser Sache ein für allemal ein Ende zu setzen und sich nie mehr damit beschäftigen zu müssen. Er fragte sich, was ihr wohl widerfahren war, daß sie sich so sehr verändert hatte.

In Ojebetas Augen sah Clifford viel jünger aus. Er hielt sich sehr aufrecht und ziemlich steif, wie offensichtlich alle Leute aus der Armee, doch die aufrechte Haltung gab ihm den Anschein besonderer Größe – irgendwie schien er sich gestreckt zu haben. Seine Stiefel und sein militärisch geformter Schnauzbart glänzten vor Schwärze. Ojebeta war gerührt. Daß sie diesen gut aussehenden Mann einmal beinahe geheiratet hätte! Nein, es wäre nie möglich gewesen. Clifford war in ein Leben des Reichtums hineingeboren worden, und die ihm eigene Ungezwungenheit konnten nur Wohlstand und Selbstvertrauen hervorbringen. Sie gehörte nicht zu dieser Klasse des Igbovolkes. Sie schaute ihren Ehemann an und sah einen kleinen, unordentlich gekleideten Mann, mit rot unterlaufenen Augen und einem eigensinnigen Beharren auf allem, was er als sein Eigentum betrachtete; sie sah einen schnell alternden Mann, der für ihren Unterhalt so schwer in der Lokomotivengießerei arbeiten mußte, und ihr Herz flog ihm zu. Wäre sie in der Lage gewesen, ihre Gefühle offen zu zeigen, hätte sie mit ihrer knochigen Hand seine Hand genommen. Ihr Körper und ihre Seele waren Jacobs Eigentum, aber es gefiel ihr so. Für sich und ihre heranwachsenden Kinder konnte sie sich kein anderes, passenderes Leben vorstellen. Wenn Clifford sie so mitleidig ansah, weil er das Gefühl hatte, sie müsse ihm leid tun, so täuschte er sich. Sie war es zufrieden, einem Mann wie Jacob zu gehören, einem Mann aus ihrer eigenen Stadt, einem Mann, der sie niemals Sklavin nennen würde und der ihr ein echtes Zuhause geschenkt hatte, auch wenn es nur ein einziges Zimmer war, das zum Wohnen, Essen, Schlafen und allem anderen diente. Anstatt als Sklavin in einem großen Haus in Onitsha zu dienen, zog sie dieses bei weitem vor.

Es kam ihr nie in den Sinn, daß das Große Haus vielleicht einmal verkauft werden könnte, und sie vielleicht, hätte sie Clifford geheiratet, eine ganz andere Frau mit anderen Wertmaßstäben geworden wäre, die sich in einem luxuriösen Haus nicht fremd gefühlt hätte. Doch wozu all dieses Nachsinnen?

»Willkommen«, begrüßte sie ihn. »Das ist mein Mann«, dabei zeigte sie auf Jacob, »und das sind meine Brüder.« Enuha und Okolie standen verlegen herum.

Clifford wurde gebeten, Platz zu nehmen – auf einem der Stühle mit den geraden Lehnen, die an der Wand, gegenüber dem hinter einem Vorhang versteckten Bett, aufgereiht waren. Ojebeta erkundigte sich nach allen, und Clifford gab ihr bereitwillig Auskunft. Jienuaka war ein erfolgreicher Geschäftsmann in Otu und hatte Nwayinuzo geheiratet; ihre Freundin Amanna hatte ebenfalls ein Geschäft eröffnet und besaß einen großen Laden und ein Auto, und obwohl ihr Mann nach nur wenigen Ehejahren verstorben war, ging es ihr gut, und sie war sehr glücklich. Chiago lebte zufrieden mit Pa Palagada und ihren vier heranwachsenden Söhnen.

»Ich bezahle ihre Schulausbildung, weil Vater jetzt zu alt ist, um zu arbeiten. Um mehr Geld zu verdienen, bin ich in die Armee gegangen«, fügte Clifford stolz hinzu.

Es gab noch vieles, wonach Ojebeta gern gefragt hätte. Ob er selbst geheiratet habe, auch hätte sie gern etwas über das Große Haus gewußt, aber ein scharfer Blick von Jacob verwies sie in die Küche, um das Essen zuzubereiten und um den Männern Gelegenheit zu geben, die endgültigen Besitzverhältnisse, was Ojebeta anbelangte, und die Begleichung der Schulden unter sich auszuhandeln.

Als Ojebeta das Zimmer verlassen hatte, begannen die Männer tüchtig zu trinken, dabei achteten sie sorgfältig darauf, daß Clifford mehr trank als sie selbst. Schließlich war er ihr Gast, und außerdem wollten sie die unangenehme Angelegenheit zu einem Abschluß bringen, wenn er bei guter Laune war und nicht geneigt, gegen ihre Vorschläge, alle Ansprüche auf Ojebeta aufzugeben, zu protestieren. Dann ging Jacob hinter den Vorhang und brachte eine Igbobibel zum Vorschein.

»Nun«, begann er mit einem lauten Rülpsen, »wollen wir unsere achtundzwanzig Jahre alten Schulden zurückzahlen. Wir möchten Ihnen noch einmal danken und hoffen, daß Sie uns keinen Groll nachtragen.«

»Groll?« rülpste Clifford. »Überhaupt nicht. Ojebeta mochte mich nicht, deshalb heiratete sie dich, und nun möchte ich mein Geld zurückhaben. Das Geld, das meine Mutter Okolie für sie bezahlt hat. Ich will nur mein Geld, und dann könnt ihr … ich meine, dann könnt ihr weiterhin glücklich sein.«

Sie lachten alle. Dann hob Jacob die Bibel wie einen Talisman hoch und sprach zu Clifford: »Schwöre bei dieser Bibel, daß du meiner Frau nichts Böses wünschst und ihr und ihren Kindern keinen Schaden mehr zufügst.«

Indem er so sprach, legte Jacob die Bibel auf einen kleinen Tisch, auf dem eine Tischdecke lag, die Ojebeta in Otu Onitsha gehäkelt und für ganz besondere Anlässe wie diesen hier aufbewahrt hatte. »Schwöre auf diese Bibel, mein Freund, schwöre!« Er legte acht Pfundnoten auf die Bibel, auf deren Deckel ein goldenes Kreuz eingraviert war.

»Ich habe weder deiner Frau noch deinen Kindern jemals

Schaden zugefügt«, dachte Clifford, beschloß aber, nichts zu sagen. So war es ihm auch recht. Er erhielt das Geld zurück, obwohl es keine Zeugen für die ursprüngliche Transaktion und Absprachen gab. Okolie hätte sehr leicht alles ableugnen können, wäre er nicht von der Sorte Mann gewesen, der aus Angst vor den Göttern nicht im Traum daran dachte, sein Wort zu brechen. Clifford erriet leicht, daß diese Familie, obwohl sehr religiös, eine Art Christentum praktizierte, das mit viel Aberglauben vermischt war. Er behielt recht, denn kaum hatte er geschworen, daß er das Geld dankbar annehmen und keine bösen Hintergedanken gegen Ojebeta und die Kinder hegte, holte der ältere Bruder Enuha, der auch im Haus einen großen Tropenhelm trug, aus seinen weiten Khakishorts ein Stück heiliger Kreide und malte damit einen Kreis auf den Zementfußboden. Er zerbrach eine Kolanuß, legte die Stücke in den Kreis und sagte: »Nun, da wir dem Gott des weißen Mannes Genüge getan haben, müssen Sie auch unseren toten Eltern versprechen, daß Sie Ojebeta vergeben haben und ihr nichts nachtragen, weil sie unseren guten Schwager Jacob hier geheiratet hat.«

Clifford amüsierte sich inzwischen und hätte gern laut gelacht, wenn er nicht bemerkt hätte, daß es den drei Männern sehr ernst war und sie wirklich glaubten, er bedaure noch immer, Ojebeta nicht geheiratet zu haben – diese nervöse Frau mit dem glanzlosen Haar und dem verwirrten Benehmen, die nicht viel besser war als die armen Frauen vom Land, die am Straßenrand in Otu ihre Waren feilboten, weil sie zu arm waren, um sich Verkaufsstände leisten zu können. Er konnte nicht umhin, sie mit Rosemary zu vergleichen, dem Mädchen, das er nach seinem Ausscheiden aus der Armee heiraten würde. Er war jetzt froh, daß er sich solange Zeit gelassen hatte, sich wegen eines Mädchens zu entscheiden. Angenommen, er hätte vor Jahren seinen Wünschen nachgegeben und Ojebeta geheiratet, weil seine Mutter es so wollte – was wäre wohl geschehen? Er hätte sie ganz bestimmt verlassen oder sie als Küchenfrau behalten und zum öffentlichen Vorzeigen eine andere geheiratet.

Er schwor noch einmal, diesmal auf traditionelle Weise. Dann wurde ihm das Geld von Okolie auf seine ausgestreckte Hand gezählt, da es Okolie gewesen war, der es ursprünglich erhalten hatte.

Danach trat Ojebeta wieder ein und brachte eine Schüssel mit dampfendem weißem Reis und noch eine mit heißem, scharf gewürztem Huhn. Sie kam gerade recht, um noch zu sehen, wie Clifford die acht Pfundnoten in seine lederne Geldtasche steckte. Sie wußte, was geschehen war, und lächelte Jacob dankbar zu.

»Nach all den Jahren ist der Vertrag nun endlich erfüllt. Ich fühle mich frei und gehöre jetzt einem neuen Herrn aus meiner eigenen Stadt Ibuza; mein Herz hat nun Frieden gefunden.«

Sie stellte die Schüsseln auf einen Tisch, den man eilends in die Mitte der Einraumwohnung geschoben hatte, dann ging sie zu Jacob hin, der sich sehr wichtig vorkam und in überschwenglicher Stimmung war, und kniete vor ihm nieder. »Hab Dank, mein neuer Besitzer. Nun bin ich frei in deinem Haus. Ich könnte mir keinen besseren Herrn wünschen.«

»So sind die Frauen«, lachte Enuha, »sie haben es gern, wenn Geld für sie ausgegeben wird!«

»Ja«, stimmte Clifford ihm zu. »Sie mögen es gern, wenn sie wissen, daß sie viel Geld kosten.«

Ojebeta kicherte wie ein fünfzehnjähriges Mädchen. Denn ihr Wert war richtig eingeschätzt worden, oder etwa nicht? Hätte sich ihre Mutter Umeadi ein anderes Leben für ihre Tochter gewünscht? Der Glanz und die Ehre einer Frau war doch ihr Mann, wie es in Ibuza hieß!

Und so geschah es, daß zu der Zeit, als Großbritannien wieder einmal siegreich aus einem Krieg hervorging und für sich beanspruchte, der Sklaverei, der es in allen schwarzen Kolonien Vorschub geleistet hatte, ein Ende gesetzt zu haben, Ogbanje Ojebeta, nun eine Frau von fünfunddreißig Jahren, in den Besitz eines neuen Herrn überging.

Bibliothek Afrika

Literatur des schwarzen Kontinents

Gudrun Honke/Thomas Brückner (Hg.)
Habari Gani, Afrika
Lesebuch der afrikanischen Literatur

Gcina Mhlophe
Love Child
Die Geschichtenerzählerin aus Südafrika

Wolfram Frommlet (Hg.)
Die Sonnenfrau
26 neue Geschichten aus Schwarzafrika

Meja Mwangi
Mr. Rivers letztes Solo
Roman aus Kenia

Syl Cheney-Coker
Der Nubier
Roman aus Guinea

PETER HAMMER VERLAG
Postfach 20 09 63 - 42209 Wuppertal